教育部人文社会科学研究青年基金项目
湖北省教育厅人文社科研究项目

陈国和 著

乡村小说视域下的当代农村土地制度变迁书写研究

中国社会科学出版社

图书在版编目(CIP)数据

乡村小说视域下的当代农村土地制度变迁书写研究/陈国和著.—北京：中国社会科学出版社，2016.7
ISBN 978-7-5161-8754-8

Ⅰ.①乡… Ⅱ.①陈… Ⅲ.①乡土小说—小说研究—中国—当代 ②农村—土地制度—研究—中国 Ⅳ.①I207.42②F321.1

中国版本图书馆CIP数据核字(2016)第189877号

出 版 人	赵剑英
责任编辑	史慕鸿
责任校对	季 静
责任印制	戴 宽

出　　版	中国社会科学出版社
社　　址	北京鼓楼西大街甲158号
邮　　编	100720
网　　址	http://www.csspw.cn
发 行 部	010-84083685
门 市 部	010-84029450
经　　销	新华书店及其他书店
印　　刷	北京明恒达印务有限公司
装　　订	廊坊市广阳区广增装订厂
版　　次	2016年7月第1版
印　　次	2016年7月第1次印刷
开　　本	710×1000　1/16
印　　张	12.25
插　　页	2
字　　数	201千字
定　　价	48.00元

凡购买中国社会科学出版社图书，如有质量问题请与本社营销中心联系调换
电话：010-84083683
版权所有　侵权必究

目　录

绪论 …………………………………………………………（1）
　一　当代农村土地制度变迁书写 ……………………（1）
　二　研究的意义和方法 ………………………………（7）

第一章　文化记忆的建构与民族国家的认同 ………（9）
第一节　土改小说 ……………………………………（9）
　一　宗法势力的退场 …………………………………（9）
　二　国家政治的楔入 …………………………………（15）
　三　乡村伦理的异动 …………………………………（20）

第二节　合作化小说 …………………………………（24）
　一　生活的政治化 ……………………………………（25）
　二　空间的社会化 ……………………………………（29）
　三　时间的程式化 ……………………………………（34）

第三节　农村改革小说 ………………………………（37）
　一　土地承包的欢呼 …………………………………（37）
　二　经济结构的变革 …………………………………（41）
　三　生活观念的碰撞 …………………………………（45）

第二章　反思与颠覆：再解读与解构 ………………（50）
第一节　乡村秩序的失衡与重建 ……………………（50）
　一　家长秩序的变化 …………………………………（50）
　二　应对心态的差别 …………………………………（57）
　三　缝隙与立场 ………………………………………（61）

第二节　人道主义反思 ……………………………………（64）
  一　现实批判 …………………………………………（64）
  二　个人抗争 …………………………………………（68）
  三　历史追问 …………………………………………（71）
第三节　乌托邦的终结 ……………………………………（75）
  一　生存疼痛 …………………………………………（75）
  二　梦想之思 …………………………………………（78）
  三　神似现实 …………………………………………（81）

第三章　民间与见证 ……………………………………（84）
第一节　土地制度变迁与农民见证 ………………………（84）
  一　土地与苦难 ………………………………………（84）
  二　命运与循环 ………………………………………（87）
  三　平民叙事与历史见证 ……………………………（89）
第二节　土地制度变迁与地主见证 ………………………（91）
  一　土地与轮回 ………………………………………（91）
  二　地主与叙事 ………………………………………（95）
  三　质疑与见证 ………………………………………（98）

第四章　边缘与记忆 ……………………………………（102）
第一节　流亡与记忆：知识分子的土地制度变迁叙事 ……（102）
  一　流亡与放逐 ………………………………………（102）
  二　历史与记忆 ………………………………………（107）
  三　创伤与救赎 ………………………………………（112）
第二节　妇女与记忆：漂泊者的土地制度变迁叙事 ………（116）
  一　见证物/见证人 ……………………………………（116）
  二　对称叙事 …………………………………………（120）
  三　东西方的文化资源 ………………………………（123）

第五章　土地制度变迁书写与本土资源 ………………（128）
第一节　民间文化资源 ……………………………………（128）

一　侠文化与革命叙事 ………………………………………（128）
　　二　复仇与革命 ……………………………………………（131）
　　三　缝隙与规训 ……………………………………………（136）
第二节　儒家文化传统 …………………………………………（139）
　　一　儒家文化传统的发掘 …………………………………（139）
　　二　地域色彩与风俗画卷 …………………………………（143）
　　三　本土化叙事策略 ………………………………………（146）
第三节　史传文化传统 …………………………………………（149）
　　一　通古今之变 ……………………………………………（149）
　　二　实录写真 ………………………………………………（154）

结语 ………………………………………………………………（158）
第一节　土地流转小说 …………………………………………（158）
　　一　土地崇拜 ………………………………………………（158）
　　二　史诗重建 ………………………………………………（162）
第二节　土地书写与历史真实 …………………………………（166）
　　一　见证与真实 ……………………………………………（166）
　　二　创伤书写与人文关怀 …………………………………（168）

附录　从《四书》看阎连科的创伤书写 ………………………（171）
　　一　创伤与饥饿 ……………………………………………（171）
　　二　创伤与救赎 ……………………………………………（174）
　　三　创伤与历史 ……………………………………………（176）

参考文献 …………………………………………………………（180）

后记 ………………………………………………………………（190）

绪　　论

一　当代农村土地制度变迁书写

关于制度,《现代汉语词典》有这样的界定：制度是在一定历史条件下,形成的政治、经济、文化等方面的体系。具体到某一领域上来说,制度是人类为规范相互关系而设定的一系列规则,是制约人们行为的正式或非正式规则的集合体。我国最早的历史文献《尚书》就有关于制度的记载。《春秋》则是儒家政治制度的经典。朱熹与吕祖谦二人合编的《近思录》就有专门的章节论述"制度"。可以说,中华文化传统中就一直含有对制度的珍重和理解。1993年诺贝尔经济学奖得主美国经济学家诺思试图准确界定"制度"这个概念,他在《经济史中的结构与变迁》中说："制度提供了人类相互影响的框架,它们建立了构成一个社会,或确切地说一种经济秩序的合作与竞争关系。"并且"制度是一系列被制定出来的规则,守法秩序和行为道德、伦理规范,它旨在约束主体福利或效应最大化利益的个人行为"。"制度是一个社会的游戏规则,更规范地说,它们是为决定人们的相互关系的系列约束。制度是由非正式约束（道德的约束、禁忌、习惯、传统和行为准则）和正式的法规（宪法、法令、产权）组成。"而且"正式规则只是决定行为选择的总体约束中的一小部分,人们行为选择的大部分行为空间是由非正式制度来制约的"。[①]固定下来的制度对社会往往会产生持续性的影响。制度对社会的发展

---

① ［美］诺思：《经济史中的结构与变迁》,陈郁、罗华平译,上海人民出版社1994年版,第225页。

产生促进或阻碍的影响。当这种阻碍达到一定程度时，社会就会产生新的制度需求，呈现出制度变迁状态。从本质上说，制度变迁就是现有秩序和利益格局的调整与改良。显然，乡村社会的政治、经济、文化及社会等受各自相应的制度所制约，同时也是这些制度规约着乡村的历史，规范着乡村的生活，规划着乡村的未来。

五四运动以来，中国的乡村大地发生了巨大的变化。这种变化有多方面的原因，首先是乡土中国受到西方势力的入侵，经济资本强势扩张，经济发生了一系列变化。同时国家政治力量加强了对乡村社会的控制。这种控制的主要措施和表现形式就是农村土地制度的变迁。而土地制度的变迁深刻地影响着乡村的命运、农民的生活和农民的心理。20世纪下半叶开始，随着新中国的成立，农村土地制度先后经历了多次变迁：土地改革、合作化运动、家庭承包责任制以及土地流转等。从某种意义上说，土地是人类其他活动的基础，是其他活动赖以开展的支点。土地是人类永恒的伙伴，是人类生命的承载者、启示者和保护者，土地同时也是人类的文化之根，是人类的精神家园。而对传统的农民来说，土地更有着不同寻常的意义。可以说土地是农民的生活之本、文化之根、发展之基。土地是农民最基本的生存资料。土地与农民的关系决定着农民其他方面的生活状况，在各种错综复杂的关系网络中处于中心地位。以土地的占有为标志，形成了人与人之间的各种关系网络，这种关系的总和就构成了土地制度。

从1920年代中后期开始，神州大地展开了热火朝天的土地革命，这一革命直到新中国成立初的土地改革，旧中国乡村原有的文化体系和权力秩序发生了翻天覆地的变化。由于土地制度的变化，乡村的土地得以重新分配，乡村地主和士绅失去了土地，同时也失去了乡村文化秩序的支配权，乡村社会的结构进行了彻底重组。随后，在此基础上，进一步推行了合作化、人民公社等集体化运动，以及新时期推行家庭承包责任制、土地流转等土地制度。国家权力渗透到乡村的每一个角落，影响着乡村社会生活，规约着乡村的时代精神，规范着农民的日常生活。某种意义上说，当代土地制度变迁就是国家权力扩张的一种手段，是权力变现的一种方式。这里所说的权力是指"个人、群体和组织通过各种手段以获取他人服从的能力，这些手段包括暴力、强制、说服以及继承原有的权威和法统"。"权力的这种因素（亦可称之为关系）存在于宗教、政治、经济、文化甚至亲朋等社会生活的各个领域、关系之中。"① 这一系列生产关系、社会关系、文化秩序等方面的巨变，在当代乡村小说中得到了及时的反映。通过简单梳理我们不难发现，按照意识形态要求，书写中国乡村在新的权力体系中的社会生活和时代精神是当代乡村小说的主流，如《不能走那条路》《三里湾》《创业史》《艳阳天》等。这类小说着力描写土地改革、合作化、人民公社等集体化运动，以及这些土地制度变迁所带来的巨变。在这些小说中，推翻地主，重新分配土地以及走合作化道路不只是一项土地政策，更是对传统社会的经济生产、权力结构、伦理关系等的重构。而新时期以来，虽然乡村小说的史诗叙事、宏大叙事逐渐被各种小叙事所取代，但是乡村小说以其固有的热情持续关注乡村土地制度变迁，关注家庭承包责任制、土地流转对乡村变化的影响，农民以何种精神面貌应对制度的变迁，以及在这种制度变迁的影响下乡村文化结构的深层变化。

中国新民主主义革命，说到底是共产党领导的农民革命，革命的主力军是农民，革命的目标也是解放农民。因此，"作为革命意识形态重要组成部分的革命文学，必然要关注农村，并要在农民中塑造出新的主体"。这就不难理解左翼文学对五四时期文学的"小资产阶级意识"的不满和激烈的批判，进而提出文学应该重点表现工人和农民。而在当时的历史背景下，文学聚焦的还是农村和农民。"在30、40年代，这一题材扩展的主要表现方式还是为了表现农村复杂的阶级斗争形势，以唤起农民的阶级意识。"这一时期的文学主要继承了五四文学批评与讽刺的主题，书写乡村愚昧、落后的现状。"随着革命的胜利和革命政权的建立，表现新的历史主题和塑造新的历史主体成了新时代文学的迫切任务……这种努力的最终目标是将农民从被表达的主体转换为表达的主体。它是革命文学从教育群众、发动群众到解放群众的发展的需要，也是与现代性的规划相一致的——新的主体在现代性的逻辑下被塑造出来

---

① [美]杜赞奇：《文化、权力与国家——1900—1942年的华北农村》，王福明译，江苏人民出版社2006年版，第4页。

后，它必然需要以自己的方式来表达自己。"[1]但是，新的历史主题是什么，新的历史主题有怎样的文化内涵，怎样才能有效地将农民从被表达的主体转化为表达的主体，这种主体的内涵有着怎样的特殊性，怎样寻找适合自己的方式来表达自己呢？这些都是每个时代的作家必须直面的问题。

"当代农村土地制度变迁书写"指有关描写当代农村土地制度变迁（土改、合作化、家庭承包责任制、土地流转），书写农村土地制度变迁对农业、农村、农民等"三农"影响的乡村小说。本书视"当代农村土地制度变迁书写"为乡村小说的特殊类型。显然这类小说既包括《太阳照在桑干河上》、《暴风骤雨》、《山乡巨变》、《三里湾》这样直接书写农村土地制度变迁主题的小说，同时也包括那些将小说置于土地制度变迁的时代背景下，书写乡村文化秩序和社会生态的小说，如《受活》、《第九个寡妇》等。

1940年代中后期，在解放区开展的如火如荼的土地革命运动吸引了众多作家关注的目光和创作热情，土改运动重构了乡村的经济关系、权力秩序和日常生活，同时这一运动对心理产生了深远的影响，深深地影响了农村的政治和文化进程。这种影响是全国范围的，波及所有领域。富有热情的知识分子、积极拥抱新社会的作家纷纷投入这场火热的运动之中。诸多作家纷纷加入土改的实际工作，推动农村的历史进程，亲身体验以发动群众、斗地主、分果实、动员参军为主要内容的政治活动。1950年代，新中国成立不久，深层次地影响着农民命运的合作化运动与人民公社运动得到了快速推广。这种运动是在土地改革的基础上进行的，对中国古老的乡村社会造成了剧烈的冲击。按照设想和规划，中国乡村将成为政社合一、工农商学兵结合的共产主义公社的雏形，以乡村带动城市，最终在短时间内实现共产主义社会。然而历史是无情的。没有达到一定的条件，强行改变土地制度必然导致历史的教训。不过，客观地说，在当时的历史条件下合作化运动是中国共产党的一次伟大创举，是马克思主义基本原理和中国传统文化中均贫富思想的一种创

---

[1] 何启贤：《农村的发现和"湮没"——20世纪中国文学视野中的农村》，《文艺理论与批评》2004年第2期。

造性结合,是中国共产党积极寻找的一条适合中国特色的乡村社会主义改造道路。现在看来这种土地制度的实施,有较大的失误,但是也有一定的历史合理性。这种土地制度变迁极大地影响了乡村社会的政治、经济和文化。一方面,古老的、庞杂的乡村意识形态不断被各种政治运动所冲击、挤压。另一方面,乡村社会顽固的家族观念、土地意识、小农意识等文化传统以极大的能量保持其惯性的形态,这种纷繁复杂的社会形态、特色鲜明的时代精神给乡村小说创作提供了极大的创作资源。而随着政治、经济形势的发展,乡村社会的生存世相日益呈现出时代特征和丰满个性。乡村小说的叙事重点自然而然地由土地改革运动,转移到农业合作化运动中来。"作家们同样面临着一个如何把'客观性现实'与'革命性建构'结合起来的问题。"① 如书写为防止和制止乡村两极分化而推行的合作化运动的小说有李凖的《不能走那条路》、赵树理的《三里湾》、刘澍德的《春天里的故事》等;书写合作化运动、大办人民公社的有周立波的《山乡巨变》、柳青的《创业史》、马加的《红色的果实》等。这些小说往往具有浓郁的政治功利性。以乡村的政治、经济、生产关系的变动,通过路线之间的激烈斗争,阶级之间的生死搏斗,形象化地展现了社会主义乡村的历史进程,书写了中国共产党在乡村建设和发展中所取得的伟大成就。如果说革命历史小说描写了为冲破黑暗而进行的艰难斗争,农村题材小说则描绘了未来乌托邦社会的良辰美景。两者形成结构严密的空间系统,标志着国家的失落、复得以及重建。同时还有诸多小说主要从乡村的日常生活琐事中,从人物的命运、心灵的变化来考察农村土地制度变迁所引发的乡村生活方式、道德标准、价值观念以及人物的心理结构等方面的变化,如孙犁的《铁木前传》,这类小说不可避免地有1950年代乡村小说的政治烙印。但是,作者在小说中更多的是将笔墨集中在土地制度变迁以后,人们的经济地位发生变化,从而对人们的日常生活和人际关系产生重要影响。正因为如此,这些小说至今还散发着艺术的光辉。

尽管农村土地制度变迁书写是乡村小说的重要组成部分,但关于这方面的系统、整体研究却不多。不过,一些学者已注意到这一研究的必

---

① 丁帆:《中国乡土小说史》,北京大学出版社2007年版,第226页。

要性和急迫感，在各种场合呼吁对这一问题的关注。我们或许可以这样描述当代农村土地制度变迁书写的研究现状：第一，农村土地制度变迁书写研究在单一土地制度变迁书写研究方面成绩突出，这集中在土改小说、合作化小说研究上，如有学者着重文学与历史、政策的互文性研究。这方面的代表性成果主要有陈思和的长篇论文《六十年文学话土改》、青年学者黄勇的硕士论文《土改小说论》，还有杜国景的国家社科基金研究成果《合作化小说中的乡村故事与国家历史》。另外也有学者聚焦合作化小说的人物谱系研究，如一直关注红色经典研究的专家余岱宗有论文《"红色创业史"与革命新人的形象特征——以二十世纪五六十年代中国农村题材小说为中心》。还有学者重视历史真实与艺术真实的对照研究，如董之林女士的论文《沉浸在理想王国的史诗写作——关于50年代合作化小说》。这些具有开创性的研究为本书提供了非常有建设意义的思路。但是，非常遗憾的是，这些研究没有将当代四种农村土地制度变迁书写当作一个整体进行宏观把握，研究的整体性、宏观性有待凸显。

第二，一直以来，乡村小说研究在小说理论的重建、历史脉络的钩沉、流派特征的梳理、研究领域的开拓以及研究方法的扬弃等方面成绩卓越。如专注于乡村小说研究的丁帆出版有一系列有价值的成果如《中国乡土小说史论》、《中国大陆与台湾乡土小说比较史论》、《中国乡土小说史》以及《中国乡土小说的世纪转型研究》。此外陈继会的《中国乡土小说史》，杨剑龙的《放逐与回归——中国现代乡土文学论》，邵明波、庄汉新的《中国20世纪乡土小说论评》等著作都繁荣了这一领域的研究。青年学者贺仲明近几年一直潜心乡村小说和中国文学本土化研究，论著《一种文学与一个阶层——中国新文学与农民关系研究》富有新意，推动了乡村小说研究的发展。不过，囿于各自学术研究的兴趣和重心，这些研究很少涉及当代农村土地制度变迁书写研究。显然这一研究的重要性有待彰显，研究的连续性、连贯性有待倡导。

第三，近年来乡村小说研究热点为新世纪乡村小说转型、农民工小说、乡村生态小说等研究。但与当下乡村联系最为密切的还是土地流转制度的实施。1990年代后期党和国家不断调整土地法律、制度。而随着部分有条件的地区对土地流转制度改革的探索实践，反映这一农村生活重大变化的乡村小说也应运而生，如《五张犁》(王祥夫)。2008年中国共产党十七届三中全会通过了《中共中央关于推进农村改革发展若干重大问题的决定》，土地流转制度正式实施。十八大报告提出"工业化、信息化、城镇化和农业现代化成为全面建设小康社会的载体"。特别是十八届三中全会提出，在符合规划和用途管制前提下，允许农村集体经营性建设用地出让、租赁、入股，实行与国有土地同等入市、同权同价的政策。这次会议首次倡导、鼓励农村建设用地使用权流转，为新一轮的土地制度改革指明了方向、提供了具体的方法和途径。同时，书写这一土地制度变迁的小说越来越多，关于这方面研究倡导的声音也越来越有力量。如在土地流转小说《麦河》(关仁山)的研讨会上，雷达(《为土地立传》)、陈晓明(《土地的悲情和瞎子的哀歌》)、孟繁华(《在不确定性中寻找道路》、吴义勤(《新乡土史诗的建构》)等学者都注意到农村土地制度变迁书写研究的急迫感，研究的针对性和当下性有待强化。

二 研究的意义和方法

法兰克福学派代表阿道诺认为，文艺有其自身的特殊性，应该在既定的社会形态之外，而在社会总体上与社会保持联系，保持一定的间离性和亲和性，主张作家在总的主体社会中实现自己的理想和目标。作家应该是"社会总的主体的代理人。当他使自己服从艺术作品的必然性，他即从作品中去掉一切单纯可以归于他个人的偶然性。而在这样的代表总体社会的主体即代表法勒利的美的观念所诉诸的那种完整的人的职能中，同时也考虑到一种状况，它消灭个别化的命运，在它之内总的主体社会地实现自己"。[①] 显然，这种观点重点强调了文学作品对社会的批判性，要求文学在"总体社会"的广阔背景上，对"现存社会"进行审美观照和批判，从而实现自己。这种观点对文学批评同样具有借鉴意义，他要求文学批评能够有宏阔的视野，整体的高度，同时要求文学批

---

① 转引自胡经之、张首映《西方二十世纪文论史》，中国社会科学出版社1988年版，第352页。

评的落脚点具体而现实，避免高蹈宏论，漫无边际。

本书着重考察当代农村土地制度变迁书写中表现出的不同内涵和特点，旨在准确理解当代乡村小说的延伸演变。主体内容部分首先在宏观上整体把握分析经典农村土地制度变迁书写范式的形成和审美特点，其次分析这种经典性叙事如何被质疑、解构，最后论述当代农村土地制度变迁如何被新的书写所替代。以社会学、历史学相关叙述为对照，分析这种书写策略变化的内在原因，探析这种现代民族—国家想象建构的复杂的社会文化形态，梳理当代乡村小说的创作流变。

"乡村小说视域下当代农村土地制度变迁书写研究"具有重要的理论意义和现实意义。土地与"三农"问题深切关联，而农村土地制度变迁是引起乡村社会变化的重要原因，开展本研究有利于拓展文学研究空间。同时本书采取跨学科交叉研究的方法研究乡村小说，适应学科自身创新文学研究范式的需要，使过去因观念、视角等原因被遮蔽的文学现象得以重新发掘。同时，城镇化进程对乡村乃至整个社会必将产生更为深远的影响，这为乡村小说提供了新的写作资源，强化研究的可持续性。同时，乡村小说的发展与中国乡村社会变迁有密切关系，本书以当代农村土地制度变迁书写为对象，对于农业大国土地制度建设具有特殊意义。而且，土地权利问题是当前学界、政策研究部门、媒体以及大众关注的焦点问题。本书对此问题的研究有利于社会准确理解与评价当下乡村推行城镇化和现代化农业建设、土地流转、确认地权制度，有利于保护农民利益，提高土地资源配置效率。

在研究方法上主要采取文本细读方法，逻辑分析与历史考察相结合；综合跨学科的话语资源，对照政策文本、社会学、政治学、历史学等相关表述，文史互现；查阅相关传记、回忆录、统计数据等，实证研究与理论探讨结合，宏观分析与个案研究并重。本课题研究的重点是乡村小说中当代农村土地制度变迁书写，剖析不同历史时期当代农村土地制度变迁书写策略的变化，探究变化的深层原因，评价这种书写的社会效果。当然我们在从事这一课题研究的时候也遇到一些困难和挑战。一是跨学科交叉研究的理论融合问题；二是当代乡村小说历时长、作品多，分析难度较大；三是创作立场、社会氛围、时代语境、创作潮流、文化形态的复杂性增加了分析难度。

第一章　文化记忆的建构与民族国家的认同

当代农村土地制度变迁书写随着政治文化语境的变化而变化，并且潜在地表现出与主流话语、民间话语之间的对话与交流、碰撞与抵牾，展现出某种复杂、动态的关系。土地不仅仅是农民获取物质的重要条件，也是农民获得自我身份认同的重要手段。土地使用权的获得或剥离，左右着农民身份的文化内涵，同时也进一步建构着国家的秩序。

第一节　土改小说[①]

一　宗法势力的退场

19世纪末以来，西学东渐，"打破了本土文化在庙堂与民间之间封闭型自我循环的轨迹。本世纪以来，学术文化裂为三分天下：国家权力支持的政治意识形态、知识分子为主体的外来文化形态和保存于中国民间社会的民间文化形态。这三大领域包含的文化内容不是固定的，而是随着文化格局的分化和组合而不断变动"。[②] 1950年代以来，这三种文化力量在乡土中国一直进行着激烈的角逐。"当代文学的三分天下始终存在着激烈的冲突，在50年代以后，贯穿着'左'的政治思潮的意识形态，直接利用国家权力不但摧毁了知识分子文化传统，同时也无情摧

[①] 本节内容曾发表于《湖北社会科学》2007年第1期。
[②] 陈思和：《民间的浮沉——从抗战到文革文学史的一个解释》，《中国当代文学关键词十讲》，复旦大学出版社2002年版，第131页。

毁了来自民间的文化传统。"① 这种文化秩序剧烈的变化源于国家政治秩序的剧烈变化，而对于乡村来说，这种政治秩序的变化主要是通过乡村土地制度变迁的方式深刻地影响着乡村的日常生活和文化心理。

发生在1940、1950年代的由中国共产党领导的土地改革运动在中国乡村的革命进程中有着重要的意义。乡村民间社会往往将这一历史事件称为——翻身。"翻身"也就是一直被压迫的农民推翻各种压抑力量而成为历史主体的过程。伴随这一过程，乡村社会的各种文化力量在新一轮的角逐中重新进行组合，乡村政治秩序得以重建，并且借助新中国成立这一历史契机使经济、政治和文化等各方面的力量得以暂时的稳定。美国学者丹尼尔·贝尔在《资本主义文化矛盾》一书中，曾深刻论述了这三个领域的差异。他认为，经济领域所遵循的是"效益"原则，是社会主导性基础，政治领域依从"安全稳定"原则，而文化领域则是按"个性"原则进行有效性运行，显然这种将这三者之间的矛盾扩大化的主张不符合乡土中国的实际情况。因为在中国这样一个具有长期集权文化传统的国家，国家行政权力主导社会发展是其最为基本的特质之一。相对传统的乡村社会而言，经济利益总是以各种方式被掩盖，最直接的表现是政治权力决定经济资源的配置，而其文化形态也只能是权力支配性的宣扬。显然，若要真实地还原那段革命历史，将政治、经济和文化作为一个整体来对待就显得十分重要。而这些因素组合为一个文化场就是乡村政治秩序的问题了。所谓乡村政治秩序就是指运用公共权威构建的村庄秩序。

当代乡村政治发生在20世纪中国政治跌宕起伏的动荡场景中，农村土地制度也发生了多次颠覆性的变迁，动荡和变迁导致村庄权威与秩序结构的转换、重构与变化。1940年代以来，当代文学作品中有一大批反映土改以后乡村政治秩序变化的小说。土改期间反映这一革命运动的小说有孙犁的《十年一别同口镇》（1947），赵树理的《邪不压正》（1948）、《秋千》（1950），丁玲的《太阳照在桑干河上》（1948），周立波的《暴风骤雨》（1948），马加的《江山村十日》以及陈学昭的

---

① 陈思和：《民间的浮沉——从抗战到文革文学史的一个解释》，《中国当代文学关键词十讲》，复旦大学出版社2002年版，第143页。

《土地》(1953)。此后,陈残云的《山村的早晨》(1954)、孙犁的《铁木前传》(1957)也涉及这一题材,茹志鹃的《三走严庄》(1960)、王西彦的《春回地暖》(1963)、梁斌的《翻身纪事》(1978)、陈残云的《山谷风烟》(1979)、马烽的《玉龙村纪事》(1998),更将这一题材的叙述延续到1990年代。新时期以来一些没有经历过土改运动的作家也时常涉及这一题材,如乔良的《灵旗》(1986),张炜的《古船》(1986),尤凤伟的《诺言》(1988)、《合欢》(1993)、《小灯》(2003),刘震云的《故乡天下黄花》(1991),苏童的《枫杨树的故事》(1991),池莉的《预谋杀人》(1991),柳建伟的《苍茫冬日》(2001),等等。可以说"土改"以及这一革命运动对乡土中国政治秩序的影响是当代作家常写常新的题材。"从解放战争以来逐渐磅礴于全中国的土地改革运动,彻底地将中国农村社会翻了过来,不仅颠覆了传统的农村权力结构,而且颠覆了农村的传统,古老的乡土文化从形式到内容都发生了根本的变化,不仅意识形态观念被颠覆,乡村礼仪被唾弃,连处世规则也发生了空前性的更替。规模宏阔的土改运动,从乡村的现实格局和政治文化进程,到个人的命运遭际,以及对人心灵世界的影响,构成了深刻而巨大的冲击,这其中值得我们关注之处是非常之多的。"①

  乡土中国是一个由血缘构成的家族、宗族关系和由地缘构成的邻里关系共同组成的"文化共同体"。像《太阳照在桑干河上》中的暖水屯一样,"大家都是一个村子长大的,不是亲戚,就是邻居","村上就这二百多户人,不是大伯子就是小叔子"。这个位于桑干河畔的自然村落在乡土中国非常普遍。血缘和地缘共同形成了乡土中国错综复杂的宗族关系。《太阳照在桑干河》这部"规模较大,较有系统,文艺反映土改的第一部作品"②,于1948年6月在华北联大定稿,9月平装本由大连光华书店出版。"《太阳照在桑干河上》最大成就在于正确表现了农村的阶级关系,真实反映了生活固有的复杂性:一方面,由于作家自觉掌

---

① 张鸣:《乡村社会权力和文化结构的变迁(1903—1953)》,广西人民出版社2001年版,第254页。
② 这是陈明给丁玲的信中转述艾思奇、萧三、江青三人的意见。具体内容参见王增如、李向东《丁玲年谱长编》(上卷),天津人民出版社2006年版,第227页。

握与运用阶级分析的观点,因此,在表现农村阶级关系的广度、深度及准确度上,都超过了'五四'以来表现农村阶级斗争题材的作品;另一方面,由于作家坚持从生活实际出发,在真实地反映农村阶级关系的复杂性上,在对人性的分析、批判和表达上,又超过了反映土地改革的同类作品。"① 处于网络中心地位或者说处于权力中心地位的往往是宗族文化所赋予的。在这里权力显然不只是指那些赤裸裸的暴力。稳定的权力需要有一整套制度加以维护和支撑。制度可以分为几种,包括成文规定的正式制度,也包括不成文的非正式制度乃至习惯、信念等等。这种权力由一整套成文不成文制度所维护和支撑的结构,构成了权力的网络。"权力网络因其制度基础的差异,而有不同的表现形式。杜赞奇在考察二十世纪上半叶华北农村的权力基础时,使用了'权力的文化网络'这个概念,认为在传统文化网络中,出任乡村领袖的乡村精英是出于社会地位、威望、荣誉并向大众负责的考虑,因此,诸如宗教信仰、相互关系、亲戚纽带以及参加组织的众人所承认并受其约束的是非标准等象征与规范,在塑造组织权力合法性方面具有决定性意义。举例来说,在宗族意识较强的村庄,村民会选本族的人当村干部,本族的村干部也比较容易做本族人的工作。因为强烈的宗族意识使同族的人成为自己的人,这种意识构成了权力运作的基础。"②

正是从这种角度考虑,有些学者在研究《太阳照在桑干河上》的主题时说:"在围绕土地改革阶段斗争核心,作者注意到国共两党军事角逐在这场地主和农民的斗争中产生直接影响。除此之外,作者还充分地写出,农村宗法关系与阶级关系的交织纠缠,农村宗法观念与阶级意识的错杂之实况。作品本身表明,伴随土改运动的进展,农民冲破封建宗法关系罗网的束缚,打破情面观念等宗法意识的羁绊,走向阶级决战的战场,获得土地及自我的新生。这一点,是作者所不自觉的,至少可以说作者没有明确表述过。"③ 其实,按照阐释学的观点,作品的主题

---

① 钱理群、温儒敏、吴福辉:《中国现代文学三十年》(修订本),北京大学出版社1998年版,第405页。
② 贺雪峰:《新乡土中国》,广西师范大学出版社2003年版,第52页。
③ 万直纯:《〈太阳照在桑干河上〉中的农村宗法社会》,《中国现代文学研究丛刊》2000年第3期。

第一章 文化记忆的建构与民族国家的认同

意义往往是被阐发出来的，与作者的主观意图没有太大的联系，更不用说需要作者的明确表述。不过，发现《太阳照在桑干河上》中作者对乡村宗法力量的书写，特别是注意到乡村传统宗法力量的退场这一点是值得肯定的。若我们以这一视角重新阅读《太阳照在桑干河上》会有一些新的发现。

　　细心的读者肯定会发现处于暖水屯权力文化网络中心位置的是顾涌和钱文贵。顾涌是被错划成富农的富裕中农，他是个靠勤劳致富的农民，地虽然不少，但是主要靠家人劳动。不过顾涌在暖水屯的权力文化网络中主要是通过血缘关系将各种力量纠结在一起，而在这一网络中真正处于权威地位的是钱文贵。"暖水屯的人谁该做甲长，谁该出钱，出伕，都得听他的话。"但"他不做官也不做乡长、甲长，也不做买卖，可是人都得恭维他，给他送东西，送钱"。"大家都说他是一个摇鹅毛扇的，是一个唱傀儡戏的提线线的人。""村子上的人谁也恨他，谁也怕他。"哪怕是在土改初期，"村子上的人遇见了他，赔上笑"，"遇不着最好，都躲着他些"。"他微微低着头，眯着细眼，那两颗豆似的眼珠，还在有力地唆着底下的群众。这两颗曾经使人害怕的蛇眼，仍然放着余毒，镇压着许多人心。""有些更是被那种凶狠的眼光慑服了下去，他们又回忆着那种不堪蹂躏只有驯服的生活，他们在急风骤雨之前又踌躇起来了。他们便只有暂时的沉默。"即使是在批斗他的时候，"他站在台口，牙齿咬着嘴唇，横着眼睛，他要压服这些粗人，他不甘心被打下去"。"在这一刻，他的确还是高高在上的，他和他多年征服的力量，在这村子上生了根的，谁轻易能扳得动他呢。""人们心里恨他，刚刚还骂了他，可是他出现了，人们却屏住了气，仇恨又让了步，这情形就像两个雄鸡在打架以前一样，都比着势子，沉默愈久，钱文贵的力量就愈增长，看看他要胜利了。"可是为什么村人对其如此恐惧呢？这主要是钱文贵本身是封建宗法力量的化身，是传统宗族文化的代表。

　　丁玲曾经在小说中介绍过钱文贵的出身。"钱文贵家里本来也是庄户人家。但近年来村子上的人都似乎不大明白钱文贵的出身……总好像是个天外飞来的富户，他不像庄稼人。"钱文贵跑过码头，"同保长们都有来往，称兄道弟，后来连县里的人他也认识。等到日本人来了，他又跟上层有关系"。可见传统的士绅与地方政权结合，从而确立了自己的权威地位。而"宗法封建性的土豪劣绅、不法地主，是几千年专制政治的基础"。①这种方法在新的政权下难以奏效了，尽管钱文贵已经将女儿嫁给了一位干部，并且有一个儿子在当解放军，同时唆使他的侄女黑妮勾引从前是他的农工而今是农会主任的程仁。但是干部、解放军以及农会主任这些都是新政权的文化身份象征，而这种新的政权寻找的同盟军不是宗族文化。

在"土改"斗争中，被输入阶级思想的穷苦群众被政治化。作者也先从家的分裂上来摧毁以钱文贵为代表的传统文化力量。在最后批斗他时，"钱文贵的头完全低下去了，他的阴狠的眼光已经不能再在人头上扫荡了。高的纸帽子把他丑角化了，他卑微地弯着腰，屈着腿，他已经不再权威，他成了老百姓的俘虏，老百姓的囚犯"。钱文贵的低头，丑角化也就是乡村宗法文化的陨落。"在土改斗争过程中，暖水屯封建宗法关系网络被撕裂，地主阶级宗法势力被击败，农民从封建宗法意识的精神枷锁中解放出来，暖水屯这个封闭落后、关系错综的乡村共同体内的现实关系结构和人们的传统心灵结构发生错位变动。"②因此，夏志清不得不感叹"在《太阳照在桑干河上》写得最好的地方，是描写革命干部来到以后村中社会关系的转变"。③这是对土改小说中土地制度变迁书写的褒奖。正是因为作家们深入乡村肌理，潜心于乡村文化的梳理，才能形象地把握土地制度变迁时期芜杂的社会生态。

农村古老的社会权力结构，经过这场变动被彻底颠倒了过来，没有人再因为土地的财富，也没有人因为对典籍文化的熟悉获得绝对的威权。传统的乡村精英几乎全盘瓦解，沦落到了社会的最底层。之前所有的文化、能力、财富以及宗族等资源全部得以重组，社会价值整体地颠倒了过来，土地改革第一次颠覆了中国农村的几千年乡村伦理，在社会被按照地主、富农、上中农、中农、下中农、贫农和雇农的身份标签重新排列之后，旧秩序完全服从了新秩序，新秩序自有新秩序的规矩，贫

---

① 毛泽东：《湖南农民运动考察报告》，《毛泽东选集》第一卷，人民出版社1991年版，第15页。

② 万直纯：《〈太阳照在桑干河上〉中的农村宗法社会》，《中国现代文学研究丛刊》2000年第3期。

③ ［美］夏志清：《中国现代小说史》，复旦大学出版社2005年版，第312页。

穷成了最大的资本,而敢于斗争则是最大的能力,有了这两样东西,就有可能一跃进入乡村世界权力中心。虽然,在运动的热潮过去以后,原先世界的那种能力、文化水平等等因素还会起作用,真正的毫无本事的人也有可能被淘汰下来,但前提却不能变——必须拥有出身贫苦的资本。[1]

二　国家政治的楔入

经过"土改"运动,乡土中国的宗法文化力量逐渐退出历史舞台,贫苦农民获得了"历史身份"。而这一文化身份艰难的获得是国家行政权力的强行进入乡村的结果。"转型期中国乡村政治结构的变迁过程,是在现代化背景下,国家主导乡村社会的制度变迁过程,其显著特征和标志是,城市政治社会对乡村社会的侵入即国家行政权力的下沉;但是,国家对乡村社会的这种主导作用是有限度的,要受到乡村各种利益结构及国家能力、乡村传统、现代化及民主化等多种因素的制约。"[2]

关于这种新的文化力量进入乡村的文化现象笔者曾进行了粗略的梳理。[3] 当我们再次重点关注"土改"小说时,才发现其所谓的"新来",其实是一种新的文化力量的输入,在"土改"小说中主要表现为国家行政文化力量。而这种文化力量主要是一种"先进的、无产阶级政治文化"。《秋千》、《太阳照在桑干河上》、《暴风骤雨》、《赤地之恋》、《秧歌》等几乎每一部土改小说开篇或者是前半部都是以土改工作队的到来作为故事的缘起。这种"外部"力量的楔入成为推动故事情节向前发展的主要动力。同时常常以"土改"工作队的离去作为故事的结束。而工作队的到来本身就是一种"象征文化力量"的到来。其目的是要唤起农民的阶级意识,推动农民改变自身的命运,从而获得历史的主体性。这就是置换乡村伦理文化,使宗族、士绅文化边缘化,

---

[1]　张鸣:《在"翻身"的大动荡中的乡村政治》,http://61.129.89.150/newbbs/dispbbs.asp?boardid=1&id=757301。

[2]　于建嵘:《岳村政治——转型期中国乡村政治结构的变迁》,商务印书馆2001年版,第439页。

[3]　陈国和:《50—70年代我国文学中的"新来年轻人"现象》,《咸宁师专学报》2002年第4期。

并且永远不得"变天",而国家行政力量居于主体地位。这种写作模式往往为了配合当时政治斗争的需要,因此也被称为"政治式的写作模式",也就是说"以社会政治分析和政治价值判断作为写作的前提,以政治意识形态语言支配一切文学语言的写作方式"。[1] 但是,这些土改小说也不见得完全是对土改政策的图解。由于不同的作家有着不同的创作个性甚至政治信仰,他们在同一"命题作文"中表现出了浓郁的文化意识,都不自觉地关注了国家行政力量中心化这一政治文化现象。并且对这一文化现象草灰蛇线、或隐或显地表明了自己的情感态度。而这种情感态度很值得我们认真品味和言说。

《暴风骤雨》小说的扉页有毛泽东话语:"很短时间内,将有几万万农民从中国中部、南部和北部各省起来,其势如暴风骤雨,迅猛异常,无论什么大的力量都将压抑不住。"这一行为或许表明小说的训谕色彩。《暴风骤雨》开篇就是工作队进入元茂屯,"他们统共十五个,坐得挺挤。有的穿灰布军装,有的穿青布小衫。有的挎着匣枪,有的抱着大枪。他们是八路军的哪一部分?来干啥的?赶车的都不明白"。有人在分析这一经典性细节时说:"也可以说大马车的驶入及工作队的到来隐喻了新'象征秩序'的强行插入。表达这一新'象征秩序'的行为,正好是对田园景色所传达的和睦平静的否定,是唤起'暴风骤雨',是点燃'复仇的大火',是激扬起'大河里的汹涌的波浪'——亦即发动以否定、破坏一切既成的规范、秩序和伦理为特色的群众运动。维系这一'象征秩序'的基本策略则是暴力。暴力的内容是仇恨,暴力的形式则是肉体的痛苦甚至消灭,而暴力的存在则是依靠不断促发新的暴力。这也就是《暴风骤雨》的意义逻辑和结构方式。"[2] 这种分析显然抓住了要楔入乡村的是一种不同的文化力量,同时也指出这种文化象征秩序的置换本身带有暴力的性质。

像《暴风骤雨》一样,《太阳照在桑干河上》也是以一辆马车的进

---

[1] 刘再复、林岗:《中国现代小说的政治性写作——从〈春蚕〉到〈太阳照在桑干河上〉》,唐小兵:《再解读——大众文艺与意识形态》,北京大学出版社2001年版,第90—91页。

[2] 唐小兵:《暴力的辩证法——重读〈暴风骤雨〉》,《英雄与凡人的时代——解读20世纪》,上海文艺出版社2001年版,第128页。

入作为小说的开篇。《太阳照在桑干河上》的出版可谓命运多舛,数位国家领导人多次亲自过问才得以顺利出版。这种直接介入小说出版的行为说明"文学艺术已经真正成为'党的事业'的一个重要组成部分,列入党的领导机构(而不仅仅是党主管文艺的部分)的重要议事日程,因此,毛泽东对丁玲及其创作的关怀,就不能仅仅看作是个人对文艺的特殊爱好或对丁玲个人的特殊兴趣(尽管确实存在着这样的因素),而是意味着毛泽东已经把未来文学的发展列入他的'新中国'的蓝图之中"。[①] 不过,有别于《暴风骤雨》的小说开端,进入乡村的马车上坐的不是土改工作队成员,而是靠勤劳发家、像所有农民对土地有着无限渴求的富农——顾涌。因此,"《桑干河上》主要是表现农民在新'象征秩序'给定的社会结构中如何培养自己的主体意识,而不是在激烈的矛盾冲突中形成革命的'暴力逻辑'"。"对于依赖暴力逻辑的'阶级性'的形成和阶级意识的产生,丁玲在小说中表现了很大的暧昧性和含混性。"[②] 从这个角度上看,丁玲在小说中表现出了更多的人性关怀,从而使作品具有了更多的文化意味。

《暴风骤雨》"在小说中是否表现土改中的偏差,本来是一个具体的艺术处理问题,周立波却坚持一种后来普遍实行的'本质论',扬弃生活中的消极、复杂现象,似乎这样符合文学的'典型'化原则"。[③] 对于党的政策认真把握和领会成为周立波土改书写的首要内容,在观察生活时,必须用党的政策观察、深入、分析指导一切。在艺术构思之前,周立波"除了重温在乡下的经历和所见所闻之外,还再次认真地研究了中央和东北局关于土地改革的文件"。[④] 这使得整个本应该是充满独特性艺术构思的过程实际上就是用党的政策对生活素材进行提炼、加工的过程,并且以这种方式得来的艺术想象说明和丰富党的政策,从而达到艺术与政策的完美结合。当"生活真实"和党的政策发生矛盾

[①] 钱理群:《1948:天地玄黄》,山东教育出版社1998年版,第196页。
[②] 贺桂梅:《转折的时代——40—50年代作家研究》,山东教育出版社2003年版,第276、274页。
[③] 钱理群、温儒敏、吴福辉:《中国现代文学三十年》(修订本),北京大学出版社1998年版,第406页。
[④] 胡光凡、李华盛:《周立波在东北》,《周立波研究资料》,四川人民出版社1983年版,第124页。

的时候，作家将选择所谓"本质真实"来说明党的路线方针和政策。周立波在介绍自己的创作过程时说过："北满的土改，好多地方曾经发生过偏向。但是这点不适宜在艺术上表现。我只顺便地捎了几笔，没有着重地描写。没有发生大的偏向的地区还是有的。我就省略了前者，选择了后者，作为表现的模型。关于题材，根据主题，作者是要有所取舍的。因为革命的现实主义的反映现实，不是自然主义式的单纯的对于事实的模写。革命的现实主义的写作，应该是作者站在无产阶级立场上站在党性和阶级性的观点上所看到的一切真实之上的现实的再现。在这再现的过程里，对于现实中发生的一切，容许选择，而且必须集中，还要典型化，一般地说，典型化的程度越高，艺术的价值就越大。"① 这里所谓的"党性和阶级性的观点"就是当时党的相关政策。因此，所谓的"典型化"实际上也就是用党的政策去选择生活，用形象化的语言去表现党的路线、方针和政策。显然，在这里文学作为一种艺术的审美功能被置换了，文学成为党的各项路线、方针和政策的宣传工具，作家成为党的政策的"宣传员"。"尽管'文学作品'还保留着某种'商品'的外壳，但'文学市场'的需求已不再成为文学生产、流通的驱动力，而代之以政治（党的利益）的需求，'文学市场'的悄然隐退意味着文学艺术的生产与传播机制的根本变化，从此纳入党所领导的国家计划轨道，也即纳入体制化的秩序之中，'文艺成为政治的工具，党的机器中的螺丝钉'才真正得到了体制上的保证。正是这种文艺生产与传播的'计划化'与文艺的'彻底政治化'，构成了'社会主义现实主义文艺'的最根本的特征。"②

具有不同政治态度的张爱玲，其"土改"小说《赤地之恋》（严格意义上来说这是一部反"土改"小说）同样是在"授权"的情形下写成的，因故事大纲已经固定了，没有什么地方可供作者发挥。所以作者自己也非常不满意。其在《自序》中写道："《赤地之恋》所写的是真人实事……除了把真正的人名与一部分的地名隐去，而且需要把许多小

---

① 周立波：《现在想到的几点》，见李华盛、胡光凡编《周立波研究资料》，湖南人民出版社1983年版，第287页。
② 钱理群：《1948：天地玄黄》，山东教育出版社1998年版，第197页。

故事迭印在一起,再经过剪裁与组织。"同样,她对进入乡村的具有现代性的国家行政力量本能地有一种敌视。这部小说在文学品质方面真的很难让人想到是出自为我们贡献出了《金锁记》这样名篇的作家之手。其开篇就是:

> 黄尘滚滚的中原。公路上两辆卡车一前一后,在两团黄雾中行驶着。后面的一辆,有一个穿解放军装的人站在车门外的踏板上。是司机的助手,一个胖墩墩的中年人。他红着脸的,急得两只眼睛都突了出来,向前面大声呐喊着。前面是一辆运煤的大卡车,开得太慢,把路给堵住了。他把喉咙都喊哑了,前面车声隆隆,也听不见,或者假装不听见。

在这里两种文化秩序无疑是非常隔膜的。贫困群众本能地对国家行政文化的植入持否定态度。不像《暴风骤雨》、《太阳照在桑干河上》等作品,贫苦群众习惯了传统宗族伦理文化,是对封建文化权威的一种恐惧而不敢与新的政治文化接近,而一旦突破了这一心理障碍后可以发自内心地对这一新的文化秩序欢呼与拥护。但是在《赤地之恋》中,农民对新的政治文化打心底就不认同甚至敌视。"地还没有分呢,大红绸面子的被窝都堆在干部炕上了!"土改干部张励则认为"农民嘛,他们心里有多糊涂,你都不知道——就只看见眼前的一点利益,常常动摇,常常靠不住,一脑袋的变天思想,胆子又小,树叶子掉下来都怕打破了头"。正因为两者的隔阂,才使得这部小说中的"土改"描写艺术有待提高和完善,最后小说只好以工作队成员远离乡村,来到大都市接受新的任务来结束全篇。无疑这里,国家行政力量是否在文化场域中居于绝对权威地位是令人置疑的,作者对此的态度也是含混不清,语焉不详。

丁帆通过对比丁玲、周立波和张爱玲的土改书写认为,"正统'土改'叙事作为中共意识形态的重要产品,作为'社会主义现实主义'写作的实践,对新型国家话语的建构,对'土改'大体按照中共政策的设想以合法的暴力方式展开,并在建国后继续推进为更进一步的农村社会主义改造,都起了切实有力的推动作用。它所致力呈现的,是历史前进的宏观方向，而并非简单地反映具体的生活场景。也即是说，它从来都不以追求'生活的表面真实'为目的，它们要将自己的写作，与党的政策，实际的'土改'运动构成一个整体，来推动国家的改造，推动中国农村的社会主义改造，尽管这一改造有着各种各样的问题与遗憾，但不可否认它极大地改变了中国，尤其是农村社会。因为正统的'土改'叙事，承担并实际发挥了社会改造的真实话语作用。在这个层面上讲，它更为贴切地展现了意识形态对社会改造的结果"。[1] 我们不难看出，国家行政力量的出场、置换在不同的土改小说中有着不同的处理方式。这种不同的处理方式源于作家的政治信仰、情感立场、价值取向的不同。然而正是这种微妙的差异使文学还原了"土改"这一革命运动的真实历史面貌，见证了历史风云，使人们对那一段历史，对那一场文学角逐有了更加透彻的了解，也为读者形象地呈现了当时乡村的社会生活和时代精神。"这种政治性写作在小说叙事上表现出来的最大特点是叙述者自己对故事解释的视角几乎完全隐去，像一个毫无自由意志的传声筒，传达意识形态的说教，甚至传达政策文件的条文。叙述者在笼统的社会责任感的掩盖下完全放弃作者的个人责任。故事顺着意识形态教条的要求去发展，顺着那个高于叙述者本人的框架按部就班，直到把故事讲完。叙述者对他/她讲述的一切，没有真正属于自己的评价和识见，也没有任何自由意志表现在对故事的解释中。因为叙述者不承担任何责任，便任凭意识形态教条对故事进行垄断、肢解和控制。所以这类革命文学常常表现出其'冷'的一面，即缺乏人性、人情和人道光辉。"[2]

三　乡村伦理的异动

"土地景观的改革导致中国心灵景观的重组。如果国家的主体——人民——不能重新定义，建国论述就无从完成。土改小说的重点是地主与佃农之间的冲突，但幕后的主角其实是土改小组的成员，他们隐身操

---

[1] 丁帆：《中国乡土小说史》，北京大学出版社 2007 年版，第 225 页。

[2] 刘再复、林岗：《中国现代小说的政治式写作——从〈春蚕〉到〈太阳照在桑干河上〉》，唐小兵编：《再解读——大众文艺与意识形态》（修订版），北京大学出版社 2007 年版，第 46 页。

作一切，才能造成山乡巨变。农民在小说里总是先以沉默、被动的受害者姿态上场。他们受到土改者的激励或恐吓后，终于挺身而出，向地主、士绅家族提出挑战。他们理论上是未来政权的选民；事实上，他们的一举一动往往受制于革命分子的意志与权力。"① 文化力量的角逐、置换势必要影响到人际关系的变化。即使在突出重大题材的文学时代，这些农村人际关系变化以及由土改而引起的内在文化心理微妙关系的变化也在一些作品中得到了或隐或现的表现。

马烽的《村仇》是经过茅盾推荐、秦兆阳修改发表在《人民文学》创刊号的一部短篇作品。这部作品讲述的是一个以家族利益为本位的村落之间的冲突，最终在共产党阶级斗争学说的作用下，化干戈为玉帛的故事。国家行政权力文化与宗族伦理文化的置换以及由此而引起的乡村人际关系的变化早已得到作家们的及时关注。能在《人民文学》创刊号上发表这样的作品本身就说明这一主题的重要性。此后，一些知名或不知名的作家都加入了这一创作行列。只是当文学秩序逐渐"规范"，文学创作渐渐成为新国家文化建设重要的一环时，这种有着书写"家务事"嫌疑的作品才逐渐淡出人们的视野，或者没有得到及时的阐释、评论与肯定。不过在1950年代还是有一些关注这一文化现象的土改小说值得我们重新阅读、肯定。

孙犁的中篇小说《铁木前传》写于1956年夏天。他在给阎纲的信中写道："写作《铁木前传》的起因好像是这样一种思想，这种思想是我进城以后产生的，过去从来没有的。这就是进城以后人和人的关系，因为地位，或因为别的，发生了在艰难环境中意想不到的变化。我很为这种变化所苦恼。"② 这部至今还散发着文学魅力的小说，主要通过三条线索来进行叙事。第一条线索是黎老东和傅老刚的友情线；第二条线索是六儿和小满儿的爱情线；第三条线索则是四儿、九儿、锅灶等青年人的集体生活线。这三条线索交织在一起，构成小说的有机整体。在这里我们只讨论第一条线索。《铁木前传》出版伊始，它的主题便成为人

---

① 王德威：《伤痕书写，国家文学》，《一九四九：伤痕书写与国家文学》，三联书店（香港）有限公司2008年版，第29—30页。

② 孙犁：《关于〈铁木前传〉的通信》，《孙犁专集》，贵州人民出版社1983年版，第151页。

们争论评说的持久话题"上世纪五六十年代，被认为深刻而自然地揭示了中国农村在土改后的阶级化的景象和两条道路斗争的萌芽状态"。[①] 尽管这种观点受当时政治意识形态所左右，但在某种程度上说还是表达了作品的一些思想主题。"土地改革以后，黎老东因为是贫农，又是军属，分得了较多的地。后来，二儿子在解放战争里牺牲了，领到一笔抚恤粮。天津解放了，在那里做生意的大儿子又捎来一些现款，家里的生活，突然提高了很多。"而傅老刚呢，"在他家乡那一带，是蒋匪军盘踞着"。日子照样清贫。经过"土改"以后，原来处于同样生活状况的"亲家"朋友关系平衡被打破，这种状况在新中国成立初的农村非常普遍。"因而，它给我们的感觉就是由于建国初农村两极分化的现实，造成了铁木两个阶级兄弟的友谊破裂。"铁木兄弟的分道扬镳是国家行政力量下沉以后，造成农民阶层内部新的分野。

这种农民新式关系的变化，文化心理的嬗变，人性心理的内在微妙的变化被许多作家捕捉到了。短篇小说《董林和小卡》[②]同样是写"土改"以后乡村邻里之间关系变化的。董林和小卡自幼就非常要好，只是董林富一些，小卡穷一些。"土改"后小卡当上了村农会委员；董林担心自己被划成富农，于是和小卡疏远了。由于信息的闭塞，村里不断有人造谣：共产党什么也不懂，只要有吃的就当作富农。生性胆小的董林因此吓得上了吊，幸好儿子及时发现才幸免于难。土地法颁布后，董林只划了一个富裕中农；他欣喜若狂，主动与小卡和好了。这一千五百字左右的小说一波三折地展示了中原大地土地改革时期复杂的人际关系和人们微妙的心理状态。尽管作者董伯超是一个不出名的业余作者，叙述的对象不是英雄人物或者工农兵，叙述的内容也没有突出主流意识形态；但《董林和小卡》对土地改革时期"中等收入者"的心态却有难能可贵的独到表述。

在这里我们为什么要谈这些小说呢？我想一个重要的原因就是这些小说将叙述的重点转移到人的身上了，作为个体的人成为小说关注的重心。有人说《太阳照在桑干河上》将叙事的重心"放在土改工作队如

---

① 冯健男：《孙犁的艺术》，《孙犁作品评论集》，百花文艺出版社1982年版，第97页。
② 董伯超：《董林和小卡》，《湖北文艺》第2卷第6期（1950年11月）。

何发动群众、确立其阶级主题性"上①；可是经过"土改"以后的农民真的获得了阶级意识吗？社会学的学者们给了我们理性的回答："中国社会近一百年的现代化过程……始终是以国家权力背景的城市社会主导乡村社会的发展模式。也就是说，中国转型期乡村社会制度变迁模式主要是一种强制性制度供给，国家主义权威才是乡村社会制度安排的最根本因素。换句话说，农民从来没有真正享有农村社会发展的话语权。而缺乏真正意义的农民利益的政治表达，是中国农村逐渐衰落和农民沦为弱势群体的主要原因之一。"②农民哪里来的主体地位呀！因此，我们大部分土改小说只是"转述性文学"中的一部分。这类"土改"小说的历史任务是对社会政治运动做"合法性"的论证，真正对人做深切的关怀很少。幸好有《铁木前传》、《董林和小卡》这样的作品点缀其间，才让我们在重新翻开这页历史的时候心灵有一丝安慰。不过很多作品中对乡村文化力量之间的更替、置换以及由此而引起的人际关系的变化在现在"重读经典"的热潮中显得更有意味。

《暴风骤雨》"在小说叙述中作者直接写这一种明确、普遍性的语言以外，围绕着作品本身，作者也反复为自己界定语境，急切地把小说创作和新兴的权力结构及体制化的意识形态衔接起来。正是在这个意义上，《暴风骤雨》一方面开创了一种新的写作方式，一种实质上否定了写作本身的写作方式。另外一方面，正因为这种新的写作方式的实现是和新的政治意识形态休戚相关的，《暴风骤雨》也就必然地获得了规范性，成为榜样作品"。③后来1950年代的乡村小说主要就是从《暴风骤雨》中汲取创作营养，接受这种创作模式的规训。

而《太阳照在桑干河上》"一方面成为政治的教科书特别是全国性的土地改革的教科书；另一方面，它又为新时代的小说写作提供了一种创作基调和叙事模式。这种基调和模式后来成为下半个世纪中国内地小

---

① 贺桂梅：《转折的时代——40—50年代作家研究》，山东教育出版社2003年版，第276、274页。
② 于建嵘：《岳村政治——转型期中国乡村政治结构的变迁》，商务印书馆2001年版，第439页。
③ 唐小兵：《暴力的辩证法——重读〈暴风骤雨〉》，唐小兵编：《再解读——大众文艺与意识形态》（修订版），北京大学出版社2007年版，第115页。

说的基本模式，大约延续了三十年，直到 70 年代才有所改变。这种模式，概括地说，就是政治式的写作模式。这是以社会政治分析和政治价值判断作为写作前提，以政治模式形态语言支配一切文学语言的写作方式"。[1] 由此我们不难看出"土改"期间乡村的公共权威秩序发生了重大变迁。作为传统文化一部分的宗族、士绅文化不断被边缘化，而国家行政文化逐渐处于主导地位。在这一过程中农民的各种文化身份得以重组，政治、经济利益得以重新分配，由此导致人际关系的新的变化，人性心理与感情也发生了很多微妙的变化。"土改"小说对这种文化现象的书写使我们对那段历史有了更加感性的认识，从而对那时期的文学怀有更多的敬意。

批评家陈涌说："《太阳照在桑干河上》和《暴风骤雨》这样的作品生动地说明，我们的在思想上和文学上有准备的作家，只要到实际生活中去，和实际生活结合，便能产生成功的或比较成功的作品。在这方面，这两部作品始终保持着它们深刻的示范意义。"[2] 这种"示范意义"的获得源于作家创作立场的大众化取向，得益于作家创作情感脱胎换骨的变化。唐小兵认为这种新的写作方式包括很多方面，如文学功能的政治化，作家身份的"转述"化以及读者接受的规训化。[3] 其实这种写作方式也规定了文学创作的方式，即通过何种方式选择素材，与其说是小说，倒不如说是象征性神话，是解释、说明新的社会秩序的意识形态重构。

第二节　合作化小说

合作化小说是十七年文学的重要小说类型，表现了广大农民走社会主义道路的必然要求和必然之路。毛泽东在多种场合强调了合作化

---

[1] 刘再复、林岗：《中国现代小说的政治式写作——从〈春蚕〉到〈太阳照在桑干河上〉》，唐小兵编：《再解读——大众文艺与意识形态》（修订版），北京大学出版社 2007 年版，第 34 页。

[2] 陈涌：《〈暴风骤雨〉》，《周立波研究资料》，四川人民出版社 1983 年版，第 312 页。原文刊载于《文艺报》1952 年 6 月 25 日 11 及 12 号合刊。

[3] 唐小兵：《暴力的辩证法——重读〈暴风骤雨〉》，唐小兵编：《再解读——大众文艺与意识形态》（修订版），北京大学出版社 2007 年版，第 116 页。

的重要性，提出用十八年的时间通过"互助组"、"高级社"、"人民公社"三个主要阶段实施中国农业发展的现代整合与社会主义的转型。① 1953 年"农业合作化"运动在全国蓬勃开展，一些尝试展现农民初涉合作化时精神变迁的短篇小说开始出现，如《不能走那条路》等。1955 年以后，随着农业合作化运动的高涨，在政策的鼓动和权威文艺理论的倡导下，一大批反映农村现实的、具有较高审美艺术水准的长篇小说问世，如《三里湾》、《山乡巨变》、《创业史》等。这些小说，宏观整体性地透析了中国农民的精神历程和农村生活变革，以其"史诗的结构、阶级斗争的叙写格局、对立森严的形象秩序、人格化的环境渲染与激昂高亢的情绪基调共同构成了农业合作化题材屡试不爽的写作程式"。② 当然，合作化小说不仅仅是对合作化运动的政治图解，同时也是形象地书写土地政策对农村社会生活和时代精神深层次的影响。正如《山乡巨变》中朱书记所说："合作化是农村的一次深刻的革命，个体所有制和集体所有制，旧的生产关系和新的生产关系的这番剧烈尖锐的矛盾，必然波及每一个家庭，深入每一个人的心底。"③

一　生活的政治化

日常生活是人的一种生活常态，是生活的主要内容，具有日常性和世俗化的特点，它侧重普通人对日常生活幸福的向往、诉求。显然，日常生活是一个凡俗的世界，一般由家庭和邻里生活构成，衣食住行是它的核心内容，平庸、琐细是它的主要特征。它具有先天的合法性。这种日常生活是乡土中国的本色状态，自在的社会，属于"根植于土地，靠血缘关系的纽带和传统的礼俗维系的自然村社：其经济形态是以农为主、自给自足的自然经济；其社会关系是以血缘关系为纽带的自然关

---

① 这方面的文章主要有毛泽东《把农业互助合作当作一件大事去做》、《〈中国农村的社会主义高潮〉的序言》、《〈中国农村的社会主义高潮〉的按语》等，见《毛泽东选集》第五卷，人民出版社 1977 年版。

② 惠雁冰、任宵：《从"负重"到"从轻"——论〈香飘四季〉对农业合作化题材长篇小说叙事模式的改写》，《延安大学学报》2009 年第 5 期。

③ 周立波：《山乡巨变》，人民文学出版社 2005 年版，第 114 页。

系；其文化观念是在传统礼俗的基础上自然形成的"。① 这样的自然村社"没有具体目的，只是因为在一起生长而发生的社会"，是"先我而在的一个生活环境"。② 广大农民日出而作、日落而息，固守田园，安于和谐，同时也习惯于传统的思维方式，过着自由散漫的诗意生活，不受时间的约束，在有限的生活空间中从事生产劳动。"在共产党统治中国之前，家庭的经济基础是一小块土地，具有土地所有权，常常可以出租。土地上生产的农产品不仅供自己食用，而且还通过拿到集市出卖，用所得的钱购买生活必须品。""但是，这种地区性的市场联系从来都不是纯粹经济意义的，它总是要受到习惯的限制，嵌入复杂的人际关系因素。"③ 特别是合作化运动以来，农村那种其乐融融的田园风光逐渐被剑拔弩张的阶级斗争和路线选择所代替。

邵荃麟说："在我们这些年来的作品中，以农村的生活为题材的作品数量最大。作品成就较大的也都是农村题材，像《红旗谱》、《创业史》、《山乡巨变》、《暴风骤雨》等。短篇也是这样。搞《三年小说选》，中选的九十多篇，写农村四十多篇，比较好的三四十篇，占一半以上。这情况很自然。五亿多农民，作家大部分从农村中来。生活经验比较丰富。""另一方面，农民问题在中国革命中特别重要。毛主席说民主革命主要是农民问题。农民百分之八十团结起来革命就能成功。……要把人口最多的农民的思想觉悟提高一步，这是社会主义建设重要的一个环节。这个客观现实一定要反映到作品中来。所以农村题材作品写得多是自然的。"④ 在邵荃麟看来，这一时期的农村题材短篇小说与现代文学史上的乡土小说有许多本质的差别，这种差别使得农村题材小说具有许多新的质的规定性。"乡土小说重在表现特定地域的文化传统、价值观念、伦理习俗与自然风光，一般都能透过社会政治层面而对乡土社会的文化心理有所揭示，因而具有某种程度的文化意味。"

---

① 王又平：《从"乡土"到"农村"——关于中国当代文学主导题材的一个发生学考察》，《华中师范大学学报》2003年第4期。
② 费孝通：《乡土中国　生育制度》，北京大学出版社1998年版，第9—10页。
③ [美] 费正清等：《剑桥中华人民共和国史（1966—1982）》，海南出版社1992年版，第648页。
④ 邵荃麟：《在大连"农村题材短篇小说创作座谈会"上的讲话》，《邵荃麟评论选集》（上），人民文学出版社1981年版。

"五六十年代的农村题材小说,只能根据当前政治和政策的需要去写农村的阶级斗争、社会主义改造运动等重大事件,也就只具有强烈的政治意味,而其乡土小说的文化意味却很寡淡。"① 这种乡土意味的"寡淡"就是源于合作化小说中农村的日常生活政治化。

>据新华社北京6月4日电 全国人民公社政社分开、建立乡政府的工作已经全部结束。建乡前全国共有56000多个人民公社、镇,政社分开后,全国共建了92000多个乡(包括民族乡)、镇人民政府。各地在建乡的同时,建立村民委员会82万多个。政社分开,建立乡政府的工作取得了很好的成效:初步改变了党不管党、党政不分和党委包揽一切的状况,促进了基层党组织的思想建设和组织建设;基层政权得到了加强,乡政府按照宪法以及地方各级人民代表大会和地方各级人民政府组织法赋予的职权积极开展工作,促进了农村经济的发展,加强了社会治安的综合治理;新建了一批建制镇,恢复和建立了民族乡,促进了小城镇建设的发展,体现了党的民族政策;促进了乡、镇领导班子革命化、年轻化、知识化、专业化建设,据统计,全国乡一级领导班子平均年龄不到40岁,比建乡前降低了四五岁,文化知识结构普遍有所提高。②

一般认为,这则报道宣告了1958年人民公社在中国农村的建立,这种乡村土地制度以"一大二公"、"政社合一"为特征,与土地改革时比较,农民与土地的关系有很大的不同。农民的生产方式、农民与集体的关系也日益政治化,被认为"是建成社会主义和逐步向共产主义过渡的最好的组织形式"。③ 这种乡村土地制度的变迁为当代农村小说提供了丰富的资源。在1950年代小说创作中,农村题材的作品占了很大的比重,尤其是1953年农村开始大规模的社会主义革命合作化运动以来,诸多作家投身于农村的合作化运动,很多作家深情地凝望乡村大地,满

---

① 董健、丁帆、王彬彬:《中国当代文学史新稿》,人民文学出版社2005年版,第80页。
② 《全国政社分开建立乡政府的工作结束》,《人民日报》1985年6月4日。
③ 《中共中央关于在农村建立人民公社问题的决议》,《人民日报》1958年8月29日。

怀感情地书写乡村大地的变化,并希望通过歌颂农村的新生事物来推动这场革命的顺利进行。孙犁就是这样一位热情讴歌新社会新制度的作家,他总是以优美的主体心灵去感受生活中的美丽,绽放艺术之花。孙犁"善于通过新的农村的日常生活,从正面或侧面揭示劳动人民在战争环境中的优美的灵魂和诗意的乐观,并在淳厚的生活气息中升腾起泥土的芳香,在艰难严峻的风云里点染出迷人的景色,以至于不觉之中把读者带入热烈深沉和绵远悠长的感情境界。作者笔下的新的人物和新的风物,又往往都从最朴素平凡的生活里长出,并和最朴素平凡的生活融和在一起,因而也特有着自然和亲切的说服力"。[1] 伦敦大学克里斯·布拉莫尔长期从事中国农村和中国经济发展的研究,他在《中国经济发展》(*Chinese Economic Development*)一书中,以严谨的经济学方法对去集体化的经济学予以深刻而又严肃的反思。他在对集体经济和个体经济的各方面进行立体比较之后认为:"毛时代后期的农业没有失败。这期间农业产出的增加速度与人口增加速度相当,这是一项非常值得称赞的记录。"他进一步分析说:"总体来说,中国集体农业产量和劳动生产率的缓慢增长与宏观经济政策的失败有更大关系,相反,跟集体组织中的固有弱点本身没有很大关系。毛时代后期的中国宏观经济政策受到了国际约束的强烈影响。中国在国际上被孤立,并受到美国和苏联对其国境的威胁,这都迫使毛采取了防御性的工业化战略。对毛来说,党和中国人民不能够再回到 20 世纪 30 年代被日本控制的情况。中国已经在 1949 年站起来了,就不能再跪下去。"基于这方面的考虑,农业部门不得不给防御性的工业化提供大量的资金,给工业部门带来利润,以便其能够进行再投资。而农业部门自身的生产性投资被忽视,同时也被自身的资源所阻碍。"正是农业在 70 年代没有获益的事实导致不可避免的低工资和低劳动意愿。农业上的高产不会带来实质性的奖励,到毛逝世时,很显然已经不再能刺激生产者。"[2]

---

[1] 康濯:《论近年间的短篇小说——在河北省短篇小说座谈会上的发言》,《文学评论》1962 年第 5 期。

[2] 克里斯·布拉莫尔:《中国集体农业再评价》,《立场——教育对话》(*POSITIONS: Dialogues on Education*) 2012 年第 1 期。转引自鲁太光《当代小说中的土地问题——以"土改小说"和"合作化"为中心》,博士学位论文,北京大学,2013 年,第 203 页。

柳青则是自觉站在党的立场虔诚地创作。正是这样的创作立场，人们将《创业史》作为一部中国农村的"史诗"来看待，作为一部探索中国农村历史前途和生活命运的著作进行阅读。《创业史》从蛤蟆滩的互助组开始叙述，它不仅仅讲述了农业合作化艰难建立的历程，叙述了合作化运动对乡村生活深刻的影响，同时，《创业史》对乡村合作化的未来做出了美好的描述。严家炎从文学的审美属性出发批评《创业史》在人物塑造方面存在的问题。他火眼金睛般地发现"哪怕是生活中一件极为平凡的事，梁生宝也能一眼就发现它的深刻意义，而且非常明快地把它总结提高到哲学的、理论的高度，抓得那么敏感，总结得那么准确。这种本领，我看，简直是一般革命若干年的干部都很难得如此成熟如此完整具备的"[1]。对于这种指责，柳青当然不能同意，他回应了严家炎的指责："许多农村青年干部把会议上学来的政治名词和政治术语带到日常生活中去，使人听起来感到和农民口语不相协调，这个现象不是普遍吗？……农村党员和农村积极分子的社会主义革命思想都是党教育的结果，而不是自发由批评者所谓的'萌芽'生长起来的。此外，在艺术上表现我们这个时代的工农兵英雄人物的精神面貌，如果不涉及他们的政治学习生活和阶级觉悟程度，怎么能够更准确、更深刻地描写他们的行动呢？"[2] 其实，这种论证可以看出，合作化小说更愿意聚焦土地制度变迁以后，乡村打破了宁静、规范和秩序。这在中国历史上是第一次国家政权深入农村底层，这种土地制度的变化不仅仅是一场经济革命，更是一次巨大的社会结构的变化。

二 空间的社会化

"空间不是物体得以排列的环境，而是物体的位置得以成为可能的方式。也就是说，我们不应该把空间想象为充满所有物体的一个苍穹，或把空间抽象地设想为物体共有的一种特性，而是应该把空间构想为连接物体的普遍能力。"[3] 显然，从这个意义上说，空间不只是一个中性

---

[1] 严家炎：《关于梁生宝形象》，《文学评论》1963 年第 3 期。
[2] 柳青：《提出几个问题来讨论》，《延河》1963 年第 8 期。
[3] [法] 莫里斯·梅洛－庞蒂：《知觉现象学》，姜志辉译，商务印书馆 2001 年版，第 310—311 页。

的概念，更有着权力的意味，它是意识形态的界限与对抗。空间"一直都是政治性的、战略性的"。① 而对于农民来说，最为重要的空间就是土地和家庭。前者作为生产空间关乎他们的生计，后者作为生活空间关乎他们的生存。合作化小说农村土地变迁书写赋予空间以前所未有的政治属性，对于乡土中国的农民来说，土地是最重要的空间。因为土地是他们最终的生活来源，关系着他们的生计甚至生命。如何书写这种关系着农村生计，成为农民生命一部分的空间是每一位从事农村土地制度变迁书写的作家所必须认真面对的问题。

在人类发展史上，家首先是作为建筑物，是一种空间存在的形式。家这种空间的物理功能主要是为了遮风避雨、防寒祛暑、避祸防灾而营造，是人类为了抵抗自然力的侵扰，为了逃避一些自然的灾难而保存自身的休养生息之所。随着历史的发展，这种建筑物不仅具有实用的功能，还富含审美的特质。同时，这种建筑还是文化的一种载体。当然，这种建筑离不开土地。土地制度的变迁自然影响到生存空间的变化，并且那种深层次文化的变迁赋予家庭生存空间新的文化内涵。小说《创业史》中，经过土改之后，分得土地的梁三老汉开始梦想成为"一座三合头瓦房院的长者"。这种土地制度的变革自然影响到农民生活理念的变化。获得土地以后，农民首先想到的是生活空间的构建和改善。此时的梁三老汉显然没有认识到新的生产制度对乡村社会的影响，内心深处还停留在"土改"时期个人朴实的财主梦想，文化身份保存着农民的本色，不具备一名新中国农民的主人公的姿态。但是这种朴素的生活理想却准确无误地表现出了底层农民的内心愿望，这是中国底层农民从几千年生活经验教训中获得的智慧。房屋以分离和孤立的形式区别开了个人及其家庭，回到家宅就是回到了自我。但是，这种回归自我的家庭空间的文化功能随着合作化运动的进行而逐渐被驱逐。1950—1970年代中国乡村小说中普遍存在的一个事实，即"作为家庭的空间在代际上的分化与疏离"。② 由于互助组、合作社、人民公社等社会主义公共

---

① [法] 亨利·勒菲弗：《空间与政治》，李春译，上海人民出版社2008年版，第46页。
② 路文彬：《论"十七年"中国乡村文学中的空间政治问题》，《文学评论》2011年第6期。

组织的崛起，乡村逐渐成为一个政治共同体。这个共同体侵入人们日常生活的每一个层面，为共同体成员提供强大的政治、经济和生活上的庇护。这种庇护极大地削弱了传统家庭所具有的社会功能，从而使得家庭的功能迅速萎缩。共同体之间阶级的联系纽带逐渐取代家庭成员之间血缘关系联系的纽带。由于这种庇护功能主题的置换，人们逐渐疏离家庭，转而信仰、依靠组织的力量。与个体家庭相比，这个政治共同体的规模、力量都强大到绝对优势的程度。显然，与这种政治共同体相比，家庭是没有能力、没有条件为成员提高更多、更好的优越条件的。这种土地制度变迁导致的结果是，乡土土地空间越来越广阔，而家庭却日益走向萎缩。家宅对家庭成员在空间上的制约越来越小，越来越多的家庭成员走出家庭，走向政治共同体的广阔天地。由于合作化运动的广泛开展，梁三老汉等老一代农民在家庭中已不具备足够的威望，不能有效地行使一名"长者"的权威。梁生宝等社会主义新人因合作化运动的开展获得了新的政治内涵。他们以社会主义国家主人公的姿态，拒绝了家宅的空间的孤独庇护，而走向更为广阔的合作化事业，生存的空间因此得以政治性拓展。农民对各自空间的认可被赋予了政治的内涵。作为私有空间的家宅对个人失去了庇护的基本功能，甚至，这种家宅成为隔绝和封闭的象征。只有走向合作化运动，走向更为开放的公共空间，农民才能获得政治身份的确认。

《三里湾》开篇就"从旗杆院说起"，赵树理在旗杆院的变迁史中书写中国革命风云。同时也是乡村空间的性质变化见证农村土地制度的变迁。1942年以前旗杆院不过是"壮一壮地主阶级的威风"的旗杆院，1942年后，用途发生了很大的变化，"没收之后，大部分做了村里公用的房子——村公所、武委会、小学、农民夜校、书报阅览室、俱乐部、供销社都设在这两个院子里，只有后院的西房和西北小楼上下分配给一家干属住"。1949年后农民的生活空间有了极大的变化。"近几年来，旗杆院房子的用处有了调动，自从全国大解放以后，民兵集中的次数少了，武委会占的全院东房常常空着，一九五一年村里成了个农业生产合作社，开会，算账，都好借用这座房子，好像变成了合作社的办公室。可是在秋夏天收割的时候，民兵还要轮班集中一小部分来看护地里、场上的粮食；这时候也正是合作社忙着算分配账的时候，在房子问题上仍然有冲突；好在乡村的小学、民校都在收秋收夏时候放假的，民兵便临时到对面小教室去住。"① 原来作为生活空间的旗杆院已经被置换为生产空间。而这种生产空间是与合作化制度紧密相依的。李准在《春笋》② 中写的是新当选的生产队长耿良一天的生产过程，这里生产的空间是饲养院、大队的办公室、仓库、麦田。耿良即便是走到家门口，也是因为想起生产大队的事情而回到饲养院，回到他生产劳动的空间，这里家庭的生活空间是被放逐的。

《三里湾》中关于马家院的描写与这种情形有深度的契合："三里湾是个老解放区，自从经过土改，根本没有小偷，有好多院子根本没有大门，就是有大门的，也不过到了睡觉的时候，把搭子扣上防个狼，只有马多寿家把关锁门户看得特别重要——只要天一黑，不论有几口人还没有回来，总得先把门搭子扣上，然后回来一个开一次，等到最后的一个回来以后，负责开门的人须得把上下两道栓关好，再上上碗口粗的腰栓，打上个像道士帽样子的楔子，顶上个连榾柮刨起来的顶门杈。"在赵树理等作家笔下，家宅作为生存空间，已经失去了原有的庇护功能，马多寿因为不热心合作化运动，因为不乐意刚刚因土改而分配的土地又交给集体，家也就失去了应有的欢乐，而成为了恐慌、烦恼的发祥地。这样的家庭空间自然也就失去了通向公共空间的权利。土地制度的变化，人们日常生活空间的变化，赵树理等作家在这种日常生活的变化中捕捉到人们内心情感期待和希望的变异。

同样，王汶石《春节前后》中也是书写土地制度变迁之后生活空间的变化。合作化运动后饲养员丈夫将自己的生活热情和工作动力寄托在合作社事业上，而妻子大姐娃呢，则只是仅仅想过个"普普通通的家庭生活"。暂时尚未跟上社会主义合作化时代步伐的大姐娃苦闷无聊，孤独失败。她"漠然地望望大门，大门静静地合着，插着木闩，扣着铁环。那木闩铁环，默默地忠于它们的职务，守住大门，连美丽的春天也不放进来。那被关在门外的春天，只能徘徊在墙外，或悄然爬上白杨，向院内窥望。院内，杂乱而邋遢，一堆堆柴，一堆堆草，被鸡刨

---

① 赵树理：《三里湾》，人民文学出版社1958年版，第1—2页。
② 李准：《春笋》，《人民文学》1961年第5期。

猪拱,撒布遍地;一摊摊猪粪鸡屎,斑斑点点,点缀其间,呈现着荒凉的景色,就连铺在其上的阳光,也像冰霜一样暗淡、苍白、清冷"。① 觉醒过来的大姐娃明白只有将自己的个人空间融入合作化的集体空间才能拥有未来和希望。"三天以后,大姐娃家的北墙上,出现了一个小土门。这个小土门,把大姐娃的小天地和外间的大世界连在一起了。土门北边,就是红旗农业社的饲养室,靠北有东西两排草房,一排喂牛,一排喂骡马。两排草房之间,有大车门,从敞开的大门外望,越过巷道,越过一片空园,一直伸向渭河岸边,是一片广阔的麦田。"个人小天地与外面大世界的连接、私人空间与公共空间的对接是农村合作化运动的必然道路,合作化土地制度变迁之后,生活的空间必然引发天翻地覆的变化,空间被植入政治性的内容。

生产空间的社会化,对于李双双等革命女性来说,就有了摆脱自己被遮蔽的命运的可能性。这种从个人空间回归公共领域的行为就有了政治意味。"妇女解放的第一个先决条件就是一切女性重新回到公共的劳动中去。"② 但是,这种生产空间的社会化给家庭、婚姻等生活带来的深层次的影响却是显而易见的。"通过合作化劳动而建构共同体,进而培育出为'集体'劳动的观念,成为这一时期劳动妇女参加劳动的主要追求。"③ 在这种情形下,由于土地制度变迁对生活观念造成的影响,她们甚至形成了全新的婚姻设计理念——灵芝之所以选择玉生而不是选择有翼作为婚姻对象,就在于玉生"时时刻刻注意的是建设社会主义社会",关心着集体的建设;同样,而玉梅则将"是否入社"、"走资本主义还是社会主义"等问题当作结婚条件来考虑有翼,她关心自己未来的丈夫是否和热火朝天的社会建设保持同步。合作化作为当时农村土地制度变迁的主要内容,已经深刻影响到人们的日常生活。生活空间的内容和功能被置换,社会性替换了私人性。

与之相对的是,作为旧的制度政治力量的空间如土地庙、祠堂则逐

---

① 王汶石:《春节前后》,《王汶石小说选》,百花洲文艺出版社1996年版,第54页。
② [德]恩格斯:《家庭、私有制和国家的起源》,《马克思恩格斯选集》第4卷,人民出版社1972年版,第70页。
③ 董丽敏:《"劳动":妇女解放及其限度——以赵树理小说为个案的考察》,《中国现代文学研究丛刊》2010年第3期。

渐祛魅，成为生活空间的一部分，成为乡村场景的一部分。合作化小说《山乡巨变》中邓秀梅进入乡村的经典场景被诸多研究者论述。邓秀梅刚进入清溪乡时就有对路边的土地庙的审视。土地庙作为封建土地制度的象征，活动空间的荒芜说明既往乡村秩序的溃败。由土地庙的对联，邓秀梅想到了土地问题的重要性。最后由代表着国家新的土地政策的下乡干部发出声音，做出判断，宣告乡村文化权力空间的漂移和置换。

三　时间的程式化

合作化运动在乡村引起的革命是全方位的，波及每一个家庭，涉及每一个家庭成员，深入影响农民生活的每一个层面，波及每一个人心理。底层农民不得不在这种政治运动和土地制度变迁面前主动或被动地做出选择。《山乡巨变》中盛佑亭上山盗砍毛竹路遇入乡干部邓秀梅。这位农民首先问的就是时间，"同志，什么时候了？"邓秀梅"看了看手表"，回答"快两点了"，"又仔细打量他"。农村的生活时间某种意义上由外来的干部来确认。王汶石的短篇小说《春节前后》开篇就是"春节刚过，新年的气氛还笼罩着乡村，农民们就上地干活了"。何飞的《大家庭》（《人民文学》1961年第1、2期）记叙的是生产队长叶元钦为了群众能过一个欢乐祥和的春节，不顾在家坐月子的妻儿，忘我工作，他到丈母娘家拜年，想到的却是到当地生产队取经，这种舍小家，顾大家的精神成为当时优秀乡村干部的一种必备品质。

于逢的小说《金沙洲》中作为合作化运动的领头人刘柏每天忙得焦头烂额。"高级社建成不到一个月，事情很多，要编生产队，划耕作区，要制订短期作业计划，审定工作定额，要评劳动力，计算入社股金；同时开荒要限期完成，积肥数字要每天上报，甘蔗赶着要种，鱼塘必须及时清理。过去他当金沙乡第一初级社主任的时候，管的只是三四十户人家，现在管的却是金斗、沙涌、龙塘三个村二百五十多户的事情，忙忙乱乱。日间和夜里，各种各样的人来找他，要他解决各种各样的问题。生产队长找他谈论工分啦，借钱的人找他批准预支啦，病人的家属找他商量看病啦，谁和谁吵架找他评理啦，诸如此类。"[①] 作为合作化运动领头人的刘柏，他的劳

---

① 于逢：《金沙洲》，花城出版社1992年版，第11页。

动空间从个人的庭院放逐出来，走向了公共空间，同时，生活的时间也从个人的私性时间转变为集体的公共时间。

夜以继日的工作是合作化小说书写劳动场面非常普遍的情节，如丁玲在《"粮秣主任"》中就极力铺陈了农民们不分白天黑夜兴修水利的热火朝天的场面："年轻的小伙子们，在夜的景色中，在电灯繁密得像星辰的夜景中，在强烈的水银灯光下，在千万种喧闹声融合在一个声音中，显得比白天更有精神。"人们因为能参加集体活动而显得由衷地高兴，"他们跟着扩音器送来的音乐，跟着打夯的吆喝，跟着碾路机的轧轧声跑得更欢"。由于合作化运动，工作的白天时间挤兑了休息的晚上时间，个人的时间无条件地向集体的公共时间靠拢。"沉默寡言，朴实和气"的碧鸡公社书记黄立地不计前嫌，帮助给金马人民公社运送收割工具，从而与"自信多于谦虚，猛干多于考虑"公社主任兼党委书记张太和消除了因劳动竞赛而产生的疙瘩。但是从这部短篇小说也可以看出人民公社、政府对劳动力的随意调配，甚至可以说到了没有任何制约的地步，为在暴风雨来之前抢收，就随意让县立中学一千四百多名学生停课参加劳动（《人民文学》1953年第12期）。同样，由于合作化运动的强势楔入，农村的春种秋收的生产节奏也时常被中断。《三里湾》中党支部书记王金生在一次大队支部会议上说："这次会议是一个小整党会议，可能在一两天以内开不完！大家耐心一点！县里原来决定在今年冬天农闲的时候才整，可是有些不正确的思想已阻碍着现在的工作做不下去，所以昨天晚上才和县委会刘副书记决定整一整最为妨碍工作的思想，等到冬天再进行全面整顿。"

端木蕻良在新中国成立以后写的第一部小说《钟》（《人民文学》1954年第9期），就是关于农业合作化题材的。对同一题材的处理，1950—1970年代，端木蕻良和其他乡村小说作家的立足点相同、创作追求一致，但是由于各自的文学修养、人生经历和个性禀赋的不同，他们各自视野下的农村合作化运动也表现出不同的道德价值和风貌情趣。如赵树理《锻炼锻炼》、《三里湾》等小说中习惯于将合作化运动事务化、问题化；秦兆阳、周立波热衷于将合作化运动乡村牧歌化、理想化；柳青则立志于论证农村合作化运动理性化、合理化；而端木蕻良则关注乡村合作化运动强势楔入乡村以后，对乡村日常生活造成的影响。

钟是现代科技的度量衡器物，是伴随工业化生产线出现的器具，是与日出而作、日落而息的农耕社会相对立的日常生活工具。它按照生产线模式生产统一的秒、分、时等时间单位。小说《钟》写的是农村土地制度变迁以后，时间对人日常生活习惯和心理产生的深刻影响。合作化以后，农庄以生产队为基本单位组织耕作，从事生产，全体社员像工人上班一样，每天早上五点半要上工。显然这种生产和生活的方式与农民的自足性有很大不同。之前由于这种自足性，农民们基本上过着自由散漫的生活，不习惯精准时间的约束。农民们的时间观念相对模糊，日出而作，日落而息，春天播种，秋天收获。农民的生活有着内在的时间和季节性。但是，这种时间观念具有显著的农耕文化特征。一切都是自然随意，在模糊大概的自然时间观念里生活。农民由于贫困买不起钟表，可是生活中似乎也不需要现代工业那样非常精确的时间。

显然，合作化运动中的积极分子胡大叔不适应这种现代工业时间。原本"庄稼人底时间是按烟袋窝计算的"，他不适应这种现代的精准时间，很难按时准点。误点的次数多了，胡大叔常常为此而焦虑不已，晚上翻来覆去，总是惦记着队里打钟，睡都睡不踏实。胡大叔在三次误点以后，决定也像年轻的朱长林一样买块表。后来在会计老孙头的建议下，买个闹钟。只要一到点，闹钟一闹，胡大叔就准时起来干活，"简直就像工厂一样"。具有深刻意味的是小说浓墨重彩地书写了闹钟进入胡大叔家庭生活的一些富有戏剧性的生活场面。"小燕和小强搬了小板凳，坐在地心，睁圆眼睛盯着那钟。看那钟一抹的红漆，活像一轮早起初升的太阳。他俩说话的声音也小了，生怕惊动那钟。两个孩子对着钟百看不厌。"他们听从会计告诫：闹钟怕震、怕水。胡大叔便把桌子垫得平平整整，小心地将钟放在桌子上面。小燕和小强只允许远远地看着钟，连桌子都不能碰。做饭时，胡大婶要拿放在桌子抽屉里的火柴，只好笑盈盈地战战兢兢地走近桌子，像从孵卵的母鸡窝里取走一枚鸡蛋一样。全家人屏着呼吸，全神贯注地看着她的一举一动，直到她把火柴真的拿到手里，大家才不约而同地松了一口气。

第二天，闹钟准时响起，胡大叔终于可以按时上工了。一家人兴高采烈，喜气洋洋，觉得终于"捉住了时辰"。胡大叔有了一句新的口头禅："我们能捉住时辰，就能过时辰去。"小说的结尾，胡大叔无私地献出自己的钟,为小队集体所有,让所有的队员都能"把时辰攥在手里"。"大家的眼睛都看住那钟,那钟在'嗒、嗒……'地走着……"小说结尾显得意味深长。"机械钟表有助于创造一个数量化和机械驱动的宇宙的形象","成为统一的分割过程的手段"。① 在合作化运动中,日出而作,日落而息的个体感性时间计量方式已被抛弃。抽象的统一单位计量时间得到了推崇,并渗透一切感性生活。个体的日常生活和工作模式不再是适应生物体的需要,而是逐渐适应时钟的需要。

"'钟'在这里是就是一个内涵丰富的'现代时间'隐喻。农业合作化运动的全部矛盾,在小说里被简化成了传统与现代两种时间观的冲突。实行集体化生产后,个体农民日出而作,日落而息的'传统时间',与集体化所要求的'现代时间'发生了功能性紊乱;胡大叔时时挂在嘴里的'时辰',在这里成了一种哲学的、叙事学的隐喻。"② 端木蕻良是一位很有创作经验的作家,"精心营构意象并充分发挥其叙事功能"③ 成为端木蕻良的一个显著特征。在端木蕻良这里,知识分子通过时间的角度,理性地思索合作化运动。面对自己熟悉的广袤土地发生的巨变,他有着和其他很多乡村小说不一样的感受。

因为有端木蕻良这样的作家,现在重新检阅1950—1970年代的合作化小说时,我们总是被作家那种在"一体化"时代所做的艰难探索而感动,也为闪着点点星光的人文精神而激动不已。合作化小说在时间、空间等方面全方位地书写土地制度变迁所引起的乡村社会的变化,自给自足的乡土中国逐渐演变成为一个组织起来了的政治性革命中国。

第三节 农村改革小说

一 土地承包的欢呼

十一届三中全会提出"在本世纪内把我们国家建设成社会主义的

---

① [加]马歇尔·麦克卢汉:《理解媒介——论人的延伸》,何道宽译,凤凰出版传媒集团2015年版,第168页。
② 杜国景:《农业合作化的"时间美学"及其退却——评端木蕻良十七年时期被遗忘的两篇小说》,《民族文学研究》2010年第3期。
③ 秦弓:《端木蕻良小说的文体建树》,《河北学刊》2001年第1期。

现代化强国"的宏伟目标。刚刚经历"文革",神州大地满目疮痍,人民饱受创伤。这一目标的提出,如漫漫长夜看到了光明。举国上下,洋溢着劫后余生的喜悦以及发愤图强的激情。各行各业的人民积极参与到"四个现代化"的建设之中。"现代性与现代化的差别,在于后者倾向于把现代社会的成长视为'自然'、'可欲'的过程,而前者则把这一过程和关于这一过程的话语,当成一种意识形态和权力结构加以反思。"① 如果说,现实社会中的改革开放是一个"现代社会的成长"的"过程",那么农村改革小说不仅仅是这一过程的反映,更是对这一过程作合乎逻辑的现代行为和现代性的论证,从而以另外的方式延续了民族国家的现代化想象。

汪晖说:"现代性概念首先是一种时间意识,或者说是一种直线向前,不可重复的时间意识,一种与循环的、轮回的或者神化的时间认识框架完全相反的历史观。"② 这种现代性强调的是时间、速度,属于社会、启蒙的现代性范畴。而新时期的焦虑首先来自时间层面,来自追赶西方的焦虑。那么我们需要什么样的新时期文学,我们对新时期文学有怎样的预设呢？1978年12月周扬所做的具有指导意义的《关于社会主义新时期的文学艺术问题》讲话,指出"要正确表现社会主义新时期的生活和斗争,最要紧的是,我们的文艺工作者要积极地投身于为实现社会主义新时期的总任务",为加速社会主义现代化建设去"观察、体验和描写这场火热的热热烈烈的斗争。这是一个伟大的群众运动,又是一场科学技术的伟大革命"。③ 学术界对"文学新时期"的命名本身就是依据国家的历史经验,而不是依照文学本身发展的阶段性。现代性国家的政治目标、经济改革、文化诉求、社会变迁等等本身就成为新时期文学书写的核心内容。具有戏剧性意味的是其秉承的精神内核,却是五四以来现代知识分子所孜孜以求的建立现代性民族国家的信仰本身,以文学的手段展示、参与国家政治、社会转型的历史进程。

---

① 王铭铭:《社会人类学与中国研究》,生活·读书·新知三联书店1997年版,第283页。
② 汪晖:《韦伯与中国的现代性问题》,《学人》第6辑,江苏文艺出版社1994年版。
③ 周扬:《关于社会主义新时期的文学艺术问题》,1978年12月在广东文学创作座谈会上的讲话,发表于《人民日报》1979年2月23—24日。

社会话语体系的转换是符号领域的迁徙，是能指的延异与变迁。新时期农村体制改革，家庭联产承包责任制的实行，意味着那种带有依附色彩的生产关系的终结。在民族国家想象宏大话语的间隙中，看到了个人、家庭跃动的光影。新时期社会话语体系对人的重新发现，个性、尊严和自由等绝不是单纯的精神范畴，这些范畴往往和人们的物质欲望相联系，从而焕发出巨大的能量，在人们的日常生活中形成裂变。

"在悲悯之情充斥当时文坛，大家历数各自悲惨遭遇和不灭的信念时，何士光却在'乡场上'找到了他要传达的时代之言的人物，在民间社会发现了又一时代的来临。"① 小说《乡场上》（《人民文学》1980年第8期）以两个小孩的争吵引起大人的纠纷这件小事入手，在乡场上这个农村的日常生活空间，以一个合作化期间"出了名的醉鬼，一个破产了的、顶没价值的庄稼人"，"在乡场上不值一提"的冯幺爸"扯天南盖地北"的慷慨陈词宣告新时期农民"站起来了"。"只要国家的政策不像前些年那样，不三天两头变，不再跟我们这些做庄稼的过不去，我冯幺爸有的是力气，怕哪样？"这篇小说的意义不仅仅在于歌颂了新的农村土地政策，更主要的是农村土地制度改革以后，个人经济地位的增强，以及与之相随的人的觉醒和独立人格的形成。面对以曹支书以及宋书记为代表的乡村政治力量的威逼，冯幺爸说："不要跟我来这一手！你那些鬼名堂哟，收拾起走远点！——送我进管训班？支派我大年三十去修水利？不行罗！你那一套本钱吃不通罗！……你当你的官，你当十年官我冯幺爸十年不偷牛。做活路——国家这回是准的，我看你又把我咋个办？"这是对合作化时期"用专政的形式来办农业"的生产方式的控诉与否定。面对以曹二娘为代表的合作化时期"营业"经济力量的威逼，冯幺爸拍着胸膛说："要吃（肉）！这又怎样？买！等卖了菜籽，就买几斤来给娃娃们吃一顿，保证不找你姓罗的就是！反正现在赶场天乡下人照样有猪杀，这回就不光包给你食品站一家，敞开的，就多这么一角几分钱，要肥要瘦随你选！……跟你说清楚，比不得前几年罗，哪个再要这也不卖，那也不卖，这也藏在柜台下，那也藏在门后头，我看他那营业任务还完不成呢！"冯幺爸作为新时期农民的代表，

---

① 孟繁华：《觉醒与承诺——重读〈乡场上〉》，《小说评论》1995年第3期。

乡场也是新时期乡村政治场的一个缩影,我们见证了一位开始站起来的农民形象。小说非常及时地捕捉到了时代信息。以家庭承包责任制为主要内容的农村土地制度改革,不仅仅为了让农民有饭、有肉吃和有衣穿,更主要的是让普通农民获得了精神上的独立。何士光身处贵州,在祖国大地的边缘,但是他敏锐地捕捉到了祖国心脏的跳动。

然而,包产到户意味着人民公社的瓦解。正是土地承包责任制的实行,才让农民真正取得了经济上的地位,才真正解除了农民的依附地位,因此,也就意味着人的再次解放。《乡场上》在富有寓言意味的逼仄的场景中表达了宽广的艺术主题,"折射出农民在农村经济体制改革前后漫长的精神历程,表达了经济翻身带来农民精神的独立、人的尊严与价值的恢复这样的主题。其中包含了一个新的时代开始时知识分子对未来一厢情愿的美好愿望"。① 如果说《乡场上》是"急切地要为农村生活的深刻变革作一次说明","反映和说明社会生活,用以获得它的认识价值"② 的话,何士光在创作《种包谷的老人》(《人民文学》1982年第6期)时则不欣然于技巧的铺陈,不固执于社会的直白,"努力像生活一样深厚,像真实的社火一样展开"。③ 作者没有直接歌颂农村土地制度政策,而是写了一个老人卑微的一生。土地承包的时候,村里的五保户刘三老汉却承包了一块山地。他不耽误大家的熟田熟地,请求村干部把离村最远的、半荒芜、偏僻的山地给他一块,由他耕种。当然,村干部满足了他的需求。七十多岁的刘三老汉起早贪黑地劳作,对收获充满着渴望。原来老人一直有个心病:1960年嫁女儿的时候,他一件陪嫁的东西也制不起,"那时地方上不清净,连衣食也那样艰难",到哪里去为女儿弄一份嫁妆呢?二十多年过去了,因为土地承包制度的实行老汉才能了却心愿。他留给女儿一片丰收的包谷,整整五十七担。可怜天下父母心,二十多年来,老汉背负多大的精神压力啊!小说通过这一心酸的故事歌颂了新的农村土地政策。

何士光身处贵州边缘地区,熟悉底层生活,同时也能真切地感受到

---

① 丁帆:《中国乡土小说史》,北京大学出版社2007年版,第250页。
② 何士光:《努力像生活一样深厚——关于〈种包谷的老人〉的写作》,《人民文学》1983年第7期。
③ 同上。

农村土地制度变迁对农民日常生活的影响。他将笔墨集中于普通人的生活，描述农村生活状态，探析农民生命底蕴，对农村政策进行热情的歌颂和由衷的赞美。

二 经济结构的变革

从"大跃进"到"文革"的十几年中，中国的农村经济一直坚持"以粮为纲"的准则，农村只能发展农业，土地只能耕种粮食。同时与之相适应的是户籍制度将农民牢牢地拴在土地上，没有自由，更不用说用自己的聪明才智"发家致富"了。新时期家庭联产承包责任制的实行就是要打破这种单一的经济结构，拓展更为宽广的经济发展道路。

与何士光的冷静、平和不同的是，同期作家张一弓更乐意关注普通农民的崇高与壮美。在歌颂新时期农村政策的同时，追根溯源，表现出难得的理性思辨。张一弓以自己敏锐的眼光投射于自己的家乡，"追随时代的步伐，为正在经历着的我国农村做一些忠实的记录"。① 小说为我们展示了新的土地政策下，新一代年轻农民的觉醒和强烈的自我意识。《黑娃照相》于1981年发表在《上海文学》第7期，并获得了首届全国优秀短篇小说奖。像其他新时期乡村小说一样，张一弓将对农村体制改革、对家庭联产承包责任制的欢呼与对农民日常生活的现代化诉求联系起来。以人们日常生活包括物质的和精神的改变来完成对民族国家进程的现代性想象。小说的开篇就说黑娃发展副业养毛兔，第一次卖兔毛得了八元四角钱，这是"一个具有历史意义的伟大事件"，是黑娃个人十八岁的成人礼，更是新时期中国农民的成人礼。

"黑娃的衣兜里可曾装过这么多的钞票么？没有没有。虽然上过初中而又钻研过一点儿'经济学'的黑娃是这个三口之家的财务大臣，自辍学以来，就掌管他家的卖鸡蛋钱，虽然那两只下蛋十分卖力的母鸡，三天两头地仰着血红的鸡冠，'咯咯咯嗒'地叫着，向全世界发布它们的生产公报，但黑娃每次经手的收入却不曾超过三元，因为他总是等不到攒够三十个鸡蛋，就得赶紧去集上卖了，要不，面条汤里没盐，晚上黑灯瞎火，黑娃爹娘要是有个头疼脑热，也只好硬撑着了。眼下这

---

① 张一弓：《听从时代的召唤——我在创作中的思考》，《文学评论》1983年第3期。

八元四角钱,是黑娃家的一个具有历史意义的伟大事件。"作者不厌其烦地用数字来说明黑娃这次进城的不同意义,用数字来说明土地制度变迁对人们生活和心理的影响。

这是农村体制改革的胜利,是家庭承包责任制的胜利。"富"起来的黑娃有了更高层次上的精神追求,需要美国的相机来身份确认,为此"感到满足而激动"。因为"他给娘带回去的,是一个五颜六色的向往"。物质的满足往往激发着更高层次的精神追求,同样,只有精神上的满足才能反过来证明物质追求的合法性。而物质上的满足往往是人们最容易感觉得到的,也是和农村土地制度变迁有着最直接的关联的。高行健在《现代小说技巧结构》中说"黑娃的解放应和着物质的解放,是一个历史的傻瓜,桑丘一样的。但他带给我们一个空间——改变中国命运,可当时的评论却不是如此。而是着重于精神上的追求,'庄稼人的腰杆立起来了'"。[①] 显然,现在看来高行健的认识更为高远。他将民族国家的命运和中国农民的现代化诉求紧紧地结合在一起。

这篇不到一万字的短篇小说,字里行间遍布"外国人"、"kiss me"、"美国相机"、"西装"、"领带"等字符,显然这里是一种有意味的形式,是一种西方现代性的象征;同样,小说里有毛衣、呢子裤、蛤蟆镜等意象,我们可以将它看作城市的镜像。新时期刚刚改革开放的农村就是在追赶西方的焦虑中,在城市空间的挤兑下跟跟跄跄,踟蹰前行。代表乡村的黑娃反抗这种"影响的焦虑"的仪式也是农民式的——赶庙会。尽管"如今兴了这'责任田',活路由自己安排,赶会也用不着请假"。某种意义上说,赶庙会具有成人意义,对黑娃、对于新时期的农民。实行了家庭联产承包责任制的新式农民能"当家作事",从而达到对当时农村政策进行转述性书写的目的。但是,作者却对富裕起来的农民表现出了更深沉的忧虑:初步拥有物质财富的民族劣根性。

小说曲尽其妙地考察了黑娃心理需求的过程,以及受到外界刺激后的心理变化。从买水煎包等吃的需求到买"的确良"等穿的需求,这些想法都被黑娃否定了。作者还特意多次告诉读者这是"物质需求";

---

① 高行健:《现代小说技巧结构》,花城出版社1981年版,第35页。

小说着重描写的是黑娃的精神需求，先是书写是否花一毛钱看戏的心理变化，最后浓墨重彩地描写黑娃照相的过程以及心理变化。显然这是一种更高层次的精神需要。这种心理变化也符合人的需求层次的变化。随着物质的满足，人们更多注重独立人格的确立。小说通过新时期农民心理需求的变化赞扬了农村土地承包责任制政策。但是这或许是小说表层的内涵，其深层次里，作者隐含着更为重大的命题，就是富裕起来的农民，要想真正获得精神上的独立性，便应对自身的文化素质有着更高的要求，否则就会有被物质欲望控制的危险。而这是社会转型期中国必须面对和认真研究的重要命题之一。在服务员的刺激下，黑娃最后穿西装、系领带、戴蛤蟆镜，一次花掉自己"辛辛苦苦喂养长毛兔"近一半的收入，表面富足内心不平衡的黑娃装模作样地照相真的能"获得五颜六色的梦想"？小说用漫画的笔触书写了黑娃照相的表现，从某种意义上说作者通过黑娃虚张声势、大喊大叫的表演表达了内心的孱弱。黑娃的"异妆术"思维丧失了自我的身份，泄露了内心的衰弱，丧失了民族性。

《黑娃照相》写的是农民赶庙会的细节，高晓声的《陈奂生上城》（《人民文学》1980年第2期）则走得更远，直接写农民上城。小说写了陈奂生住招待所的细节，在交付了5元钱房费以前，心里充满了自卑；付房费之后则自以为取得了主宰一切的权力，胡乱折腾，还自豪甚至不乏自我安慰地想："有谁坐过吴书记的汽车？有谁住过五元钱一夜的高级房间？"自我主体性羸弱的农民，一旦有媒介激活，人性中的恶魔性因素马上就呈现出来，飞扬跋扈，夜郎自大。显然小说不仅仅是紧跟形势，为政策唱赞歌，更主要的是揭示了农民，即便是暂时获得了初步的物质独立性的农民，在性格上也有两面性的特点：在权力高压下的"奴性"和取得权力之后的"专制"，实质也就是所谓的"皇权崇拜"。[①] 正是因为对这种思想有着深刻的认识，高晓声才深深地思索："陈奂生的思想不变，中国还会出皇帝。""中国爆发文化革命，占人口百分之九十的农民是否应该负一点责任呢？"显然，因为农村土地制度改革，暂时获得了喘息机会的农村获得尊严的方式不过是自己"心造

---

① 崔志远等：《中国当代小说流变史》，中国社会科学出版社2009年版，第127页。

的幻影",这种方式永远也不可能真正获得尊严。这类批判金钱熏陶下人性异化的作品在后来的改革文学中越来越多,如矫健的《老人仓》、张炜的《一潭清水》、浩然的《苍生》等。

洪子诚曾经批评1950—1970年代的乡村小说,"在农村进行的政治运动和中心事件,如农业合作化、大跃进、人民公社运动、农村的两条道路斗争等,成为(当代农村小说——引者补)表现的重心。乡村的日常生活,社会见习,人伦关系等,则在很大程度上退出了作家的视野,或仅被作为对现实斗争的补充和印证"。① 这种要求对1950—1970年代乡村小说未免有些苛刻。不过,到了新时期这种不足得到了重大改变。张一弓认为:"辩证唯物主义的世界观总是让人们看到现实生活中两种'现实'的存在:一种也许是在某一个历史阶段上或某一个局部环境中占据优势的黑暗势力,但它在总的趋势上却在消亡着,正在失去它的必然性和现实性。而与之矛盾冲突着的对立面——也许在某一个历史阶段上或某一个局部的环境中居于劣势的进步力量,却在斗争中成长着,正在愈来愈惹人注目地表现着它的现实性和生命力。以辩证唯物主义的世界观为其哲学基础的革命现实主义文学,应当和能够对这两种'现实'作出符合它们本来面目的反映,从而使我们既能够坚持现实主义文学的批判性而又同批判现实主义文学划清界限,既吸收浪漫主义文学的强烈的理想光芒而又把理想的光芒置于现实生活的基础之上。"② 张一弓总是将这"两种现实"融于自己的农村改革小说,不满足于迎合时代、对农村家庭联产承包责任制作简单的传声筒书写,而是将笔触往上延伸到历史的广阔空间,将笔触集中于人性的深度空间,开掘小说书写的可能性,揭示"可能的现实"。

有学者这样评价张一弓:"在新时期文坛上关注着农民命运的作家中,他是把农民在新旧交替时期的心理情绪,思想愿望表现得比较迅速和广泛的一个。"③《流泪的红蜡烛》中过去被称为"光棍坡"的金岗生产大队自从改种烟叶,实行"一口人,一苗粮,一苗烟,一年现金

---

① 洪子诚:《中国当代文学史》,北京大学出版社1999年版,第92页。
② 张一弓:《听从时代的召唤——我在创作中的思考》,《文学评论》1983年第3期。
③ 刘思谦:《张一弓小说创作论》,《文学评论》1983年第3期。

收入六百元"的致富计划,人们的生活条件大为改善,村里的小伙子纷纷找了对象。可是即使一年有七对新人结婚,"亩产千元"的种粮大户,安哥拉长毛兔给他带来一千多元进项,用钢筋水泥预制板盖起三大间新式平顶屋,成为百里挑一的致富能手的李麦收还是没有对象,这自然有特殊的"流泪的红蜡烛"的故事。李麦收喜欢上了俊俏的姑娘白雪花后,为此不惜花费两亩烟钱,花上"六套不同式样、不同颜色的纯涤纶衣裳"、"上海牌全钢带日历手表"以及"五百块崭新的钞票"。可是新婚三天,白雪花却不让李麦收进门,原来她之前爱的是两小无猜、相依为命却暂时贫困的"科研户"赖孩儿。最后当然是有情人终成眷属,李麦收也得到赖孩儿妹妹的欢心。小说在情节设置上过于戏剧性,以至于不断有人提出批评,特别是改编成电影以后。[①] 张一弓不同凡响之处就在于能够透过农民暂时富裕这一表象,发现经济上的富足化和精神上的荒芜化的矛盾,正视农民对正常感情生活与合理爱情的现代诉求。特别是新娘白雪儿新婚之夜执拗的反抗以及"俺是人,是人,是人!"的呼告与呐喊切合了时代的人道主义潮流,宣告了新时期农民的追求和向往。

三 生活观念的碰撞

土地制度的变迁,包产到户、发家致富等政策必然影响到人们的日常生活,深入地影响到人们的内心世界和精神生活。很多作家不满足于像合作化小说一样配合农村土地制度变革而进行创作,而是通过对这次土地制度变迁的书写展现时代风雨变迁,融入作家对社会的思考,表现人们的道德观念、思想感情和心理状态的变化而间接地反映变革时代的社会风貌。贾平凹无疑就是这样的代表。与合作化小说聚焦于路线斗争不同,同时也迥异于同时代改革文学局限于改革与保守的激烈斗争,贾平凹认识、理解、承认这种生活发展潮流,不刻意做出主观的爱憎褒贬。当然,随着时代的发展,社会日益呈现出无名的特征,同时由于作者思考的深入,他对改革有了更为理性的思考,这在他之后的乡村小说中有了深入的叙述,只是由于本书的研究重心,

---

① 章邦鼎:《批评有什么用?》,《电影艺术》1984年第9期。

在此没有进行深入的分析。①

　　作为一名有着深重农民情结的作家，贾平凹自然能敏锐地感受到乡村大地的每一次生命律动，"新的形势发展，新的政策颁发，新的生活是多么迷离啊！对于土地，对于传统的道德观念，老年人和青年人有区别吗？不，还有好多能说清和说不清、甚至只有朦胧的意会的问题。新的生活的到来，在这个偏远的边地，向一切的心灵打开了一扇窗子……他们认识到新的生活在召唤他们，他们应该知道山外的大世界，应该认识这个世界和这个大世界中他们自己"。② 贾平凹"敏感地、准确地描绘出农村经济改革引起人们思想感情、伦理道德、价值观念和生活方式的具体深刻的变化，在人们心理上掀起的波涛和微澜。同时令人信服地显示出，不是人们的主观愿望左右着生活的波动，而是经济改革的实力形成了不可逆转的趋向，强有力地制约着和操纵着人们的情感、意志和欲望"。③ 思想感情、伦理道德、价值观念和生活方式等的变化源于与人们的生活密切相关的土地制度的变迁。这种变迁对乡村的影响是整体的、全方位的，影响的效果是深刻的，"制约着和操纵着人们的情感、意志和欲望"。

　　贾平凹"欲以商州这块地方，来体验、研究、分析、解剖中国农村的历史发展，社会变革，生活变化，从一个角度来反映这个大千世界和人对这个大千世界的心声"。④ 贾平凹前期的乡村小说如《小月前本》、《鸡窝洼的人家》以及《腊月·正月》等都是围绕着这一主题来进行创作。贾平凹重点关注家庭承包责任制的实行以及与之相应的生产方式、经济结构的变化在人们的生活观念和心理情感上所引发的震颤和裂变，专注于由于时代生活观念的改变人们在生活上的重新选择和生活秩序的重新安排。

---

① 关于贾平凹1990年代以来乡村小说的创作，笔者曾在《1990年代以来乡村小说的当代性》（中国社会科学出版社2008年版）一书中有过重点论述。
② 贾平凹：《在商州山地——〈小月前本〉跋》，《贾平凹文集》（第5卷），陕西人民出版社2008年版，第401—402页。
③ 刘建军：《贾平凹论》，雷达主编：《贾平凹研究资料》，山东文艺出版社2006年版，第52页。原载《文学评论》1985年第3期。
④ 贾平凹：《在商州山地——〈小月前本〉跋》，《贾平凹文集》（第5卷），陕西人民出版社2008年版，第400页。

《小月前本》中聪颖、活泼、灵动的小月姑娘最后选择的对象体现了改革开放初期人们价值观念的变化，歌颂了新的经济观念的觉醒。才才是一位勤奋老实，同时也不乏懦弱的传统青年农民。他在理财方式上是笨拙守旧的，在爱情选择上是谦卑的，在人生见识上是狭隘的。小月从理智上是不反对和才才结合的，特别是他们青梅竹马、相依为命，更有父母之命、媒妁之言。而门门呢？在孙和尚和才才的眼里则是一个二流子、"名声不好"，经商挣钱，"不务正业"。月月从情感上则更倾向聪明活络、机智能干、见多识广、敢爱敢恨的门门。最后月月的情感战胜了理智，选择了门门作为人生伴侣。这种人生道路的选择看似有些戏剧性，其实却符合人物的性格发展。小月作为一位热情的姑娘，渴望外面新的生活，具有冲破传统守旧的传统生活意念。小说在买船与买牛的问题上多次写到她和父亲之间的冲突暗合着人物对未来生活道路的期许。最后牛的死亡也意味着旧的生活观念的没落。小说也多次将门门和才才放在一起对比，同时还写到两个人一起合伙买电磨经营失败的细节，也写到小月和门门在河州贩运木材的生命激情。小月最后的人生选择似乎是情感战胜理智，其实是小月渴望开阔眼界和富有激情的生活方式，是农村土地制度变革激发出的对因循守旧的传统的生活观念和道德观念的丢弃。这种生活观念的碰撞和冲突对农村生活秩序的影响是巨大而深远的。尽管人们对传统的生活方式不乏频频的回望与留恋。小说最后，小月感叹"世上的事难道就没有十全十美的吗？如果门门和才才能合成一个人，那该是多好呢？"这种淡淡的忧伤也写出了人们在热烈拥抱土地制度变迁的时候，心底对过往的眷恋，对之前生活方式的追忆与留恋。

　　《鸡窝洼的人家》更是写出了家庭承包责任制对家庭生活造成的影响。这是新时期乡村的一部轻喜剧。性格各异的兄弟俩回回和禾禾，各自的妻子在性格上也是差异很大，倒是嫂子和小叔子、弟媳与哥哥兴趣相投。禾禾和烟峰都不满足于过"死守着土坷垃要吃喝"的传统的、没有任何惊喜，看不到未来的日子，而麦绒和回回则愿意生活在平稳简单，物质殷实的小农生活中。禾禾和麦绒，回回和烟峰两家换媳妇的故事之所以发生，也是农村土地制度对人们生活观念的影响。家庭承包责任制的实行，农村生产力、创造力被激发出来了，同时也就释放了农村生活的可能性。经济变革活动促使不同追求的人们分分合合。两个家庭的破裂和重组既是道德情感的矛盾对立、不可调和，更是实际利益的矛盾冲突、资源配置失衡。值得注意的是小说最后写到小农意识浓厚的麦绒和回回最后也不得不搞起了副业，实现了农村从传统走向现代的必然之路。同时家庭重组后的烟峰，身怀六甲预示新的经济制度的光明未来。《腊月·正月》中思想守旧、代表着旧的生活秩序的中学教师韩玄子，总是倚老卖老看不起王才，认为"人缘是靠德性"，不是仅仅靠钱就能买的。虽然王才以前家境贫寒、劳力单薄，但是，家庭承包责任制实行后，王才搞起了食品加工厂，经济效益明显。看重经济实利的农民自然抛弃了声望空洞的韩玄子这一旧力量，而拥簇新的富有无限生机和希望的王才。贾平凹以商州这一富有寓言意味的乡村，敏锐地、准确地描绘了1980年代初期神州大地农村土地制度变迁引起人们内在心理、价值取向、思想感情，以及生活方式的的具体变化，曲尽其妙地描写了这一改革在人们心理上掀起的波涛和微澜。

不过，与诸多1950年代的合作化小说不同的是，农村改革小说不再局限于担任党的喉舌，不愿意仅仅做党的政策的传声筒，复述国家的农村政策，而是聚焦于土地制度变化对人们日常生活的影响，以及人们在日常生活和心理上如何应对这种变化。贾平凹于2003年在《小说评论》中谈了他"心目中的小说"，他认为中国的文学"重政治在于重道义，治国平天下，不满社会，干预朝事"，而外国文学则在于"分析人性"，因此觉得自己要"改变文学观"，认为"如果在分析人性中弥漫治国传统中天人合一的浑然之气，意象氤氲，那真是我新的兴趣所在"。[1] 显然，随着改革的深入，很多作家着重于人性的分析、注重于文化的剖析，这种农村土地制度书写方式范式的嬗变，有力推动了中国当代文学的发展。"'改革文学'似乎又重复了50年代国家政权利用文学创作来验证一项尚未在社会实践中充分展开其结局的政策的做法，改革事业本身是一项'摸着石头过河'的探索工作，文学家并不能超验地预言其成功和胜利。但不同的是，50年代的文学家们仅仅是作为国

---

[1] 贾平凹：《我心目中的小说观——贾平凹自述》，雷达主编：《贾平凹研究资料》，山东文艺出版社2006年版，第29—30页。原载《小说评论》2003年第6期。

家政策的喉舌来宣传政策,而80年代的'改革文学'则表现出了作家们对政治生活的强烈参与精神。他们不但坚定不移地宣传改革政策的必要与必然,更注重对现实社会中存在的不利于改革的因素的批判,包括对来自执政党内的权力斗争和社会腐败风气的批判。"[1] 陈思和先生的论述显然是建立在文本阅读之上的观点,非常准确地概括了当代乡村土地制度书写策略的内在演变和发展脉络。

---

[1] 陈思和:《中国当代文学史教程》,复旦大学出版社1999年版,第231页。

第二章 反思与颠覆:再解读与解构

"既然历史在这里沉思,我怎能不沉思历史?"(公刘《沉思》)十一届三中全会以后,特别是1981年6月中国共产党第十一届六中全会通过的《关于建国以来党的若干历史问题的决议》,整个社会形成了一种反思的潮流。从政治的反思、文学的反思到文化的反思。这种潮流在文学上主要表现为伤痕小说、反思小说以及寻根小说。农村土地制度变迁书写也在这一历史阶段取得了再次的繁荣。高晓声的《李顺大造屋》、刘真的《黑棋》、茹志鹃的《剪辑错了的故事》、张一弓的《犯人李铜钟的故事》、张弦的《被爱情遗忘的角落》、韩少功的《西望茅草地》,直到古华的《芙蓉镇》、张炜的《古船》等构成了"合作化运动"、"大跃进"、"人民公社"等农村土地制度变迁书写系列,他们上承《三里湾》、《创业史》、《山乡巨变》等农村土地制度变迁书写的政治性民族国家想象,下启《鸡窝洼人家》、《许茂和他的女儿们》书写等农村改革小说。这些小说由于作家的创作兴趣不同,创作追求各异,而摇曳多姿,精彩纷呈。但是,贯穿始终的是这些小说一直聚焦于农村土地制度变迁,以及与之相应的乡村社会、乡村民俗的时代变化。这就是反思既往的农村土地制度变迁,对以前的土地制度变迁书写进行再叙述和重新改写。

第一节 乡村秩序的失衡与重建

一 家长秩序的变化

家国同构"大体上是将权力叠加在血统关系上面,即伦理的权力化，把血统关系发展成赤裸裸的统治"。① 同时，在家国同构、权力与血缘同一化的过程中，统治者或主流意识形态往往借助自身的政治优势地位使得权力伦理化，使得个体从内心深处对权力秩序臣服和认可。而这种文化权力秩序的获得和维护需要一整套制度的建设，需要有利于宗法制度的伦理体系去感染、规训个体的灵魂。伦理的权力化过程需要一个权力的伦理化过程去补充它、配合它和提升它，给那种存在着的秩序一个合理的灵魂。我们在第二章的时候已经论述过，对于乡村来说，乡村政治秩序的变化主要是通过乡村土地制度变迁的方式深刻地影响着乡村的日常生活和文化心理。而旧的乡村日常生活和文化心理是和家长权威体制紧密地联系在一起的。某种意义上说，这种家长权威是旧的封建专制主义秩序的一部分。在论述宗法的实质时，周谷城曾经说道："宗法制于天然的血统关系中，利用'尊祖'的情绪，培植'敬宗'的习惯。倘继祖之宗，被诸友庶所敬，则是无形之中，收了通知的效用；这于建立社会秩序，何等重要！"② 他还把宗法制的特征概括为：第一，"政治组织与家族组织合一"；第二，"宗教与政治合一"。③ 土地改革之后，中国共产党的政治力量楔入乡村的日常生活，自然也瓦解了封建主义的土地制度。这样家长权力制度就彻底失去了依托的对象。因此，随着当代土地制度的不断变迁，家长的权威性日益受到不断的挑战和质疑。

周立波的土改小说《暴风骤雨》中刘桂兰因为不堪忍受婆婆家的压迫而离家出走。在旧社会，这种农村妇女出走后的命运也许是要么沦为妓女，要么成为乞丐流落街头。但是，新社会由于土地制度变迁，农村妇女的命运得到了彻底的改变，是新社会的农民。刘桂兰翻身了，参加了妇女识字班，并成了副班长。过年的时候，婆婆杜老婆子请她回去，但是刘桂兰想起在杜家遭的罪，非常决绝地说："不行，我死也不回去。"尽管杜老婆子拿出家长的权威，借助传统的乡村家长伦理文化，摆足了权威："回去不回去，能由你吗？你是我家三媒六证，花钱

---

① 刘再复、林岗：《传统与中国人》，三联书店（香港）有限公司1998年版，第106页。
② 周谷城：《中国通史》，上海人民出版社1981年版，第72—73页。
③ 同上书，第74页。

娶回来的。我是你婆婆，多咱也能管你。要不价，不是没有王法了？"这里的"三媒六证"、"王法"都是旧的乡村文化秩序的重要部分。显然，杜老婆子没有意识到新社会乡村的秩序发生了重大变化。她没想到这位小姑娘根本不买她的账，不客气地回敬道："过年我上街里去参加（农会），不算你杜家的人了。"刘桂兰当众检举杜老婆子的一些反动言行，让杜老婆子灰头土脸。显然，刘桂兰之所以敢这样顶撞婆婆，是因为乡村秩序发生了翻天覆地的变化。因为土改的进行，包括农村妇女在内的农民都获得了土地，她们有着新政权的支持，成为乡村社会组织的主人。土改运动以后，新的乡村土地制度建立，乡村文化秩序发生裂变并进行重组，农民获得了土地，经济上获得了地位，进而争取政治上的主人公地位。农民在新政权的帮助下，成立了能维护自身利益的农会组织。有了经济上的保证、政权组织的维护，乡村妇女的权利和地位自然得到了保障。

为了深入了解合作化运动之后，乡村社会发生的天翻地覆的变化，1955 年 9 月，周立波回到故乡湖南益阳，深入生产，担任了大海塘乡互助合作委员会副主任，后来又担任了桃花仑乡委员会副书记等职务。为了筹办合作社，周立波每天早出晚归，深入田头地尾，深入乡村家庭，走村串户，耐心做好说服工作。同时，周立波参加党委组织的各种会议，认真学习合作化运动的文件，学习党的相关政策。这种深入乡村底层的行动或许主要得益于《关于农业合作化问题的决议》的指引，抑或受到了全国开展的轰轰烈烈的合作化运动的感染。在正式回到家乡之前，"他参加了各级党委召开的一些讨论农业合作化运动的会议，学习了有关的政策"。"研究如何合情合理地处理土地入股和耕牛农具作价等各项具体问题，常常忙到深夜才上床。"[①] 如果说，写作《暴风骤雨》时期的周立波，面对自己不太熟悉的东北农村，争取形象地把握土地变迁时期底层乡村的日常生活还显得勉为其难，而当他回到自己的故乡益阳时则是如鱼得水，与这片土地建立起了浓厚的深情。

不过，应当指出的是，周立波的深入农村，回到家乡，肩负的主要任务是协助实现土地改革和农业合作化运动，推进农村土地制度变革。

---

① 胡光凡：《周立波评传》，湖南文艺出版社 1986 年版，第 270 页。

他们是为了强势推进党的农村政策,积极扩大政策的影响。因此,从某种意义上来说,他们本身就是农村的闯入者。同样,在小说的情节设计上,周立波等作家总是设计一位外来者的角色。"必须由上面派出大批经过短期训练的干部,到农村中去指导和帮助合作化运动,但是由上面派下去的干部也要在运动中才能学会怎样做工作。"① 1950—1970 年代的农村题材小说大都在这一政治文本中得到启示,构造小说的情节。《山乡巨变》中邓秀梅经过九天的三级干部会,"讨论了毛主席的文章和党中央的决议,听了毛书记的报告,理论、政策都比以前透澈了,入社的做法,县委也有了详细的交代"。邓秀梅代表着国家政治力量进入乡村清溪乡。周立波在她进入乡村前,特意设计了一个特写的场面:邓秀梅歇脚俯视乡村的土地庙:瓦片散落、屋脊荒芜、墙壁脱落,断壁残垣。这种俯视的态度其实就是国家政治强势力量的形象写照。

"在《暴风骤雨》里,最吸引我们读者的,就是作者在描写农民的生活和斗争时,能够通过农村社会复杂的阶级关系,反映出农民们思想感情的细微曲折变化。在《山乡巨变》里,作者在这方面的描写,也是很成功,很能吸引人的。……立波同志在《山乡巨变》里,就用力地描写了这个转变,以及由这个转变所引起的,例如农民们的家庭生活和爱情生活各方面人与人之间的关系的转变。"② 我们不难发现,合作化运动对农民的影响更为深刻,更为彻底。毕竟这种土地制度和农民渴望个人发家致富的小农意识有很多不同。农民在土地改革中表现出的对土地的渴望和向往,对地主阶级的仇恨和畏惧,一旦有了合适的土壤和时机就能释放出来。可是,农业合作化运动却是需要广大农民放弃几千年的根深蒂固的私有观念,与广大农民的心底深刻的渴望有着极大的差距。自然,相对于土地改革,合作化运动显得更为彻底,也更为艰巨。而周立波无疑是成功的,他形象、生动地反映了时代的裂变。

《山乡巨变》中作为旧家庭家长代表的是老一辈农民陈先晋和盛佑。陈先晋十二岁起就下地劳作,四十年如一日。像广大底层农民一

---

① 毛泽东:《关于农业合作化问题》,《毛泽东选集》第五卷,人民出版社 1977 年版,第 169 页。

② 王西彦:《读〈山乡巨变〉》,《人民文学》1958 年第 7 期。

样,他坚信土地才是致富之本,守土勤耕是过上好日子的唯一道路。"村子里数一数二的老作家,田里功夫,门门里手。"在耕种上也是墨守成规,什么都看不惯,自然也不赞成互助组和合作社了。作为一个恪守乡村文化传统的农民,经过土改刚刚分得土地,可是欢喜还没有多久,却又不得不把土地拿出来入社,那是一件非常痛苦的事情。在《山乡巨变》里,陈先晋与儿女们就入不入社的问题上发生了激烈的争论。这是当时乡村生活的真实反映。老人先是对入农业社后可能出现的各种问题表示担忧,把合作社暂时出现的问题放大化,杯弓蛇影,因此,觉得先观望一段时间再决定是否入社。而这种态度显然得不到年轻一代的赞成。小女儿雪春先是劝道:"快入了吧,免得人家指我们背心,说我们落后。"毕竟两代人对入社问题关注的中心不同。老一代农民关心的是土地得而复失,年轻一代则关心入社问题所表现出的政治姿态。因此在家庭中出现鸡同鸭讲、针尖对麦芒的矛盾和斗争。陈先晋一听到女儿的埋怨,马上火冒三丈,随口就骂:"滚开去,你晓得么子。"陈妈当然明白事情的缘由,为了缓和父女之间的矛盾,赶紧出来圆场,劝说女儿回房睡觉,以后不要再管这件事。而雪春则一直为家里不入社影响自己的前程和形象而焦虑,完全体会不到父辈对土地的深情,自然不为母亲所动,她进一步指责陈先晋说:"这又不是他一个人的事,我为什么不能管?他落后,连累我们都抬不起头来。"这种说话的口气和方式让陈先晋恼羞成怒。老人或许觉得自己的权威受到了挑战,大声怒吼道:"混帐东西,再讲,挖你一烟壶脑壳!"可是面对父亲威胁,雪春毫不畏惧,大声回答:"我偏不,他敢打我,如今有共产党做主,哪个威武角色也不兴打人。"至此,我们应该可以推断:女儿之所以一改之前温驯乖巧的女儿形象,不断顶撞慈祥的父亲,源于新生政治力量的支持。因为合作化运动,乡村文化权威秩序发生了变化,加速了家长权威的解体。家长权威所依附的政治文化和乡村伦理都已经失去了力量,后来陈先晋虽然勉强同意答应申请入社。但是这种勉强的心态也时常因为一些其他因素而左右摇摆。如经过王菊生的一再劝诱,他马上又在入社问题上又变得犹疑起来,还想留在社外单干一段时间看看社里的情况。这种首鼠两端、犹豫不决的态度当然会令一心想拿自家土地向新政权效忠的儿女们不满。他们先后表示要离家出走或分家,与旧家庭划清界限。大春先是气冲冲地走出家门，孟春与雪春则明确表示要分家，各自带着土地去入社，陈妈在雪春的劝说下也怯生生地表示要带走自己的土地。陈先晋老人误判形势，陷入了四面楚歌的窘境，急得跳起脚来骂道："你们都走，都滚，一个也不要留在这里。""大家都入，也只好入了。""村里人家，都入社了，水源、粪草、石灰，尽都卡在人家的手里，单干什么都得不到手。"陈先晋也能认识到历史潮流不可违背。土改时没有办土地证水田肯定得上交，但是，那块"有土地使用证的"，"跟他吃着茯苓，半饥半饱，开出来的山土"，却实在是舍不得。当最后迫于新政权和全家人的压力，不得不交出这块土地时，陈先晋爬到山坡上，扑在那块土地上痛哭一场。家长的威严和理性荡然无存。但是，农民对土地的眷恋之情却展示得真实自然，令人震撼。周立波借助区委书记朱明的话说："合作化运动是农村的一次深刻的革命，个体所有制和集体所有制，旧的生产关系和新的生产关系的这番剧烈尖锐的矛盾，必然波及每一个家庭，深入每一个人的心底。"

同样，对另一位家长盛佑亭的塑造，周立波则采取了漫画性的处理。盛佑亭绰号亭面糊，啰嗦、糊涂、爱吹嘘。自己分明是一个贫农，却生怕别人看不起，吹牛说"我也起过几回水"。他拥护共产党，在土改的时候得到了好处，却又轻信谣言。听说要入社山林要归公了，他就马上上山砍竹子，不吝贱卖。听到合作化号召，就马上命令儿子写申请书。他总是试图以小生产者的圆滑世故和生活智慧来应对时代的变迁。在自己家里爱发脾气，爱骂人，爱下命令，却得不到儿女的尊敬。他总是不问清对象，对谁都是"推心置腹，披肝沥胆"。自己不愿意去开会，又担心好处落下了，于是每次派儿子去，即使自己亲自去了也是在一边打瞌睡。他自以为善于把握时代发展的机遇，却往往使自己处于尴尬的境地。但是盛佑亭"是个好人"，而在路上又遇到了来村里推进合作化运动的女干部邓秀梅，自己变得惶惶不可终日。对合作社这一运动内心观望，摇摆不定。他总是试图使自己处于左右逢源的境地，却常常弄得啼笑皆非，充满漫画色彩。志向远大、目标坚定、大气稳重、坚毅勇敢的父亲形象荡然无存，他在家中的地位可想而知。而王菊生呢？"我有牛，有猪，有粪草，有全套家什，田又近又好，为什么要入社里去给人揩油？"陈先晋和王菊生两位旧家长形象的漫画效果跃然纸上。

"通过对日常生活和人物心灵深处的微妙活动的细致刻画,展示出人物精神面貌的变化,描绘出一幅幅色彩鲜明、诗意盎然、风趣盎然的生活图画"的"阴柔"之美。① 周立波的土地制度变迁书写深入乡村生活肌理和历史转折的褶皱处,形象地把握时代风云和历史变迁。

在短篇小说《盖满爹》中,周立波也表达了类似的主题,善于做思想工作,能找到适合乡村特点的工作办法的乡支部书记和农会主席黎盖平在群众中享有极高的威望,可是,在家庭,黎盖平的地位则一落千丈。在入社的问题上,黎盖平与其两个儿子产生了激烈的冲突,双方唇枪舌剑,互不相让。儿子们指出农业社可能会出现的种种问题,坚决不肯入社。对此,盖满爹虽然暴跳如雷,但又非常无奈,无计可施。在这场吵闹中,小儿子竟说自己小的时候被盖满爹打过,现在他要清算这笔账,弄得盖满爹苦笑难言。

土地制度变迁以来,特别是合作化运动以来,农村妇女的地位不断上升。这种上升主要表现为两个方面:一方面是农村妇女的主体性身份意义不断加强,对自我角色有了清醒的认识;另一方面是妇女在爱情婚姻生活中追求独立自主、自由平等。即使是新中国刚刚成立的时候,中国女性在政治领域和经济领域的地位都比较低。在家庭中,她们一直处于受压抑受奴役的地位,承担着传宗接代的任务,是乡村底层农民的代表。土地改革、合作化运动等历次土地制度变迁"彻底地将中国农村社会翻了过来,不仅颠覆了传统的农村权力结构,而且颠覆了农村的传统,古老的乡土文化从形式到内容都发生了根本的变化,不仅意识形态观念被颠覆,乡村礼仪被唾弃,连处世规则也发生了空前性的更替"。② 乡村的生存世相发生了彻底的变化。中国共产党自成立之日起就一直重视妇女力量。在历次政治运动中,妇女发挥了积极的作用。在乡村社会中,妇女更是一支"半边天"的政治力量,有力地推动了乡村秩序重建。

在《暴风骤雨》中,周立波就塑造了赵大嫂、白大嫂及刘桂兰等

---

① 黄秋耘:《〈山乡巨变〉琐谈》,《文艺报》1961年2月26日。
② 张鸣:《乡村社会权力和文化结构的变迁(1903—1953)》,广西人民出版社2001年版,第254—255页。

众多新型劳动妇女形象。土地改革之前,这些女性如同土地上的尘埃,没有任何社会地位,也没有人关注她们的命运,是社会上沉默的大多数。但是在土地改革的历史进程中,她们分得了自己的土地,获得了应有的社会地位,成为新的乡村秩序的倡导者和建设者。在土地改革斗地主、分浮财的各种活动中,这些乡村女性积极参与,成为乡村文化秩序建设的积极力量。1949年后,周立波在合作化小说《山乡巨变》中塑造了邓秀梅、盛淑君、陈雪春、卜春秀等更多的新女性形象。这些人大都经历了合作化运动,接受了夜校的文化教育。在合作化运动中从家庭的生活空间走向集体的劳动空间,走向更为广阔的社会领域,有的人成为合作社、生产大队的领导干部,成为合作化事业的领头人,有的人成为新型的劳动者,以各自的实际劳动为合作化事业做出贡献。可以这样说,由于农村土地制度的变迁,乡村妇女的文化身份发生了极大的变化。因此贺仲明认为《山乡巨变》是"50年代合作化题材小说中本质真实揭示得最充分的一部","是建立在生活本身基础之上的"。①

二 应对心态的差别

这种对生活本质的揭示源于周立波对生活的深入观察。在谈到《山乡巨变》的人物塑造时,周立波说:"作者必须在他所要描写的人物的同一环境中生活一个较长的时期,并且留心观察他们的言行,习惯和心理,以及其他的一切,摸着他的生活的规律。"② 长时间地深入生活,认真观察、研究农民的"言行、习惯和心理",积累素材,进行创造性加工,加以丰富的想象和大胆的艺术创造,丰富现实素材,这些是《山乡巨变》至今还散发着艺术魅力的主要原因之一。周立波一方面坚持国家政治意识形态话语,另一方面则在以乡村文化为基础的民间话语中书写乡村土地制度变迁历史时刻农民的心理、社会的形态,以及艺术场景。在看似"闲笔"的土地制度变迁书写中真实地表达自己对土地变迁的认识和理解,意识形态话语和个体情感话语和谐共处,互为补

---

① 贺仲明:《真实的尺度——重评50年代合作化题材小说》,《文学评论》2003年第4期。

② 周立波:《关于〈山乡巨变〉答读者问》,《人民文学》1958年第7期。

充。以乡村文化为基础，淡化、消解各种矛盾的对立和紧张，这种书写策略丰富了1950—1970年代乡村小说，同时也使当代作家的人文精神绽放光芒。

那么，在周立波的视野中，底层农民对合作化运动的真实态度怎样呢？清溪乡对合作化运动积极拥护的主要是两类人：党员干部和积极分子。而清溪乡也只有两个互助组，并且其中一个互助组人心涣散，农民的积极性不高，互助组处于散伙的危险边缘。另一个上乡互助组虽然能维持生产，但是大家的积极性也普遍不高。组长刘雨生读过两年私塾，合作社之前家庭贫困，并且"顶穷"。不过，像其他社会主义新人一样，刘雨生品德高尚，政治觉悟高，"眼睛不好，心倒蛮好"，"做工作，舍得干，又没得私心"。但办互助组时并不顺利，那时"唤人开个会，都很困难，他要挨门挨户去劝说，好像讨账"，农民入社的积极性不高。而刘雨生自己呢？他同样思想包袱沉重。互助组的工作"一天到黑，不是这个会，就是那个会"，"忙了公事，误了家里"。而"堂客又挑精，天天跟他搞架子"。"只想吃点送软饭"。有意味的是，作为乡村先进干部合作社社长，刘雨生则不善农活，家境贫困。也许正因为不具备发家致富的物质基础和技术条件，他才能保持着"土改"时期的先进性，才能全身心地投入合作化运动。这种投入也常常因为家庭的原因而纠结："他心里想，组还没搞好，怎么办社呢？不积极吧，怕挨批评，说他不像个党员，而且自己心里也不安；要是积极呢，又怕选为社主任，会更耽误工夫，张桂贞会吵得更加厉害，说不定还会闹翻。想起这些，想起他的相当标致的堂客，会要离开他，他不由得心灰意冷，打算缩脚了。"对于办初级社，刘雨生心里非常矛盾，他时常为互助组的前途担心。互助组都没办好，怎么能办合作社呢？最后，刘雨生的党性意识战胜了个人利益，"不能落后，只许争先。不能在群众跟前，丢党的脸"。即使和妻子离婚也在所不惜。显然，刘雨生这类干部是积极拥护合作化政策的。这种政治的抉择既有政治上"跟跟派"的惯性，也有个人利益上的考量。

而另外一名村支书李月辉是清溪乡入党最早的党员，"是一个可以依靠，很好合作的同志"，虽然犯了右倾错误，但县委认为错误轻微，又做了认真的检讨，他"联系群众，作风民主"，"没有架子，也不骂人"，"心灵机巧，人却厚道，脾气非常好"，是一位"不急不缓，气性和平的人物，全乡的人，无论大人和小孩，男的和女的，都喜欢他"。"脾气蛮好，容易打商量。他和群众的关系也不错。"作为基层乡村干部，他认为："革命的路是长远的，只要心宽，才会不怕路途长。"他还坚信"社会主义是好路，也是长路，中央规定十五年，急什么呢？还有十二年。从容干好事，性急出岔子。三条路走中间一条，最稳当了。像我这样的人是檀木雕的菩萨，灵是不灵，就是稳"。显然，李月辉对合作化的态度以及推进合作化运动的方法与当时的政策有很大的不同。但是作为乡村基层干部代表，他们真实的工作情况和心理或许就是当时乡村的真实情况。这也是当下许多社会学界的学者以《山乡巨变》研究当时合作化运动中各类农民心态的重要原因。周立波在积极书写宏大叙事，表达时代主题的同时，尊重生活现实，积极形象地书写生活肌理。而李月辉的观点或许也就是周立波自己对合作化运动的理解。

至于小说中的陈大春积极办社，除了他是党员外，还与年轻人向往美好的未来，耽于幻想有关。在农业合作化初期，国家动员各种舆论机器对社会主义的美好未来进行了大量的宣传，以苏联的社会主义农庄为目标的社会主义新农村成为全国农民的共同期许，成为年轻人寄托美好情感的乌托邦。这种乌托邦的建构主要通过改造小农经济，走集体化的道路来实现。在《山乡巨变》中，陈大春曾满怀深情地向盛淑君描述乡村未来的情景："水库修起来了，村里的干田都会变成活水田，产的粮食，除了交公粮，会吃不完。余粮拿去支援工人老大哥，多好。到那时候，老大哥也喜笑颜开，坐着吉普车，到乡下来，对我们说：'喂，农民兄弟们，你们这里要安电灯吗？''要安。煤油灯太不方便，又费煤油。''好吧，我们来安。电话要不要？''也要。'这样一来，电灯电话都下乡了。……到那时候，我们拿社里的积蓄买一部卡车，你们妇女们进城看戏，可以坐车。电灯，电话，卡车，拖拉机，都齐备以后，我们的日子，就会过得比城里舒服。"但是对于务实的农民来说，这种乌托邦想象激不起他们的兴趣。刚刚在土地革命期间分得土地的农民更难以认识到"合作化运动是一场严重、复杂和微妙的斗争，它所引起的矛盾会深入人心，波及所有的家庭"。

显然，作为积极入社、办社的中坚分子，他们之所以能做出这样的决定，和合作社，和土地制度变迁这一重大历史事件没有多大的关联。他们之所以做出如此的人生选择，是出于对党的忠诚，认同党的政策宣传，坚信只要实现社会主义就一定能过上好日子。这类"跟跟派"的农民形象，我们一方面敬佩他们忠诚的信仰，但是另一方面则对他们自我意识模糊的历史处境忧心。他们最终的命运如何呢？高晓声新时期小说的《李顺大造屋》为我们提供了形象的写照。

有读者认为《山乡巨变》的"结构显得凌乱"，"缺乏一个中心线索贯穿全篇"。周立波回答说："结构显得零散，是因为在描写人物肖像和再现运动行程两个方面，想得多些，没有勉强地生造一个整个的故事。在章与章间，我注意了衔接的问题。悬念或伏笔，衬托和波澜，以及高潮等等这些文学的章法，我都略懂，而且有时也使用，但根据人物的发展和事件的起落的情况，这些技巧能用则用，不能用时，没有勉强。我以为文学的技巧必须服从于现实事实的逻辑的发展。中国的古典小说，如'水浒传'和'儒林外史'都是着重人物的刻画，而不注意通篇结构的。我读过这些小说，它们给了我一定的影响。"[①] 正是因为注意"人物的发展和事件的起落"，尊重"现实事实的逻辑"，周立波才能根据人物性格和现实的实际情况来推动故事的发展，而不是勉强生造故事。这种创作理念有利于发掘生活中的各种可能性，有利于书写生活的复杂性。巴赫金认为："长篇小说是用艺术方法组织起来的社会性的杂语现象，偶尔还是多语种现象，又是个人独特的多声现象……小说正是通过社会性杂语现象以及以此为基础的个人独特的多声现象，来驾驭自己所有的题材、自己所描绘和表现的整个实物和文意世界。作者语言、叙述人语言、穿插的文体、人物语言——这都只不过是杂语藉以进入小说的一些基本的布局结构统一体。"[②] 正是这种"文学的技巧必须服从于现实事实的逻辑的发展"，才使得1950—1970年代的乡村小说为一体化的年代提供了不同的书写策略，并且通过文学的方式为当时的社会呈现了丰富的场景。而这些看似漫不经心的"闲笔"，别有意味的

---

① 周立波：《关于〈山乡巨变〉答读者问》，《人民文学》1958年第7期。
② ［苏联］巴赫金：《长篇小说的话语》，《小说理论》，白春仁、晓河译，河北教育出版社1998年版，第40—41页。

"杂语现象"使得这些小说至今还散发着文学的魅力。

三 缝隙与立场

正因为这样,合作化运动推动起来非常的困难。清溪乡"全乡只剩下两个互助组,都在乡政府近边,一在上村,一在下村。上村的组长还想干下去,下村的,连组长也想交差,快要散板了"。即使是思想先进,追求进步的青年也对合作化运动缺乏应有的热情。邓秀梅曾经问乡村优秀青年盛淑君,"依你的意见,是互助组好呢,还是单干强?""不晓得,这个问题我没有想过。""一个人不能对世界上事,桩桩件件都去想。"作为乡村干部,本应该是合作化运动的积极推动者,可是第三章"当夜"一章中,邓秀梅第一次开会进行合作化动员,但是,乡村干部们都显得漫不经心,没什么热情:"过了一阵,听她讲得很平淡,口才也不大出色,有几个人的精神就有一点散漫了。有人把本子和钢笔干脆收起来,大声咳嗽;有一个人把旱烟袋子伸到煤油灯的玻璃罩子上,把火焰吸得一闪一闪往上升,来点烟斗;坐在灯光暗淡的门角落里的那两个小伙子,'思想开小差了,'把头靠在墙壁上,发出清楚的鼾声;坐在桌边的陈大春,顺手在桌子上响了一巴掌,粗声猛喝道:'不要睡觉。'睡觉的人果然惊醒了,不过不久,他们又恢复了原状。"宣布会间休息以后,"大家就一哄而散,好像是下了课的小学生,各人寻找各人喜爱的娱乐。有的跑到两边房间里,跟青年们混在一起,拉二胡,唱花鼓;有人下军棋;也有的人在会议室打起扑克来"。快晚上十一点了,妇女主任才来,"她把她带来吃奶的孩子放在桌子上,由他满桌爬"。这种看似旁逸出去的闲笔或许才是真实地表达了作者的立场。同样,康濯的《一同前进》中,秀梅规劝公公老庆不要太惦记着公家的事情,她本是好意宽慰公公,却道出了合作社劳动性质的变化,"反正除了地租,粮食打的多,还是按劳动日分"。研究、出版有《农业合作化运动史》的社会学家罗平汉认为《山乡巨变》"真实再现了农业合作化运动","对于我们这些没有亲身经历过农业合作化运动的研究者来说,阅读这部小说使我们如同自己也置身于这场运动之中,从中感受到农业合作化运动历史的诸多细节,了解到这场运动涉及到的农村各阶层在运动中的各种表现和不同的内心世界"。① 正是因为《山乡巨变》运用艺术的方式记录了合作化运动的细节，表现了不同阶层的"在运动中的各种表现和不同的内心世界"，因此，即使是当今合作化运动作为一种土地制度已经退出了历史舞台，但是作为土地制度变迁书写的《山乡巨变》至今还是散发着艺术的光芒！

土地改革以后，很多中农经过艰辛耕种、勤俭持家，已经初步具备了发展个人家业的基本条件，内心深处拒绝将刚刚获得的土地再次交给集体，参加互助组只是迫于外在的各种压力，政治上如乡村干部的动员、上级政府的号召等；舆论上则动用一切资源，进行宣传，形成压力；亲情上则是进步子女的说服、亲戚朋友的劝解；还有在参军、工作等方面给这些农民设置障碍。正是因为形势所迫，大势所趋，这些中农不得不违心地加入互助组、合作社。但是，一旦政策有所松动、合作化内部出现暂时挫折，这些违心地加入了互助组、合作社的农民还是会产生动摇，甚至退社。而参加互助组、合作社的贫雇农往往是因为家里劳动力少、生产条件差或者不善耕种而积极加入互助组、合作社。与其说他们是出于对集体事业的自觉认同，不如说是出于家庭生计的一筹莫展，迫于无奈。《山乡巨变》中真正想入社的只有两家：一位是年近七十，儿子在外工作的私塾先生；另一位则是年约七十，祖孙相依为命的老婆婆。这样的家庭缺乏青壮年劳动力，入社可以解决当下的困境。这主要是从经济上考虑，与思想的进步没有关系。

而大多数不愿意入社的都是杰出的生产劳动者。他们较一般的农民勤劳肯干、精明务实。在《山乡巨变》中，陈先晋、王菊生以及张桂秋等落后人物无一例外具有吃苦耐劳、勤于致富的优良品质。陈先晋作为入社积极分子青年团支书陈大春的父亲，他并非不愿意入社，也并不是舍不得自己的财产，而是他根据多年的生活智慧预判和那些劳动力强弱不均、勤懒不一的人家组合，不会有好的未来和前景。把自己几代人开垦出来的土地不得不交给不太信任的合作社，那种心痛不是一般人能够理解的。这也是他在交出这块土地之前，一个人偷偷地跑到地里痛哭

---

① 罗平汉：《从小说〈山乡巨变〉看合作化运动中的农民心态》，《理论视野》2008年第5期。

的原因。"亲兄嫡弟在一起,也过不得,一下子把十几户人家扯到一块,不吵场合,天都不黑了!"

主动要求入社的农民心理动机各有不同,但都对合作化运动缺乏政治上的清醒认识。像根本没有理解,也没有完全接受合作化政策,在写入社申请时还犹犹豫豫、含含糊糊,主要出于"报恩"思想而入社的盛佑亭,"是个好人",好吹牛,"有点糊涂","田里功夫,他要算一角"。新中国成立前他住茅屋想了几十年想发财,新中国成立后,分得了地主的房子和土地,可是生活还是不怎么好。他认为入社"不如不办好,免得淘气,几家人家搞到一起,净扯皮"。邓秀梅曾经分析说:"这是因为小农经济,限制了他,只有这点田,人力又单薄,不能插两季。"这也主要是从经济效益上比较入社好坏。还有"老了,又不能作田,不过是要来请大家携带携带,允许他进入社会主义",把合作化、社会主义等同于孟子的"老吾老以及人之老"的老塾师李槐卿。还有只剩幼孙,急需救助,不知合作化为何物,抱着鸡婆来入社的孤孙寡奶奶盛姆妈。还有好大喜功、靠借债度日,"社会主义的饭不吃白不吃"的王菊生。王菊生因为给叔叔当继子,继承了十多苗水田、一间瓦房和一座茶子山,而被评为中农。但王菊生也是一个"勤俭发狠的角色"。夫妇俩起早贪黑,持家有方,才获得了较好的生活回报。这种生活习惯和态度自然对自己的土地和财产有着浓厚的感情,在入社问题上的犹豫也就可想而知了。即使是被当作反面人物塑造的张秋桂,新中国成立前卖过壮丁、当过兵痞,与暗藏的特务龚子元交往甚密,他之所以被评为"新上中农"也是因为夫妻俩"早起晚睡,省吃省用",精于副业生产,善于把握致富机会。

同样,在其他的合作化小说中,农民入社的心理也是非常复杂,并不是铁板一块。如在柳青的《创业史》中,真正迫切想加入合作社的是贫苦农民高增福,他中年丧妻,根本没有精力照顾幼儿,更没有能力从事生产。而他的哥哥高增荣和王拴拴则是缺乏生产条件,没有单干必需的生产工具,无法进行春耕生产;至于白占魁则是兵痞作风,游手好闲,不习惯于农活。即使"土改"后分得了土地,他们也没有能力组织生产,没有能力经营好自己的土地,从而强调互助的必要性。这种叙事策略同样是从生产效益的角度来分析合作化道路选择的重要性,从而成为政治意识形态叙事的重要补充。浩然在《艳阳天》中则痛诉家史，通过追述的方式，叙述寡妇五婶、孤儿马翠清和弟弟以及放羊哑巴等人的悲痛经历，从而得出"没有农业社早就被饿死了"悲惨的结论。《金光大道》中以刘祥为典型，充满忧虑地叙述贫苦农民如果不组织起来走合作化的社会主义道路，就会重新沦为佃农的危险。这种叙事在同时代的其他文本中也一再被重申，例如《不能走那条路》、《盖满爹》、《风雷》等。只是这种叙事策略一再地偏离既定的叙事目标，更加着重的是农民的经济实力。这种叙事策略一方面消解了经典叙事的庄严感，另一方面透露了作品的真实感，作家创作立场的严肃感。

"一个思想者、写作者最重要的是充分个人化的讲述，他只发出个人的真实的声音，不代表任何群体说话。一旦想当'大众代言人'，反而会当上大众的傀儡；一旦想当'救世主'，反而不知自救，难以'自知其无知'。而自知其无知，是苏格拉底提出的人类哲学第一命题，是最重要的人生本义。"[①] 这一论断未免有武断之嫌，但是，至少指出文学在进行宏大叙事的时候，不可忽视"真实的声音"，要在"个人化的讲述"中把握时代的脉象和社会的肌理。作为革命作家的周立波，在《山乡巨变》中关注乡村土地制度变迁，表达时代变迁和社会风云。但是，高明的艺术家善于在具体的乡村日常生活细节描写中，在宏大叙事的缝隙中，阐述作者的"人生本义"。

第二节 人道主义反思

一 现实批判

毫无疑问，农村土地制度的变迁对乡村的影响是深层次的，家庭承包责任制对乡村的影响也是全方位的。习惯了集体生活的村民在新的形势下往往显得无所适从，在生活观念、生产方式、劳动价值、爱情选择、家庭生活等方面都会引发一些新矛盾。与老一辈农民不同的是，新

---

① 刘再复：《文学自性欲生存本义——答美国佛罗里达新人文大学助理教授朱爱君博士问》，见刘再复《刘再复对话集——感悟中国，感悟我的人间》，人民日报出版社2011年版，第5页。

第二章　反思与颠覆:再解读与解构

一代的农民从小就在社会主义农村中长大,从出生开始就认同这种集体生活的方式,接受的教育和成长的环境都是集体化的,统一性的。长期受这种环境熏陶的年轻人自然而然对集体生产、集体生活由衷地认同,发自内心地拥护。这种认同和拥护又通过各种青春记忆所渲染、加强和巩固。然而,实行家庭承包责任制以后,这种集体生活共同体迅速解体。火热的集体生活场面让位于各家各户单调的劳动,温馨淳朴的乡村伦理被利益算计的理性关系所取代。依附于乡村集体生产的文化生活也迅速消失,成为记忆。如以前在乡村文化生活中有着极其重要作用的夜校必然是名存实亡的命运。那种热闹的聊天场面、读书识字的场景、唱歌恋爱等富有青春气息的生活细节也只能成为记忆,青春成为无所栖居的流浪者。这种伴随着土地制度变迁而变化的生活方式怎能不引起青春的烦恼和郁闷?

张炜的《猎伴》真实地书写了处于家庭承包责任制变动时期乡村青年的内心苦闷与焦灼。大碾是一位有着生活热情,充满青春活力的农村青年。"长得憨乎乎的,心上巧","会下棋,拉一手好二胡,故事也讲得有声有色"。他和村里的二满、三喜等几个青年伙伴为了起诉刘三拐子,拼劲折腾一年多,终于扳倒了村里的"土霸王",村人放响鞭炮庆祝,年轻人也激动得流下泪水。当了生产队长的大碾带领年轻的伙伴,满怀激情地整夜开会研究,订措施,作计划,带领大家打机井、修水渠、整治田地,办起了纺绳厂,雄心勃勃、热火朝天地建设村集体。可是一切计划才刚刚开始的时候,中央的农村政策变了,上边要实行土地承包责任制,分田到户。这对于想放开拳脚大干一场的大碾来说无异于晴天霹雳。他辞去了生产队长的职务,像其他农民一样将心思放在自己的责任田上。实行家庭联产承包责任制后,大家往往只顾自己的私利,往往置他人或集体于不顾。不少人嫌碍事儿,毁了自己地界里的水道机井。"七月份天大旱,用机井,机井埋掉了,要挖又来不及;用水道引河水,水道又连不成网儿!"村子富裕了,日子舒服了,但是这种幸福是吃尽苦头换来的,比过去集体的时候流了几倍的汗。这种影响不仅仅是在劳动生产方面,更重要的是在人们内心深处。原来丰富多彩的夜校生活没有了,灯火通明的夜校如今是漆黑一团,也很难有效地组织起集体活动了。村里年轻人内心孤寂,满腹牢骚,夜里又聚到大碾的小屋，发牢骚，骂三喜，怀念想念夜校里那通明的灯光，想念二满优美的歌声，感伤逐渐逝去的青春。年轻人都纷纷离开乡村，到最后连最支持他的二满都离开了乡村，进镇里当工人。乡村精英一个个离开了生他养他的乡村，乡村日益空心化。乡土中国的熟人社会日益理性化，人与人之间的关系逐渐冷漠，乡村社会变得越来越陌生。

在合作化期间，劳动既是一种生产方式，同时也是农村公共生活的主要形式之一，是部分农民情感寄托之所。对农村青年来说，集体劳动更是他们创作生活的浪漫载体。如二满的歌声，承载着农村青年的快乐和忧伤。但是，分田到户以后，集体劳动的形式轰然倒塌，劳动蜕变为谋生、发家的手段。劳动价值的急剧转换使乡村青年难以适应。同时他们又不可能像上辈一样对土地怀有非常朴实的感情。劳动的价值返璞归真，青春的理想无以寄托。生活意义的空虚让人窒息，打猎的悠闲之旅变成了烦恼宣泄的路途。可是越是悠闲越是烦恼，农村青年纷纷离开乡村也就成为了必然的选择。

张炜的另一篇小说《第一扣球手》以扣球手棉棉返乡的所见及所思来构思小说，以一个私人化的视角关注土地承包责任制前后乡村的对比、聚焦父亲生活状态的变化。这种主人公"返乡—归去"的模式结构是现代乡村小说常用的模式。不过，与新时期主流的乡村改革小说叙述不同的是，小说具有强烈的反思意识，揭示了土地承包责任制后，由于配套的措施没有及时到位而引发的一些社会问题。

早年丧妻，被切去半边肾的老农民半拉，前几年孩子棉棉被省排球队选中而远离家乡。孤单一人、体弱多病的半拉不得不一个人留在农村。虽然半拉是一个劳动的好手，但是苦于劳动力不够，独身一人难以应付自己的责任田劳作。自然，他要付出比集体时代多得多的艰辛，繁重的劳动使他变得越发苍老，"皮肤黑黑的，松松的，皮下的骨头一块块凸起着，像没有凿平的石头……"看到父亲是如此的艰辛，棉棉非常难过，她百思不得其解为什么乡村实行土地承包责任制以后，乡村劳动方式反而变落后了？棉棉记忆中集体化时期的田野里，引水渠道四通八达，有机井房、水灌站，可是如今这些都不见了。父亲不得不使用废弃多年的轱辘从井水里来打水灌溉。实行土地责任制以后，集体时代耗尽千辛万苦建起来的灌溉水系因为缺乏应有的整修而遭到毁灭性破坏。

更有甚者部分农民为多占地甚至毁掉水道、机井。农民种田只能靠天吃饭，一遇到天旱地涝，劳动艰辛自然倍增，劳动收益自然减产。与集体化时代相比，这些劳动力弱的家庭抗风险能力急剧下降。这些家庭也就渐渐地重新陷入相对贫困状态。

《一潭清水》中老六哥、徐宝册这两位看瓜人和绰号"瓜魔"孤儿小林法相处得非常融洽，其乐融融。瓜魔每隔两天就到瓜田来一趟，帮着给瓜浇水、打冒杈，还时常下海抓鱼一起吃，给瓜田带来了笑声和欢乐。每次到瓜田来的时候，老六哥、徐宝册都是摘最大的瓜让他放开肚皮吃。而土地承包责任制实行以后，老六哥、徐宝册承包了瓜田，瓜就是他们自己的资产和财富了，心疼自己的每一个西瓜，渴望这些西瓜能换成财富，让自己"发一笔狠财"。自然，老六哥对瓜魔的态度就有了很大的不同，他开始觉得瓜魔是一个不正经的孩子，令人讨厌。承包以后每个瓜都是他自己的利益之所在，而不像以前在集体化时期，"反正都是集体的瓜"。那时的老六哥大方、热情、朴实、和善。老少三人的关系如"一潭清水"，而土地承包制实行以后，人们更多重视眼前的利益计算，更多考虑自己的利益得失，变成"魔"了。这种利益的权衡影响到现实生活中人与人之间的关系，对原来那种淳朴自然的具有田园牧歌式乡村伦理关系构成了巨大的冲击。乡村生活中的"一潭清水"不复存在，物质欲望被彻底激活，人与人之间关系的紧张却成为常态，乡村伦理关系不得不调整、重塑。而这些不得不使张炜陷入深深的忧虑。

"张炜对道德问题的关注，是因为他敏锐地觉察到在推进改革的过程中，利益至上的原则一跃成为社会生活中支配一切的首要原则，导致了社会道德的窳败。现代文明社会不等于是一个唯利是图的社会，也不等于是一个可以肆意破坏自然生态的社会，张炜所要反对、所要谴责的是唯利是图的市侩哲学，以及在它支配下所衍生的对自然的掠夺性破坏。"[1] 而这种对道德问题的关注源于对家庭联产承包责任制这种土地制度的深刻反思。作者已经不满足于简单地对政策的赞扬与欢呼，而是深入社会里层，潜入乡村肌理，书写土地制度变迁对生活造成的多方面、多层次的影响。

---

[1] 倪伟：《农村社会变革的隐痛——论张炜早期小说》，《文学评论》2005年第3期。

二 个人抗争

经过了伤痕、反思文化的洗礼，更主要的是在人道主义思潮中汲取营养，诸多作家不满足于为农村土地制度改革唱赞歌，而是以审慎的态度、关切的眼光剖析乡村日常生活的变化，反思农村土地制度的历史变迁，如矫健的《老人仓》，张炜的《秋天的思索》、《秋天的愤怒》以及《古船》。张炜以鸿篇巨著十卷本长篇小说《你在高原》获得了第七届"茅盾文学奖","凭着这样一种认真的态度，他才能耐得住寂寞，在漫长的二十年中倾心打造这部巨著"。① 而对于笔者个人来说，对于张炜的认识源于小说《古船》的阅读，当年一口气读完，第二天早上起来发现牙齿是软的，原来是当时阅读小说时不自觉朗读的结果。也正是因为《古船》使得张炜从一开始就有了中国当代文学的高度。

"土地，土地，种了几十年的庄稼人充分懂得它的好处；为它喜，为它愁，为它笑来为它哭，他是社员心头一块肉。哪个不想把它抱在怀里睡觉。"(《陈奂生包产》)因此，当听说中央实行联产承包责任制时当然是欢呼雀跃。但是，农村基层干部王生发队长等往往对包产到户怀有敌意。干部也不宣传这一政策，故意延缓分田包产的时机。当陈奂生等农民去询问时，也没有好脸色，"就像他们的腰包被动了一动"。包产到户的实行势必引起农村基层权力的弱化，基层干部自然"站不住脚了"，"长手臂截短了"。更主要的是一些基层干部习惯了以往政社合一的乡村秩序，自然而然地坚守着过去时代的价值观念，从而成为新时代前进的障碍。在政社合一的时代，农民都是集体劳动，统一听从基层干部的指挥。而公社、大队干部等基层干部在播种之前要开会宣布播种，收割之前也要集中开会布置收割工作，长此以往有些农民竟然不知道如何适时耕种了。人民公社的生产方式使农民的生产能力退化，像陈奂生这样的农民在集体生活中，吃惯了"荫下饭"，缺乏自主劳动的能力。"队长指东就东，队长叫西就西"，跟着队长的屁股转，自己只管做就是，习惯他人指挥，受人摆布，奴性十足，农业生产技能退化。"各种稻、麦品种的特性，栽培技术，不同性能的化肥、农药的使用方

---

① 张炜：《编后记》，《你在高原·无边的游荡》，作家出版社2013年版。

法，要说心里有谱，也都搞乱了弄不清。"正因为这样，分田包产时，陈奂生们自然就犯愁了。想到一切都要自己安排，怎么可能不着慌呢？同时由于多年的政治经验，当他们听到分田包产时内心自然而然地产生恐惧：包产算不算复辟资本主义？"包产就是单干，单干就是反对共产党。"

实行土地承包责任制以后，乡村的文化秩序发生了重大变化，也引发了一些新的问题。张炜像其他农村改革文学作家一样为土地承包欢呼，同时，他更为改革中出现的问题而担心。《秋天的思索》、《秋天的愤怒》描写的就是在新时期农村土地制度变迁过程中，权力在历史变迁中的破坏作用，以及乡村思考者的思考与觉醒。

《秋天的思索》振聋发聩，震撼人心地描写了极少数农村干部在实行家庭承包责任制以后，利用手中的权力和关系等各种政治资源，攫取更多的经济利益，将部分农民置于他们的经济剥削之下。将土地制度改革、经济改革对农村生产关系的调整篡改得面目全非，成为生产力进一步发展的障碍。改革开始了，种葡萄的人举双手赞成，因为改革可以进一步改变他们的命运。而部分乡村干部如王二江先是对改革不予理睬，消极抵制。心怀鬼胎的他们后来明白在土地制度变迁的历史时期，他们的力量远比一般种葡萄的人要大，出奇制胜的机会也多，剥削普通农民的机会多得多。小说中老得思索得到的"原理"："大家哪里是怕他？是穷了几十年，穷怕了！所以今天得到一点好处就满足，过上点好日子就怕再丢失！还以为好日子是黑汉带来的，这真是大误解！河西葡萄园没有王三江这样的人，不是更好吗？他说河西发了'过头财，没有好下场'，这是吓唬咱！藐视他吧！"土地承包了，乡村改革了，但是断墙仍在，残壁犹存。铁头叔—老得—小来，是前后不同的三个人，是前赴后继的三代人与旧势力进行斗争。"死了，也不能给'黑暗的东西'说一句软话"、"做人就要做硬汉"。老得本身就代表了一种时代的沉思力量，一种时代的理性自觉。

张炜有意识地不去写一些表层的、轰轰烈烈的改革进程和历史故事，而是将这些作为作品的背景进行处理。整个小说沉浸在中心人物的感情氛围和内心世界里，小说显得亲切，富有感染力。静谧而寥廓、神秘而深邃。王二江披着一件黑色的大褂像乌鸦的翅膀，它在葡萄园上空盘旋，将黑影投射到土地上，更投射在老得的心里。王二江伪善、蛮横、专断、粗暴，善于外交又老谋深算。一方面继续飞扬跋扈，为非作歹，拉帮结派，生活日益黑社会化；另一方面则又本能地感到民心向背的制衡、国家法律的制约，对自己的违法行为有所顾忌。《秋天的思索》反映了农村的变革，触及了社会时弊。张炜"准确地、真实地写出改革时期的农民形象，写出这个时期人与人的关系"。① 如果说，老得的思考是"力图战胜'黑暗东西'的准备"，是一种"力量的积蓄"，那么《秋天的愤怒》中李芒的举报行动则是一种力量爆发，是对时代现实的有力反拨，是从旧我走向新我的伟大历程，是一种精神的觉醒和突破，是农民主体性的诞生。而这种人格的完善以及主体性的获得，促使了正义和公正的维护。

《秋天的愤怒》中肖万昌在这个村里做了三十多年的干部，经手做成的大大小小的事情数不清，因此他非常自信。农民因为肖万昌私藏县政府分派的化肥而产生怨怼，准备砸锁抢化肥时，肖万昌先是威胁大家"撬门破锁犯法"，"犯法的事情不能做"，又故意透露和万县长关系非同一般，"'文革'那年他在我家藏过好几个月，我可从来不和他客气"。最后又和大家套近乎，要为大家争取，因为大家都很困难，还有四十多岁的荒荒没有结婚。"三十多年！这期间有多少坎儿，政治运动、家族矛盾、村仇械斗，无数的难题交织在一块儿，他每次都在风口浪尖上。但他很快就老练了。四十岁以后，他遇到事情就从来没有惊慌失措过。整个村庄仿佛就是一个巨大的轮子，他认为它需要旋转一下，就伸出手指轻轻一拨。"李芒认为他"是沉得住气的人"。"你交往了不少有权有势的人，可是你也能和要饭的人坐下喝酒！你沉得住气，有时眼光也不短。""是一个又馋又贪、有大心计的人。跟他相处不能分一点心，不能不警觉，更不能软骨头，你要是往后退，他会一丝一丝往上顶"，"直冲着你的喉咙"。肖万昌"这个形象直接启示人们警惕在农村经济改革中某些干部以权谋私的问题，更深刻的意义在于，那种极'左'思想和封建观念的遗风，在新的历史条件下的泛起、滋长已经阻挠着农民的解放，毁坏

---

① 张炜：《给雷达的一封信》，《小说评论》1985年第5期。

农民的幸福,构成了农村生产力发展的新的桎梏"。①

不同于一些浅显的代际矛盾书写,张炜透过轰轰烈烈的改革变相写出了自己的思考。爱写诗的李芒"试着写过一些东西,都写得很糟。但他也养成了读东西的兴趣。他每逢在生活中遇到难题,每逢激动起来,就习惯于翻开一本诗集、一本书。这能使他平静下来。更奇怪的是有时这也能给他一些新奇的想法,使他这样做而不那样做"。李芒说:"我是个记仇的人。我不光记着那个'时代',我还记着一些人。"又说:"我想这不该忘记,这应该来一个总结。从老寡妇,再到袁光,到荒荒,到老灌头,到你我……这要好好去想,反反复复去想,想得再苦也要去想,去总结。要咬紧牙关,挺着,站稳,保住那么一股劲儿,一步也不能后退!"李芒近乎执拗的誓言其实就是张炜内心的宣告,要书写这个时代,为了伟大的底层农民。"日子过久了,都是这么一年过下来的,慢慢变迟钝了。世上的人差不多都习惯于跟坏东西平安相处。你就这么忍耐着啊,忍耐着,一天天地挨。……肖万昌这样的人,说到底是村里的灾星。可有人还把他们当成这里的顶梁柱!只要有他们,河边人的日子就没有奔头。""这里的权力掌握在一个愚昧、狡猾、早已蜕化变质却又似乎总有道理的人的手里;这里的权力已经相当集中,并且更为严重的是,它阻挠农民的解放,毁坏农民的幸福,已成为农村的新的桎梏……"同样,这是张炜借助李芒之口对历史做出的反思。而这种反思是建立在对处于转折期的底层社会深刻的了解之上的。

三 历史追问

与同时代的农村土地制度变迁书写讴歌农村变革带来的新气象、新面貌不同的是,张炜以其过人的敏锐发现了乡村表面繁荣下的危机。张炜的精神指向之一就是"当代作家罕见的一种乡愁,确切地说,是一种张炜式的土地意识和自然哲学"。②张炜笔下的人物总是压抑、苦难、阴冷、缺乏阳光。另外一方面这些人却有不屈的灵魂和悟性,指引他们

---

① 一评:《愤怒后的思索——读张炜〈秋天的思索〉》,《小说评论》1985 年第 6 期。
② 郜元宝:《"意识形态"与"大地"的二元转化——略说张炜的〈古船〉和〈九月寓言〉》,《社会科学家》1994 年第 7 期。

走出人群的浑浊和喧嚣。《秋天的思索》、《秋天的愤怒》中老得、李芒这些人代表了乡村中正义的力量，他们依靠个人的正义感、道德感和乡村强大的恶势力进行顽强的斗争，最后取得了胜利，但是这种胜利取得的方式往往富有个人色彩，甚至不乏理想主义。这些斗争方式也只是部分乡村的个案，没有普遍意义。如追随老得的只有小孩子阿来，能和李芒并肩的也只有作家的妻子小织。从斗争的力量来说，老得、李芒是非常孤独、单薄的，随时有被乡村恶势力扑灭的可能。毕竟在农村中像老得、李芒这样有独立思辨能力的青年凤毛麟角。但是这种在农村土地制度变革的激荡时代，依靠道德的正义力量来冲锋陷阵与恶势力进行艰苦卓绝斗争的思考路径被张炜所继承并在以后的小说创作中进一步发展。张炜在《古船》等小说中将这种道德正义力量的文化资源一直上溯延伸到儒、道等中国传统思想和马克思主义思想。他在后来的《九月寓言》、《丑行或浪漫》、《刺猬歌》等小说中更是将这种正义力量的文化资源延伸到民间。

　　社会的变革是某一稳定形态的终结，这时人们失去了传统惯性力量的支撑，变得无所适从，而人们又必须对未来做出选择，这样对人的主体能动性就提出了更高的要求，因此对历史和现实做出实事求是的反思就显得尤为重要。《古船》首先从洼狸镇的城墙写起，用大量的篇幅交待齐长城的历史变迁，以及错综复杂的关系。再沿着"芦清河"流域到达小说的地理空间——"洼狸镇"。随之作者又介绍"东莱子国"的历史，洼狸镇是东莱子国的旧都。显然作者想传达小说的寓言意味，以洼狸镇来隐喻中国。小说剪取了中国革命和改革历史的四个重要时期：解放及"土改"前后—"大跃进"及三年困难时期—"文化大革命"—80年代初。作者淡化了历史之间的时间链接，也不刻意追求故事或者时间之间的内在关联，而是采取插叙的方式，不断地联想或闪回，使历时性的事件得以共时性地并置。这样使得小说产生多声部的艺术效果。《当代》杂志当年刊发《古船》时，同时刊发了《编者的话》："新时期的文学呼唤史诗的诞生。许多优秀的当代作家都在这样地努力和追求——对生活做史诗式的表现和创作史诗式的作品。青年作家张炜，继引起广泛好评的中篇小说《秋天的愤怒》（载本刊一九八五年第四期）之后，现在又把他多年经营、精心创作的第一部长篇小说《古船》奉献给本刊读者,就是这种努力和追求的体现。《古船》以胶东地区处于城乡交叉点的洼狸镇为中心展开故事,在近四十年的历史背景上,以浓重凝练的笔触对我国城乡社会面貌的变化和人民的生活情状做了全景式的描写。我们希望,作者在塑造典型和完成史诗式作品方面所作的可贵的努力,能够获得读者与文坛的欢迎和注意。"①《古船》"看似乐观的理想实际上隐隐透出作家对现实的忧虑"。② 这种忧虑主要表现为实行家庭联产承包责任制以后人们的创造激情被激发出来的同时,也极度地激发了人们的欲望,从而产生社会的不和谐因素。

"《古船》不仅浓缩了80年代中国文学的批判力量,代表了80年代反思的深度,也为90年代的小说设立了一个并不容易超越的水准。"③《古船》"严厉地抨击了直到今天仍旧约束中国人民心智和中国政治体制的封建势力"。④ 某种意义上说,赵炳是洼狸镇生活的操纵者,几乎每个人的命运都逃不脱他的手掌心。他阴险、狠毒、狡诈、玩弄权术,却给人从容、威严、洒脱、宽厚的假象。"土改"运动中,赵炳依附新生政权改变了洼狸镇乡村文化权力秩序,取代隋家成为这个文化权力网络的中心。"镇上人都在规矩里,没有规矩不成方圆。"这种规矩其实就是乡村的文化权力秩序,是保持乡村稳定、有序循环的一个隐形机制。这种隐形机制或者文化秩序对人的日常生活行为和心理产生潜移默化的影响。既然赵炳的文化秩序中的权威地位得益于新生革命政权的授予,那么自然在其身上体现出革命所与生俱来的历史暴力因素。⑤

小说在第一章就写出了赵炳这种权威的暴力性、残酷性。"大跃进"时期,打着红旗的人群涌向洼狸镇挖古城墙取砖块。病着的赵炳隔着窗户对前来汇报的人哼了一声:"闲话少说,先去把领头的那个人

---

① 《编者的话》,《当代》1986年第5期。当时的主编为秦兆阳、孟伟哉,副主编为朱盛昌、何启治和章仲锷。
② 汪政、晓华:《〈古船〉的历史意识》,《读书》1987年第1期。
③ 郜元宝:《"意识形态"与"大地"的二元转化——略说张炜的〈古船〉和〈九月寓言〉》,《社会科学家》1994年第7期。
④ 公刘:《和联邦德国朋友谈〈古船〉》,《当代》1988年第3期。
⑤ 唐小兵:《暴力的辩证法——重读〈暴风骤雨〉》,唐小兵编:《再解读——大众文艺于意识形态》(修订版),北京大学出版社2007年版,第111页。

的脚砸断。"果然领头的脚被砸断了,而挖城墙的人也四处逃散。改革开放时期,洼狸镇发生地震,大家都躲在户外等待余震,只有赵炳发话大家才放心回去睡觉。赵炳主宰了洼狸镇的一切,甚至自然的力量。生活上,他有张王氏为他搓背,有吴校长来陪他喝茶,有年轻漂亮的隋含章以"干女儿"的身份供他蹂躏,还有赵多多为他看家护院……"赵炳貌似斯文、淡泊、清高、豪爽,内里却积淀着我们民族在发展演进的过程中那些最保守、最阴暗、最丑恶、最有害的毒素,他是原始氏族文化、封建文化、极'左'文化混合纠结而成的一个大杂烩,因而是个可以让人想起整部人类历史的一个重大侧面的典型。"[1] 赵炳占有隋含章以后内心充满着罪恶感,惴惴不安,惶惶不可终日,他时常等待着隋含章的报复。当这种报复降临时他坦然面对,当含章的剪刀刺进他的肚腹时,他出乎意料地对含章说:"我对老隋家做得……太过了。我该当是这个……结果!"这种忏悔意识虽然来得迟,但是也传达出了作者对历史的反思和追问,对土地变迁的剧烈动荡表现出了独特的人文关怀,从而显示出张炜思辨的深度。

"伤痕是一种记号,指向身体非经自然的割裂或暴露,最终又得以痊愈、弥合的痕迹。话虽如此,只要伤痕的痕迹存在,人们就会记起暴力的曾经发生。隐含在伤痕里的是一项肉体证据,指向身体曾经遭受的侵害,指向时间的流程,也指向一个矛盾的欲望——一方面想要抹销,一方面却又一再重访暴力的现场,在检视个体的伤痕的同时,记忆被唤醒,一个隐含的叙事于焉形成。"[2] 面对创伤的历史记忆,我们应以同情和理解的眼光对待过去发生的一切,努力创造祥和、安宁的新生活。作为赵炳改革开放后的延续的赵多多,虽然在人物性格上简单得多,但是他人性中恶的毒素得以放大。赵多多最后的悲剧命运也预示这种恶魔性文化传统的命运。

---

[1] 冯立三:《历史和人的全面凸现——评张炜的〈古船〉》,《文学评论家》1987年第2期。

[2] 王德威:《一九四九:伤痕书写与国家文学·序》,三联书店(香港)有限公司2008年版,第1—2页。

第三节 乌托邦的终结①

一 生存疼痛

"一般说来,'乌托邦'在人们不同的使用中,往往有如下各种不同的含义:首先,它常常被当作'理想'的同义词,代表着一种超越现存的未来社会图景;其次,这种理想更多地涉及一种与现存对立的理想的国家的政治制度,一种人们所追求和渴望的完美无缺的理想社会或生活环境;最后,由于上两层相互关联的含义,乌托邦又包含着可望而不可及的含义,是一种无法实现的理想,常常成为'空想'的同义词。"② 乌托邦是一种充满理想色彩的彼在,是与当下相背离的生活图景。而文学作品中的乌托邦往往是作家构建虚无、歇息灵魂的存在之所。通过在文学作品中的构建,诸多作家表达了对当下社会现实的紧张、不满、批判,以及对理想社会的向往和追求。在源远流长的中华文明的传统中,对理想社会的向往和追求,对美好家园的憧憬和想象,陶醉于自己臆想的桃花源的乌托邦世界是许多文人墨客的浪漫情怀,也是他们缓解与现实的紧张关系,批评当下现实的一种重要手段。而保罗把乌托邦分为"向前(未来)看"和"向后(过去)看"两种。③ 向后看的乌托邦想象使人们忘掉当下苦难,回忆和叹息时光易逝,美景难寻。显然"不知有汉,无论魏晋"的桃花源属于向后看的乌托邦。而向前看的乌托邦想象使人们不满足于当下,激励人奋进不息。当代乡村土地制度变迁书写如《三里湾》、《创业史》和《金光大道》等小说属于向前看的乌托邦。这类小说都有一个潜在的主题,就是告诉大家"要往哪里去"的问题。社会主义新农村成为人们新的乡村乌托邦。④

---

① 本节内容为笔者公开发表的多篇论文改写:《阎连科乡村小说的生命寓言》(与谢文芳合作)、《沉重命题的诗性叙述——关于〈丁庄梦〉》、《〈受活〉:话语生态中的乡村叙事》。
② 衣俊卿:《历史与乌托邦——历史哲学:走出传统历史设计之误区》,黑龙江教育出版社1995年版,第32页。
③ [美]保罗·蒂里希:《政治期望》,徐均尧译,四川人民出版社1989年版,第171页。
④ 萨支山:《试论五十至七十年代"农村题材"长篇小说——以〈三里湾〉、〈山乡巨变〉、〈创业史〉为中心》,《文学评论》2001年第3期。

严格说来，这类小说很难区分哪些属于乌托邦想象，哪些属于意识形态。事实上，意识形态与乌托邦是可以相互转化的，两者区别的标志是某种观念和设想是否已支配现实，或是否可以有机地被织入时代的主流的世界观并与之和谐地结合在一体。[①] 新世纪以来，与很多1950—1970年代主流作家不同的是，部分作家如阎连科的土地制度变迁书写对这种乌托邦色彩浓郁的文化想象给予了极大的讽刺和批判，从而使得小说具有了反乌托邦的内涵。

阎连科无疑是一位仰仗土地的写作者。他在"发现小说"的审美之旅，坚定地扛着"神实主义"大旗，以对土地有着近乎执拗的感情，书写中国乡村土地制度的变迁。

《日光流年》中几任村长带着村民们为了能活过四十岁而做着几十年不懈的努力。第一任村长杜桑的方法是多生育，通过旺盛的生命力与死神赛跑。"三姓村要想人丁兴旺，就得生得比死得快，就得让女人生娃和猪下崽儿样。"甚至临终前，杜桑嘱咐所有的男人都回去与老婆干"那事儿"，让他们的女人一个接一个地生养，试图通过剩余战胜死亡的魔咒。第二任村长司马笑笑则坚信通过油菜，改变村民的食物结构，以便延长三姓村人的寿命。为了度过紧接而来的大饥荒，为了保住三姓村生生不息，司马笑笑不惜将自己的三个儿子在内的几十个残娃饿死，直至把自己的躯体做了鸦饵，以使村人能捕到乌鸦充饥，延长生命。人鸦大战的悲惨情景令人扼腕。第三任村长蓝百岁则带领村人实施"换土"的宏大计划。将地面上的陈土翻下去，地下的生土翻上来，改变植物生长的土壤环境。为了能调用外村的劳力，他不惜让自己的女儿去侍奉公社的卢书记。可是村人还是难以突破四十岁寿命的魔咒，死亡如约而至。第四任村长司马蓝另辟蹊径，开渠引水，为筹措资金，男人卖皮，女人卖身，卖尽了村中的林木、棺材、陪嫁等，耗时十多年，为此付出十八条人命。最终引来的渠水却恶臭熏天，不能饮用。司马蓝最后也死于喉堵症。

初读这部小说时，我们往往惊愕于小说的极致写作，在作者荒诞、

---

① ［德］卡尔·曼海姆：《意识形态和乌托邦》，艾彦译，华夏出版社2001年版，第228—236页。

梦幻的"超现实主义"写作中质疑小说的真实性。但是,当我们再次细致阅读时,特别是将小说的注释作为正文不可或缺的一部分一起阅读时,我们就会发现三姓村的故事蕴含着丰富的当代乡村土地制度变迁书写的信息,特别是农村合作化运动的时代内容。如合作化、"大跃进"、大炼钢铁、大饥荒、农业学大寨、包产到户等类似的真实历史信息,充盈在小说的字里行间,使《日光流年》蕴含了丰富的社会内容。正如葛红兵所言:"《日光流年》是一部真正意义上的当代中国史。"① 小说呈现了合作化时期农村劳动的现实情节。这种情节显然和柳青等1950—1970年代主流作家的农村土地制度变迁书写不同。

其实,从阎连科开始涉足文坛时,就着眼于农村土地制度变迁的不同书写。阎连科的短篇小说《在冬日》刻画了农民宽林在饥荒时节的艰窘处境。小说没有直接明确故事发生的时间。但是我们从一些富有时代感的词汇如队长、水利工地、"抓革命、促生产"、批斗、梯田等字眼中,可以看出故事大概发生在合作化时期。冬天村里要抽个批斗对象,全村人都趋之若鹜争取这一机会。之所以是非观念颠倒,是因为批斗对象"在别人修梯田时,到各处挂着牌子游行游行,检查检查,仍然是到饭时和众人一样,要去工地食堂打菜吃馍的。仍然是每顿都可吃饱肚子的"。生死时刻底层农民强烈的求生欲望比尊严的丧失重要得多、实在得多。宽林也根本不愿意或者来不及思考不堪的遭遇将给他的生活带来多大的麻烦。可惜这篇小说的价值至今仍未被批评界所重视。之后的《受活》更是也写到受活庄人入社的情景。这种情景不像之前的《创业史》那样,渲染农村入社时欢天喜地、锣鼓喧天的情景,相反却是充满了暴力和血腥。"基干民兵扛了抢,在村头连放了三枪后,受活人无论瞎盲瘸拐,就都到了村子中央开了有史以来的第一个全社的百姓会,受活就庄严地成了双槐县柏树子区管理的一个庄。""也就在那枪声里,成立了互助组,又入了合作社,过上了天堂的日子。""各家的田地都合到了一块,牛和犁、耧、锄、耙都充了公。那些有牛、有犁、有车的明显吃了亏,原想哭闹的,可又有几声枪响后,他们就不哭不闹,交了牛、车和犁、耙。""横竖互助组是成立起来了,区长和民

---

① 葛红兵:《骨子里的先锋与不必要的先锋包装》,《当代作家评论》2001年第3期。

兵在庄里住了三天，把扛来的枪带走了一支，另一支就留在庄里，留给了茅枝。"① 农民在土地制度变迁的历史时期，其实往往伴随的是暴力的命运。在国家机器面前底层农民的价值和命运是如此渺小。当家做主的喜悦心情、翻身解放的精神面貌何从谈起？

二 梦想之思

如果说阎连科之前的小说还仅仅是无意识地书写土地制度变迁的乌托邦的话，《受活》则是以寓言的形式书写合作化运动乌托邦的破产（另外一个发展乌托邦的破产我们暂且不论）。在《受活》这样"一次非凡的狂想式写作打造了中国当代文学'狂想现实主义'的奠基之作"中，书写"一个付出了巨大牺牲，终于把自己融入现代人类进程的社会边缘的乡村，在一个匪夷所思的县长的带领下，经历了一段匪夷所思的'经典创业'的极致体验——用'受活庄'里上百个聋、哑、盲、瘸的残疾人组成'绝术团'巡回演出赚来的钱，在附近的魂魄山上建起了一座'列宁纪念堂'，并要去遥远的俄罗斯把列宁的遗体买回来放在中国大地上，从而期冀以此实现中国乡民的天堂之梦"。② 这段文字作为内容简介印刷在小说的封底。我想这作为小说的中心情节来理解大致不差。不过，由此中心情节犬牙交错的是以茅枝婆为首的受活庄人，一次又一次地向县长提出"退社"的要求，希望脱离任何行政管辖，回归到自然的"荒蛮"状态。最终，这一匪夷所思，富于荒诞意味的要求居然得以实现，在柳县长的宏伟蓝图破产之后，在茅枝婆安然瞑目之前，受活庄人拿到了盖有县委、县政府大印的批文。

如果说前一个情节是关于政治狂想的故事，后一个自然属于土地的故事。显然后一个故事情节更具有叙事动力，具有更强的结构性势能，它不仅仅有前者产生情节上的因果关联，推动或延缓情节的时间进程，更重要的是因为后一个情节的存在，使得小说的叙事空间更为广阔，叙事历史更为厚重。

受活庄的残疾人本来过着与世隔绝、与世无争的日子，"自由、散

---

① 阎连科：《受活》，春风文艺出版社2004年版，第91—92页。
② 同上。

淡、殷实、无争而悠闲"。他们不属于任何组织，也不知道什么是政府，更不介入什么政治，简直是世外桃源。"时间就这么过去了，从明至清，年年辈辈，辈辈年年，康熙、雍正、乾隆，直到慈禧、辛亥、民国，受活庄数百年里没有给朝上、州上、郡上、府上、县上交过皇粮税……受活是这个世界以外的一个村落呢。"这里有着自己的长幼秩序、乡村伦理。即便是看戏大家都心照不宣，彼此照应。"瘸子和那些少了胳膊、手的人，他们能听见，也能看得见，多集中在最前台；聋子、哑巴们能看见，横竖在哪也听不见，他们就自动坐到了瘸子和短胳膊少腿人的身后边；瞎盲人是看不见，却能听见的，所以他和谁也不争地儿，只找一个能听见把耧调的清净之处就行了。当然哩，真正最靠台前的，是庄里有几个半聋的老人们，他们虽然聋，却又不是实聋、死聋哩，大声吼喝也都是可以听清明的，受活人就自动把他们让到最最台前了。这谁前谁后，在受活开会、听戏，看受活庆的演出都是有先后规矩的。"受活庄残疾人的生活怡然自得，过着宛如天堂的自由日子，生活美满而安详，幸福而快活。

不过，这种"名副其实的受活日子"因为"茅枝"的到来而打破。由于茅枝的不懈努力，受活庄这个世代与世界隔绝的地方与外界恢复了联系，成为双槐县下的一个行政村，结束了世外桃源的史前状态。茅枝的母亲是一名资深红军，在行军的路上生了她。母亲一度蒙冤被打成叛徒执行枪决，过几天又平反被追认为革命烈士，茅枝因此而成为革命后代。在一次战斗中，茅枝与战友失散，在一个逼仄的墓地里躲避敌人时，被一位红军排长强奸。悲愤交加、神情恍惚的茅枝一个人毫无目的地流浪，遇到一名叫石匠的残疾人，并留在了当地的受活庄。作为革命者的茅枝身份不明，暧昧不清。一方面，她出身革命家庭，血统纯正，可是这留给她的是仅仅一个需要确认的革命身份。另一方面，革命带给她的是悲剧的命运，是冤屈和羞耻。这样的一位革命者带领受活庄人走向革命之路，走向革命的乌托邦本身就意味着乌托邦破产的悲剧宿命。

留在受活庄的茅枝，和石匠结婚以后，意志消沉。但一次偶然的机会她看到"外面的世界变了"：搞互助组、合作社了。世界的反差，唤醒了茅枝内心深处的记忆，也唤醒了她沉睡多年的革命血液。"她不能忘了她是到过延安的人，说到底，她是革命过的人，那么丁点就开始革命了……她还年轻哟,满身都是精力,她怎么就能不做一点事情呢。""世界已经大不一样,她该做些事情了,该在受活做些事情了,该领着受活做些事情了。""她要革命,她要领着受活人进入互助组和合作社。"①

小说中对革命乌托邦的描述是通过茅枝婆的口吻完成的:"现在解放了,是共产党和毛主席当家作主了;说现在各家各户合到一块种地叫了互助组,互助组又合到一块就叫了合作社。……把各家各户都组织到一块种地,一块收割,一块分粮食,说在村头上挂个钟,这个钟一敲,全村人都丢下饭碗下地去,到晌午,我在地头唤一嗓子,全村人都收工回家吃饭去。说人家城里都有了自来水,手一拧水都哗啦啦流到锅里,流到桶里,流到洗衣盆里了……说人家说九都那儿都已经开始点灯不用煤油了,在门后系上一根纳鞋绳,进门一拉,满世界都是光,和日头是从你屋里出来样。……说我要领着受活入社了,要让受活人过天堂的日子。"②

受活人一旦加入人民公社,就进入了一体化的国家政治和组织体制,不可避免地卷入这个体制发动的所有乌托邦建构:如铁灾("大跃进")、大劫年(三年天灾人祸)、"红罪"与"黑罪"等。"革命的日子"留给人们的只是无穷的创伤记忆。茅枝等老一代受活人的生活经验告诉人们,当初的乡村乌托邦只是给人们带来无穷无尽的苦难,让人们的生活陷入无底深渊。这种书写的诉求显然不同于柳青等人的小说。阎连科彻底颠覆了《创业史》、《艳阳天》等小说的乡村图景。薄一波指出:"农村人民公社已为我国广大农民创造性的实践做出了应有的结论。从历史长河看,它由成立到废止不过是存在一瞬间,然而它带来的灾难是深重的,留下的教训是深刻的。"③"这种远离实际的企望是错误的。"④他痛心于我们党在土地制度和革命历程方面的错误,说我们"应当永远铭记当时搞人民公社而大刮'共产风'的惨痛教训,应当真

---

① 阎连科:《受活》,春风文艺出版社2004年版,第85—86页。
② 同上书,第87页。
③ 薄一波:《若干重大决策与事件的回顾》(下),中共中央党校出版社1993年版,第766页。
④ 同上书,第768—769页。

正认清历史发展的规律，真正认清由社会主义到共产主义的漫长历史过程和必由之路"。①

阎连科曾经非常自觉地说到自己是一位反乌托邦的书写者，他说："我的语言、结构、叙述、故事、人物、形式等，包括我对现实的认识和写作态度、写作立场及对文学的表达与追求，其实也就是一句话：'乌托邦'笼罩下的个人书写。"他进一步阐述："社会的乌托邦，前三十年是实现共产主义，为了实现共产主义，中国人为此付出了沉重的代价……然而，中国终于从那个乌托邦的梦境中醒了过来，开始了改革开放、发展经济……然而，在这种变化中，我隐隐地感觉到，中国是从一个乌托邦中醒来，又走进了另外一个乌托邦。从共产主义乌托邦中退出来，又一步跳进了'资本主义的乌托邦'，跳进了一个新的乌托邦。"②

阎连科等作家借助人文主义思想资源，重新对既往的土地制度进行再度书写，直面中国人民在乌托邦的建设过程中身心所受的摧残、生命所受的苦难，使得当代乡村小说的土地制度变迁书写充满了悲悯的情怀和人道主义思想，从而弥补了之前，特别是1950—1970年代土地制度变迁书写的不足，丰富了当代乡村小说的创作。

三　神似现实

《受活》的封面写着："忘记，是我们共同的罪恶。去认识，是我们必该做的事情。回家吧，那里有我们需要的一切。"当代农村土地制度变迁以及发生在乡村土地上的革命，让乡村文化饱受创伤之疼。这种创伤使阎连科的内心不得不变得沉重起来。20世纪后半叶的乡村中国是阎连科魂牵梦萦又痛彻心扉的地方。传统的乡村书写方式越来越不能书写这个"炸裂"的社会和疼痛的乡村，鲁迅式的"国民性批评"，沈从文的"乡土恋歌"，柳青、浩然的"合法性论证"以及《古船》或者是《白鹿原》的"文化秘史"已经越来越不适合当下乡村土地和文化的书写了。阎连科在阅读资中筠的五卷自选集时说："唯独阅读进入

---

① 薄一波：《若干重大决策与事件的回顾》（下），中共中央党校出版社1993年版，第765—766页。

② 阎连科：《一派胡言》，中信出版社2012年版，第7、5页。

了敬畏，便有了一种沉重和无法言说的尊重，便有一种超越纯粹意义上的阅读的体味和凝思的感受。""常常在阅读中自卑，可怜自己的知识，可怜自己对世界和中国历史竟是那样缺少骨肉血亲的了解和感受。"①"忘记，是我们共同的罪恶。"与土地血脉相连，浸润着自己的童年、少年，有自己的幸福泪水和苦难记忆，这种永远也逃离不了的宿命使得阎连科无可避免地选择"地之子"的创作身份。显然，这种创作不同于鲁迅、沈从文、柳青、浩然或者张炜、陈忠实等人的创作。

阎连科说："《受活》对我个人来说，一是表达了劳苦人和现实社会之间紧张的关系，二是表达了作家在现代化的进程中那种焦灼不安、无所适从的内心。如果说《日光流年》表达了生存的那种焦灼，那么《受活》则表达了历史和社会中人的焦灼和作者的焦灼。"②阎连科的写作"显示了一个作家在公共领域中积极介入的自觉性和理性思考能力，也显示了一个作家对各种底层生存隐秘之痛的发现能力和传达的热情"。③包括之前的《年月日》等小说，阎连科的小说创作越来越远离之前小说的温情叙述，将自己的笔触直面"疼痛"的当下社会。④

之所以有这种表述，我想阎连科并非漫无目的，而是有感而发。阎连科至少看到个别当代作家在真实的现实面前摆不正位置，不能或者不愿意看到真实的乡村，不能或不愿意看到土地制度变迁对农村、农民等造成的某些伤害。刘再复说到中国当代知识分子的"胆小"、"懦弱"特点，"几乎所有的中国知识分子都在不同程度上接受了精神阉割，如果不是强制性的政治运动，根深蒂固的精神灵魂是不容易阉割的。因此，政治运动对人的精神性格影响极为巨大。它造成的民族性格的变形变态的责任，是难以推脱的"。⑤人们一提起阉人，自然而然地想起太监。但是，太监只是一种生理上被阉割的人，还有一种精神和灵魂被阉

---

① 阎连科：《敬畏的阅读——读〈资中筠自选集〉》，《丈量书写与笔的距离》，中国人民大学出版社2012年版，第177—178页。
② 李陀、阎连科：《〈受活〉：超现实写作的新尝试》，《读书》2004年第3期。
③ 洪治纲：《乡村苦难的极致之旅——阎连科小说论》，《当代作家评论》2007年第5期。
④ 阎连科、黄平、白亮：《"土地"、"人民"与写作资源》，《机巧与魂灵——阎连科读书笔记》，花城出版社2008年版，第126页。
⑤ 刘再复：《阉人论》，《人论二十五讲》，香港：牛津大学出版社1992年版，第80页。

割的人，显然这是另外一种意义上的阉人。精神上被阉割了的人往往丧失了个性、丢弃了精神、淹没了良知，更缺乏独立思考和理性判断的能力。精神和灵魂的阉割使部分作家失去了剖析生活的能力，失去了应有的批判精神。这些作者很难看到五彩缤纷的生活表层之下蕴含着真实性的一面。

现代作家诚然将乡村作为自己丰富的写作资源，如鲁迅之于鲁镇，沈从文之于湘西。阎连科说："鲁迅是我们文化的标高，是一个国家文学的标高，到底哪些方面让他成为了标高？我想是鲁迅把那份对于人民的爱和恨以他个人独有的方式表达得淋漓尽致。"① 但是1990年代以来，以阎连科为代表的部分作家聚焦乡村时，乡村不再只是题材的需要，或者只是外在审视或者叹惋的对象，更主要的是他们安身自身和看待世界的角度和立场。这种角度和方法显然不同于以科学、理性、批评、进步、道德等现代性理念为核心的文学传统，也不是那种形象化地传达某种理念的工具，而是一种设身处地的同情。作家不再是置身世界之外，而是置身于世界之中，不再是居高临下审视的主体，而是平等参与的一分子，"作为老百姓的立场进行写作"。阎连科说："你是农民，在你内心深处，你就永远背负着土地与农民的沉重。你的心灵是由土地构筑的，是由泥土和草木建造的，这种沉重就是无法摆脱的。"②

---

① 阎连科、黄平、白亮：《"土地"、"人民"与写作资源》，《机巧与魂灵——阎连科读书笔记》，花城出版社2008年版，第123页。
② 阎连科、梁鸿：《巫婆的红筷子》，春风文艺出版社2002年版，第41页。

第三章　民间与见证

王光东在《民间与启蒙》一文中,将"民间"分为"现实的自在的民间文化形态"、"具有审美意义的民间文化形态"和"知识分子的民间价值立场"三个层次,同时认为联结前两个层次的是"知识分子的民间价值立场"。"有了这种民间的价值立场,才能使知识分子从民间的现实社会中发现民间的美学意义。"[①] 王光东通过细分民间文化形态的不同类型,强调知识分子的民间价值立场的独特性。富有人文情怀和民间立场的知识分子往往从芜杂的民间世界汲取精神养分,获取独立自由的文化个性,以不同的叙述角度和叙事策略来表达他们对历史的认识和现实的担当,保持着知识分子独立的精神品格和人格魅力。陈思和先生肯定了这种阐述对民间文化理论的推动作用,同时提请大家注意这一理论有掉进文学创作外在规律即现实生活—作家中介—艺术审美模式陷阱,从而使民间文化空洞化的危险。[②] 那么,经过了新时期激情岁月文学思潮洗礼的作家,如何重新书写当代中国农村土地制度变迁呢?如何书写土地制度变迁历史背景下乡村的苦难和农民的抗争?因不同的视角和立场,不同作家为读者提供了各自的历史风景和社会生态。

第一节　土地制度变迁与农民见证

一　土地与苦难

现在说到余华,人们往往会说起他那部引起极大争议的小说《第

[①] 王光东:《民间与启蒙》,《当代作家评论》2000 年第 5 期。
[②] 陈思和:《莫言近年小说的民间叙述》,陈思和《当代文学关键词十讲》,复旦大学出版社 2002 年版,第 175 页。

第三章 民间与见证

七天》，指责这部小说内容轻浮，类似"新闻串烧"和"平庸剪报"，语言"干枯无味"，简单拘谨，认为"这是余华出道以来最差的小说"。当然，也有读者肯定这部小说，认为小说直书社会积弊，是振聋发聩的当下中国生存现实的墓志铭。《第七天》之所以掀起如此轩然大波，一方面源于小说题材内容离当下太近，另一方面也是人们对优秀先锋作家期待的失望。余华的先锋小说如《现实一种》让人们见识了文学在生存实验探索方面的可能性，在生死游戏的拆解上探讨人性的问题。《活着》、《在细雨中呼喊》以及《许三观卖血记》则在朴素、冷静的叙述中表达了作者对人生经验和时代历史的深刻思考，写出了"一个国家的疼痛"。小说不免有谏世之心和载道之志，从这个角度说，余华的小说创作表现了某种内在的一致性。"一部文学作品能够流传，经常是取决于某些似乎并不重要甚至微不足道然而却又是不可磨灭的印象。对阅读者来说，重要的是他们记住了什么，而不是他们读到过什么。他们记住的很可能只是几句巧妙的对话，或者是一个丰富有力的场景，甚至一个精妙绝伦的比喻都能够使一部作品成为难忘。"[①]

余华在1993年出版的中文版《活着》前言里说："作家的使命不是发泄，不是控诉或者揭露，他应该向人们展示高尚。这里所说的高尚不是那种单纯的美好，而是对一切事物理解之后的超然，对善和恶的一视同仁，用同情的目光看待世界。"[②]《活着》中，福贵家有两百亩地，但是父亲年轻时嗜赌如命，败掉家中田地一百亩。而福贵子承父业，变本加厉，嫖和赌成为他生活的主要内容，最后败尽所有家财。"从前，我们徐家的老祖宗不过是养了一只小鸡，鸡养大后变成了鹅，鹅养大了变成了羊，再把羊养大，羊就变成了牛。我们徐家就是这样发起来的。"福贵的父亲感叹，"到了我手里，徐家的牛变成了羊，羊又变成了鹅。传到你这里，鹅变成了鸡，现在是连鸡也没啦"。福贵输光所有家产，由少爷成为了佃户，贫穷开始降临，苦难接踵而至。

一直以来余华对自己笔下的人物都比较"狠"，生活中富有戏剧性

[①] 余华：《文学和文学史》，《温暖和百感交集的旅程》，上海文艺出版社2004年版，第118页。

[②] 余华：《温暖和百感交集的旅程》，上海文艺出版社2004年版，第140页。

85

的情节不断在主人公身上上演。因此，主人公贫苦的悲剧命运也可以看作是他以往小说模式的继续，只是余华已经抛弃了生存游戏的先锋实验，在人物悲苦的命运中探讨国民性，在土地制度变迁的书写中分析底层人民生存的无奈和生活的智慧。福贵的苦难不仅仅源于生活的艰辛，同时更主要的是一个个亲人突然离去后的绝望与悲凉。父亲因为福贵嫖赌败尽家财气绝而亡，母亲因无钱医治而病死，妻子在软骨病中离去，十三岁的儿子因为献血而死，女儿产后大出血而亡，女婿在工地被天花板砸死，外孙则是在饥饿难耐时吃青豆撑死。所有的这些生命在福贵眼前一个个无情地消失，人生徒留彻骨的绝望，让福贵一个人在世界上孤单寂寞地游荡。后来福贵买了一头牛，取名为福贵，从此，孤孤单单的福贵每天与牛相伴，走向人生的日落。同时，我们不难发现，这些故事发生的深层次背景还是因为土地制度变迁，土地改革以及合作化运动成为这些悲剧上演的背景。福贵说："我是有时候想想伤心，有时候想想又很踏实，家里人全是我送的葬，全是我亲手埋的，到了有一天我腿一伸，也不用担心谁了。我也想通了，轮到自己死时，安安心心死就是，不用盼着收尸的人，村里肯定会有人来埋我的，要不我人一臭，那气味谁也受不了。我不会让别人白白埋我的，我在枕头底下压了十元钱，这十元钱我饿死也不会去动它的，村里人都知道这十元钱是给替我收尸的那个人，他们也都知道我死后是要和家珍他们埋在一起的。"

余华在1997年出版的韩文版《活着》的序言里说："作为一个词语，'活着'在我们中国的语言里充满了力量，它的力量不是来自喊叫，也不是来自进攻，而是忍受，去忍受生命赋予我们的责任，去忍受现实给予我们的幸福和苦难、无聊和平庸。……《活着》还讲述了人如何去承受巨大的苦难……我相信，《活着》还讲述了眼泪的宽广和丰富；讲述了绝望的不存在；讲述了人是为了活着本身而活着的，而不是为了活着之外的任何事物而活着。当然，《活着》也讲述了我们中国人这几十年是如何熬过来的。"[①] 而这里责任、苦难、绝望、命运都在乡村土地上不断地上演，土地只是默默地忍受着在她身上的历史、制度以及文化的变迁。"我觉得土地是一个充实的令人感激的形象，比如是一

---

① 余华：《温暖和百感交集的旅程》，上海文艺出版社2005年版，第141—142页。

个祖父,是我们的老爷子。这个历经沧桑的老人懂得真正的沉默,任何惊喜和忧伤都不会打动他。他知道一切,可是他什么都不说,只是看看,看着日出和日落,看着四季的转换,看着我们的出生和死去。"① 前文我们已经论述过,余华在朴素、冷静的叙述中表达了对人生经验的深刻思考,写出了"一个国家的疼痛",这使得他的小说在主题上保持了一致性。作家"以清醒的观察代替情绪的宣泄,也超越是非善恶道德的判断。换句话说,得有一双冷眼来观察社会,世界本如此这般,不是谁的意愿能改造的,在观察外在世界的同时,也审视人的内心"②。正是通过和社会保持一定距离的方式,通过民间的视角,才能深刻体验土地制度变迁的历史转折期底层人民蝼蚁般的生命和无奈的生存世相。

二 命运与循环

优秀的小说往往有故事和存在两个层面。《活着》的故事层面是作为农民的福贵的苦难史,而具有存在意味的却是关于土地的书写,关于1940—1980年代中国乡村土地制度变迁的书写。余华将关于历史的大叙述浓缩为关于个人和家庭的小叙事。尽管这样,我们还是可以在小说的时间跨度上看出余华的艺术雄心。推动故事往前发展的是一个又一个的死亡事件,死亡成为小说的叙述动力。一次又一次的生离死别将主人公福贵置于无边无际的苦难之海,将福贵置于循环往复的命运轮回。"余华在描写苦难时表现的就是循环论。"③ 小说是否借鉴了马尔克斯的《百年孤独》,我们不得而知。也许是从布恩迪亚家族一代又一代的人前赴后继向死而生的悲剧命运获得启发,死亡和灾难的循环意味着人生悲剧的宿命。不过,和《百年孤独》不同的是,历经劫难却唯一幸存的福贵成为串联一代代悲剧的红线,成为时代景观、社会历史和乡村文化的见证。他晚年孑然一身与牛相依为命,耕种在比自身苦难历史更为久远的土地上,余华认为《活着》"写人对苦难的承受能力,对世界的乐观态度。写作过程让我明白,人是为活着本身而活着的,而不是为活

---

① 余华:《土地》,《没有一条道路是重复的》,上海文艺出版社2004年版,第44页。
② 高行健:《作家的位置》,《论创作》,台北:联经出版事业股份有限公司2008年版,第36—37页。
③ 陈思和:《读阎连科的小说札记之一》,《当代作家评论》2001年第3期。

着而活着之外的任何事物所活着"。① 小说的结尾写道："我知道黄昏正在转瞬即逝，黑夜从天而降了。我看到广阔的土地袒露着结实的胸膛，那是召唤的姿态，就像女人召唤着她们的儿女，土地召唤着黑夜来临。"作者在这部小说的结尾处悟出了土地价值的文化指向。

小说中关于土地制度变迁的书写往往遮蔽于接踵而至的死亡叙述之中。"我回来的时候，村里开始搞土地改革了，我分到了五亩地，就是原先租龙二的那五亩。龙二是倒大霉了，他做上地主，神气了不到四年，一解放他就完蛋了。共产党没收了他的田产，分给了从前的佃户。他还死不认账，去吓唬那些佃户，也有不买账的，他就动手去打人家。龙二也是自找倒霉，人民政府把他抓了去，说他是恶霸地主。被送到城里大牢后，龙二还是不识时务，那张嘴比石头都硬，最后就给毙掉了。""到了五八年，人民公社成立了。我家那五亩地全划到了人民公社名下，只留下屋前一小块自留地。村长也不叫村长了，改叫成队长。队长每天早晨站在村口的榆树下吹口哨，村里男男女女都扛着家伙到村口去集合，就跟当兵一样，队长将一天的活派下来，大伙就分头去干。""家里五亩田归了人民公社，家珍心里自然舍不得，过来的十来年，我们一家全靠这五亩田养活，眼睛一眨，这五亩田成了大伙的了，家珍常说：'往后要是再分田，我还是要那五亩。'谁知没多少日子，连家里的锅都归了人民公社，说是要煮钢铁。""队长也和我一样老了，他还在当队长，他家人多，分到了五亩地。"大炼钢铁时把老孙头家的房子给拆了。"大跃进"时人民饿得干瘪。土地在分合的循环往复中构建中国农村的生存环境。土地政策对农民命运的影响显而易见。"土地必须用党的政策来加以合理化，历史也一样要接受国家的管制。通过发布土地公有化的政策，生产合作化小说无意间揭示了一个事实：国家历史书写已经被国有历史书写所取代。"② 由于这种管制的权威性和强暴性，农民往往无法也不敢表达自己内心的真实想法，对于无法把握的悲剧命运也只能默默地忍受，只能在沉默无言的土地中吸取能量。如小说

---

① 余华：《〈活着〉中文版（1993年）序》，《温暖和百感交集的旅程》，上海文艺出版社2004年版，第141页。

② 王德威：《伤痕书写，国家文学》，《一九四九：伤痕书写与国家文学》，三联书店（香港）有限公司2008年版，第49页。

所说"四周的人离开后的田野,呈现了舒展的姿态,看上去是那么的广阔,天边无际,在夕阳之中如同水一样泛出片片光芒"。

正如余华在自序中所说:"《活着》还讲述了眼泪的宽广和丰富;讲述了绝望的不存在;讲述了人是为了活着本身而活着的。"余华之所以说"绝望的不存在",不是宣扬世俗意义上对苦难的麻木与忍受,而对于母亲般的土地的信念。历史循环往复,命运悲喜无常,最后都服膺于土地母亲的仁慈和宽广。"文学的见证较之历史,往往要深刻得多。历史总带有权力的烙印,而且随着权力的更替而一再改写。文学作品一经发表却改写不了,作家对历史的承担因而更重,尽管并非是作家有意肩负这一重担。历史可以一再变脸,也因为不用个人来承担责任,而作家面对自己印出来的书,白纸黑字却无法抹杀。"① 民间作为权威历史叙事的补充见证了生活的复杂性。读者也在文学作品中丰富、补充、整合各自的生命记忆。因为文学作品的见证,那段历史在读者眼前生动起来。读者拨开历史的迷雾理性地思考历史,同时也思考当代乡村土地制度的变迁。

三 平民叙事与历史见证

余华消解了传统乡村叙事的思想启蒙和理性批判,逃逸了革命乡村叙事的政治说教,也淡化了乡风民情恬淡自然的描写,而是完全本真地凸显普通百姓原生态的生存状态,以一个平民的视角见证乡村社会历史的变迁。他们经历过"土改"、"合作化"、"大跃进"、"文化大革命",以及家庭联产承包责任制等历史的变迁。作为社会个体,他们无助地在时代风雨中蹒跚而行。

平民在接踵而至的灾难面前,往往缺乏对悲剧命运追根溯源的能力。或者说因为悲剧的力量过于强大,他们无法抗拒、无力面对。他们往往只能将复杂厚重的历史悲剧戏剧化,将悲剧的命运归结于偶然。偶然性生活往往能改变一个人的历史命运。《活着》中,福贵年轻时玩世不恭,不务正业,沉迷于吃喝嫖赌,最后败尽家财,沦为了龙二的佃

---

① 高行健:《文学的见证》,《论创作》,台北:联经出版事业股份有限公司2008年版,第20页。

户,过着穷困潦倒的生活。而龙二呢,则由赌棍一跃而成为了地主。两人的命运发生了天翻地覆的变化。两年后,全国解放,在"土改"运动中,龙二因福得祸,他抗拒土改,殴打佃户,最后被枪毙。而福贵呢,因祸得福,被划分为贫农,不仅逃脱了对地主的批斗,还重新分得了属于自己的五亩田地。偶然的事件改变了历史,龙二成为福贵的替死鬼。这种叙事策略显然不同于柳青等乡村作家,他们的小说往往更多地追求事件的必然性,试图在芜杂的社会、历史表象里寻找其内在的规律。而《活着》这种偶然性的存在,其实更有民间的意味,更能体现民间的生活状态,从而更真实地反映历史本来的面貌。这种叙事的方式显然是与福贵平民身份的叙事视角相匹配的。大难不死的福贵,庆幸自己的命运有惊无险,事后想着:"我想想自己是该死却没死,我从战场上捡了一条命回来,到了家龙二又成了我的替死鬼,我家的祖坟埋对了地方,我对自己说:'这下可要好好活了。'"这就是民间文化的力量。

所谓民间文化形态,"一、它是在国家权力控制相对薄弱的领域内产生,保存了相对自由活泼的形式,能够比较真实地表达出民间社会生活的面貌和下层人民的情绪世界;虽然在权力面前民间总是以弱势的形态出现,并且在一定限度内被迫接纳权力,但它毕竟属于被统治阶级的'范畴',而且有着自己独立的历史和传统。二、自由自在是它最基本的审美风格。民间的传统意味着人类原始的生命力紧紧拥抱生活本身的过程,由此迸发出对生活的爱和憎,对人生欲望的追求,这是任何道德说教都无法规范,任何政治条律都无法约束,甚至连文明、进步、美这样一些抽象概念也无法涵盖的自由自在。三、它既然拥有民间宗教、哲学、文学艺术的传统背景,用政治术语说,民主性的精华和封建性的糟粕夹杂在一起,构成了独特的藏污纳垢之形态"。[①] 值得注意的是在《活着》中作者作为一名收集民间歌谣的文化学者进入乡村,以福贵这一乡村底层平民提供叙事视角。作为底层个体,他们无力也无心走在时代的风口浪尖,只能够卑微地"活着",他们信奉的生活哲学就是"好死不如赖活着"。

---

① 陈思和:《民间的浮沉——从抗战到文革文学史的一个解释》,《中国当代文学关键词十讲》,复旦大学出版社 2002 年版,第 128 页。

福贵唱的民间歌谣成为他一生最好的写照："少年去游荡，中年想掘藏，老年做和尚。"经历了数次死里逃生、生离死别以后，福贵对"活着"有了更深刻的认识，更加珍惜家庭的温暖。也许福贵等底层劳动人民的物质生活是贫乏的，但是他们的精神生活却非常丰富，眼界更为宽广。对于福贵来说，忍耐成为一种生活秉性，一种对付苦难的有效武器。作为底层农民，福贵显然是弱小者的一员。但是他有着顽强的生命力，有着倔强的忍耐力。命运的无常、时代的多变不会让他屈服。

一般说来，历史由胜利者书写。每个朝代、每个政权、每个政党都会根据自己的利益去书写适合自己内在需要的历史，抢占历史叙事的制高点，确认自己权力的合法性与合理性。因此，随着朝代的更替、政权的更迭、政党的变换，历史被不断修改。也许正因为这种普遍的现象，新历史主义者认为"一切历史都是文本史"。余华以《活着》等优秀作品丰富了中国当代历史的书写，让人们更加感性地了解当代中国乡村土地制度变迁的历史，更加充分地了解时代变迁下中国当代乡村的生存本相。"我们从文化运动及其变迁的角度看文学史，看到的是民间文化形态被国家政治改造与渗透，但如果换一个角度，从创作文本的发展来看文学史，民间文化形态就不再扮演那个被动的角色，而是处处充斥着它的反改造和反渗透。"[①] 民间以其顽强的生命力和坚忍的意志参与着中华民族历史文化的建构。

第二节 土地制度变迁与地主见证

一 土地与轮回

农民与土地的故事在中国当代乡村小说创作中屡见不鲜。这种题材的繁荣一方面源于中国是一个农业大国，农民占人口绝大多数。另一方面也是源于中国农村土地制度不断变化，并且这种土地政策的变化往往是过山车式的变化，"土改"、合作化、家庭承包责任制、土地流转等政策在神州大地上轮番上演。人们在这片土地上演了一幕又一幕的喜剧

---

① 陈思和：《民间的浮沉——从抗战到文革文学史的一个解释》，《中国当代文学关键词十讲》，复旦大学出版社2002年版，第149页。

与悲歌。这种土地制度变迁以及在农村引起的激荡为当代乡村小说创作提供了丰富的素材。如李準的《不能走那条路》写到"土改"以后，分到土地的宋老定因为勤奋能干、吃苦耐劳，积累一些钱财以后就想购买同村农民张栓的土地。马烽的《三年早知道》中，"赵满囤，思想坏，劳动态度实在懒"，也是因为土地实行了合作化，农民没有了自己的土地，从而丧失了劳动的积极性。何士光的《乡场上》写的是农村联产承包责任制以后，农村文化秩序的变化。没有饥荒之忧的农民冯幺爸终于挺直了腰杆，堂堂正正做了一回人。关仁山的《九月还乡》则关注农村土地流转，资本入乡，侵占农民土地。九月为讨回被乡镇企业无偿霸占的八百亩土地而出卖肉体。这些小说在当代乡村小说的发展史上具有一定的影响，甚至可以称得上是具有较高艺术水准的艺术作品，同时这些小说具有一定的现实意义，塑造了具有典型性格的农民形象，敏锐地捕捉到土地制度变迁对当下乡村时代风云和历史变迁的痕迹。但是，部分小说很少关注农民与土地的恩怨情仇、矛盾纠葛，表达农民与土地之间的深层次的情感。这些小说往往成为作家主观意识形态的转述性文本，只是作家主观情感在农村人物形象上的投射或附体。这种书写策略有利于作家阐明农村土地政策的意义和道理。但是就农民本身来说，远远没有表达农民自身的内心诉求，不能准确地表达农民心底深处的情感。我们在这样的语境下，重新阅读莫言的《生死疲劳》就能及时地发现这部小说的价值。这是一部以地主的叙事视角关乎当代农村土地变迁的小说，是一部关注农民与土地的纯粹关系的小说。

  2004年，莫言曾经在一次访谈中说："从新中国成立到现在，又是五十年，这五十年的乡村生活，其实并没有得到深刻的表现，如果能把这五十年写出来，肯定是了不起的，这五十年发生了多少悲喜剧荒诞剧啊！"[①] 正是这种艺术的志向和追求才有了后来莫言的成功。他的长篇小说《生死疲劳》就是讲述了20世纪下半叶中国乡村跌宕悲歌的历史和复杂多变的现实，声情并茂地谱写了农民与土地的恋歌。小说的封底写有："莫言怀抱华美颓废的土地，决意对半个世纪的土地做出重述。莫言郑重地将土地放在记忆的丰碑前，看着它在历史中渐渐荒废并确认

---

① 莫言：《我写农村是一种命定》，《钟山》2004年第6期。

它在荒废中重新获得庄严、熔铸、锋利。"小说出版以后在世界范围内得到极大的关注。这种关注或许源于《生死疲劳》始终贯穿着人与土地的终极关系的思考。中国底层农民对土地有着忠诚而又执着的感情。土地对于农民来说已经不仅仅是粮食的来源，更是精神的依靠。古往今来，当农民"耕者有其田"的朴素理想得以实现以后，社会就会安定，人们安居乐业，国家繁荣和谐。而一旦当农民的这种理想遭到破坏，社会就会变得动荡不安。"一切来自土地的将都回归土地"，这是莫言在蓝脸的墓碑上撰写的碑文，也是理解这部小说的文化密码。这是一部关于土地的大书。它是莫言向世人宣告的一个朴素而永恒的信念。莫言在一次演讲中说："我还是认为，农民与土地还是亲密的关系，一旦逃离土地，农民就没有了根本，我认为不应该毁掉或背离土地，那必将使农民陷入更深的苦痛，前途更加未卜。"[①] 翻开中国任何朝代的历史，我们不难发现，中国的历史实际上就是一部农民和土地的关系史。朝代的更替、农民的斗争都和土地密切相关。

《生死疲劳》的可贵之处就在于莫言紧紧围绕着土地进行书写，围绕着农民与土地的关系书写时代心理和社会关系，并且塑造了蓝脸这位视土地为生命的近乎偏执的农民形象。莫言通过蓝脸和洪（红）岳泰等人之间长达几十年的矛盾冲突，形象地揭示了土地改革以来乡村中国的农村史和农民史，展现了当代农村土地制度变迁的时代风云和历史变迁。蓝脸对土地的痴迷到了绝无仅有的程度，是农民朴素土地信念的执着信奉者和有力的执行者。蓝脸本来是大地主西门闹在雪地里捡来的孤儿，被收养后一直勤勉劳作，深得地主西门闹的信任。莫言浓墨重彩地描写，在集体化进程中，蓝脸特立独行，坚守自己土改时分得的一亩六分土地，拒绝入社。显然，这种行为就像《受活》中受活人要求退社一样具有虚构性，甚至不乏荒诞性。但是，这种心理或许是很多农民心底真实的愿望。《三里湾》的马多寿、《创业史》中的梁三老汉和"蛤蟆滩三大能人"等就是这方面的代表。不过，由于创作的时代氛围，赵树理、柳青等人出于创作的需要，为这些人安排的命运是"不能走

---

① 莫言：《文学创作的民间资源——在苏州大学"小说家讲坛"上的讲演》，《当代作家评论》2002年第1期。

那条路",交出自己的土地,向合作化运动投诚。现在我们再回头看这些作品,不难发现小说的时代局限性。小说不能真正地从人物内在情感出发构建情节发展,这种创作自然影响了小说的艺术魅力。特别是由于时代氛围的变化、农村土地政策的改变,1980年代以后这些作品常常被人诟病也就成为常理之中的事情。这是作家作品的悲哀,更是时代的悲哀。莫言则以一种反思的态度,见证那段历史,还原历史事实,将农民被遮蔽的真实心理通过可视的人物形象表达出来,表达了农民和土地的那种纠缠不清的情感依恋。

如果说,蓝脸代表了农民对土地的固守和依恋,那么,洪泰岳则代表了农村土地政策,特别是1980年代以前的农村土地政策。他的姓"洪",即"红"表明了"左"的政治属性。"泰岳",如东岳泰山,则表明政治的权威性。洪泰岳的出场就是"随身佩带着一支匣子枪,那赭红的牛皮枪套,牛皮哄哄地挂在他屁股上,反射着阳光,散发着革命的气味"。农民对土地怀有永恒的热爱,但力量单薄;党的农村土地政策虽然多变无常,但其权威性却不容置疑,对乡村生态具有极大的支配效应。两者之间力量对比悬殊,形成了巨大的矛盾,构成了一部喧嚣而又沉重的当代农民史。洪泰岳以阶级、社会、时代和政党的代言人身份,盛气凌人,颐指气使,飞扬跋扈,不可一世。实际上由于党的农村政策与农民的实际要求严重脱节,洪泰岳的形象也就有了某种讽刺意味。他和蓝脸是"一枚硬币的两面",恰到好处地处在农村现实生活的两极。"一个蓝一个洪(红),私有制和公有制的神话,在中国农民那儿就是一张纸的两面,一蓝一红,农民的乌托邦,既是共产主义的乌托邦,也是小农私有制的乌托邦",两者是"农民的两面",永远也不能妥协、和谐。①

特别应该指出的是,《生死疲劳》的叙事结构和表达方式采取了"六道轮回"的方法。"六道轮回"源于佛教思想,小说的题记写道,佛说:"生死疲劳由贪欲起,少欲无为,身心自在。"莫言借助佛教的语言和轮回的框架,以地主的视角见证20世纪下半叶农民与土地的故

---

① 张旭东:《作为历史遗忘之载体的生命和土地——解读莫言的〈生死疲劳〉》,《现代中文学刊》2012年第6期。

事。小说现在的轮回是西门闹从人到动物的轮回,"畜牲道"里的"六道轮回";一个潜在的轮回则是土地制度的轮回,从私有制到公有制再到私有制,以及与之关联的土地、生产方式、人和土地之间的情感、人与人之间的伦理等等。这种轮回使得农民与土地、家庭与国家在土地制度的变迁中得以呈现,拒绝了集体记忆的遗忘。"莫言通过《生死疲劳》告诉我们:虽然历史总是在不停地变动,但土地却可以永恒,对土地的尊重、热爱和坚守便是对民间精神家园的守候;有了对精神家园的守候,民间便有了精神意义上的生存之根,唯其如此,民间才会获得恒久的生命和魅力。"[1]

二 地主与叙事

一般的"土改"小说往往从革命,或者人民的立场来书写、叙述"土改"故事。1950—1970年代的土地制度变迁书写主要以胜利者的姿态和毋庸置疑的口吻,塑造社会主义新人、弘扬新的土地制度,地主作为革命的对象被遮蔽,没有得到应有的观照。地主的形象被塑造为心理阴暗、行为猥琐、面目可憎。即便是部分优秀的小说也很难将笔触聚焦地主阶层所见证、理解的土地制度变迁。新时期出现了一些新的土地制度变迁书写,这些小说在新历史主义理论中汲取养分,将既往的叙事进行颠覆,颠倒了固有的人物形象和评判尺度。但是若从叙事的角度上来说,土地制度变迁书写的变化不大,作为被革命对象的地主仍然是被动的、失语的叙述对象。而《生死疲劳》则是第一次赋予了地主叙述的权力,由幕后走向台前,以被镇压、被革命的视角来见证、叙述土地革命。[2] 无疑,这种叙述视角是独特的,他为读者重新审视当代土地制度变迁提供了另外一种角度,为读者理解当代中国历史变迁的丰富性和复杂性提供了另外一种可能。莫言说:"我不愿四平八稳地讲一个故事,当然也不愿搞一些过分前卫的、让人摸不着头脑的东西,我希望能找到

---

[1] 徐红妍:《对民间与历史的另一种把握——评莫言的〈生死疲劳〉》,《中国石油大学胜利学院学报》2008年第3期。

[2] 黄勇:《地主讲土改——莫言〈生死疲劳〉叙事视角的新变》,《扬子江评论》2009年第6期。

巧妙的、精致的、自然的结构，这个难度是很大的，甚至是可遇不可求的。"①

地主西门闹的叙事着眼于三个方面，一是对自我形象的重新叙述；二是对"土改"积极分子的回忆和看法；三是对"土改"过程的叙述。

在阴曹地府，长达两年的时间里，阎王动用了各种酷刑，也不能让在"土改"运动中被枪决的地主西门闹屈服。西门闹"宁愿在他们的石磨里研成粉末，宁愿在他们的铁臼里被捣成肉酱，我也要喊叫：'冤枉。'"阎王不胜其烦，只好将其送回西门屯，投生为驴。由于没有喝过"孟婆汤"，西门闹的记忆和思维能力得以完全的保存下来，他转化为驴、牛、猪、狗、猴以及大头儿蓝千岁的过程中还具有部分人类的思维。他行走于阴阳两界，横跨人畜两道，见证社会变迁。

西门闹的自我评价是："我西门闹，在人世间三十年，热爱劳动，勤俭持家，修桥补路，乐善好施。高密东北乡的每座庙里，都有我捐钱重塑的神像；高密东北乡的每个穷人，都吃过我施舍的善粮……我是靠劳动致富，用智慧发家。""那时候我可谓少年得志。连年丰收，佃户交租踊跃，粮仓里大囤满小囤流。"在自我道德形象方面，西门闹也表现得非常自信："堂堂正正、豁达大度、人人敬仰。"同时，对于自己的勤恳劳作，西门闹认为："我虽是高密东北乡第一的大富户，但一直保持着劳动的习惯。三月扶犁，四月播种，五月割麦，六月栽瓜，七月锄豆，八月杀麻，九月掐谷，十月翻地，寒冬腊月里我也不恋热炕头，天麻麻亮就撅着个粪筐子去捡狗屎。"

这里的西门闹作为一名乡村士绅，品德高尚、乐善好施、勤俭持家、邻里敬仰。不仅没有欺侮乡邻，反而是有恩于乡亲。而《太阳照在桑干河上》的钱文贵、《创业史》中的姚世杰、《艳阳天》中马小辫等地主形象往往搜刮民财、剥削有方、卑鄙奸诈、欺男霸女、荒淫无度、鱼肉乡里，罪恶滔天。显然西门闹和这类小说中的地主形象有很大的不同。哪类人物形象更接近历史真实呢？与之相对的是，洪泰岳等社会主义新人往往道德败坏、恩将仇报、落井下石。

西门闹认为"书记、村长、公安员"洪泰岳是"标准的下三滥，

---

① 莫言、王尧：《从〈红高粱〉到〈檀香刑〉》，《当代作家评论》2002年第1期。

社会的渣滓，敲着牛胯骨讨饭的乞丐"。骂洪泰岳"你这个敲牛胯骨的杂种，真正的下三滥，在我心里，你连我裤裆里的一根屌毛都不如"。洪泰岳自己也认为"我洪泰岳，的确是下三滥，如果不是共产党，我只怕要把那块牛胯骨敲到死"。治安保卫主任杨七呢？"这个偷鸡摸狗的杂种，吃喝嫖赌抽，五毒俱全，糟光了他爹创下的家业，把他娘气得悬梁自尽，但他却成为了赤贫农，革命的先锋。"然后，富有讽刺意味的是，在土地制度变迁的时机，这些乞丐、游手好闲之辈利用职权，假公济私，道德败坏。洪泰岳成为西门屯最高领导人，整天狐假虎威、作威作福。杨七则利用职务之便，"天天搞'破鞋'"。显然，这些新社会农村的领导人，不像王金生、郭全海（《暴风骤雨》）那样积极向上，不像梁生宝（《创业史》）那样为了集体的事业呕心沥血，而是表现出鲜明的流氓无产者的劣根性特点。

同样在"土改"定罪、"土改"合作化的入社等问题上，《生死疲劳》也不像《太阳照在桑干河上》等小说那样"表现出了很大的暧昧性和含混性"。[①] 如西门闹的叙事里，批斗会就是栽赃大会，颠倒黑白、阴谋背叛、无耻下作。在西门闹的叙事中农村土地制度变迁充满了暴力和斗争。如经过清算大会，在交出财宝以后，西门闹被区政府正法。"西门闹的脑浆涂抹在桥底冬瓜般的乱石上，散发着腥气，污染了一大片空气。"如动员蓝脸入社时，《生死疲劳》不见了《山乡巨变》中的温馨场景。

《生死疲劳》以不同于以往土地制度变迁书写的视角，以地主的身份书写不一样的历史场景和生命感受，在众声喧哗中，将历史场景的复杂性形象地表达出来，鲜明地呈现了历史现实和"表述性建构"[②] 的裂缝。当然，作为地主的叙事不可避免有个人的特殊性，甚至不乏片面性，带有明显的个人色彩。但是，毋庸置疑，《生死疲劳》书写策略在当代农村土地制度变迁书写中具有特殊意义。因为这种地主视角的叙事策略对之前同类题材的书写产生了冲击，丰富了当代中国革命历史的内

[①] 贺桂梅：《转折的时代——40—50年代作家研究》，山东教育出版社2003年版，第274页。

[②] 黄宗智：《中国革命中的农村阶级斗争》，商务印书馆2003年版，第73页。

容,同时也对既往的历史发出震耳欲聋的质疑和再度书写。

三 质疑与见证

这种质疑首先表现为对阶级话语的质疑。西门闹站在地主的立场上,对土改正确性进行质疑。西门闹以旧的伦理道德和行为规范为自己叫屈喊冤,百折不挠。"想到此处,我心酸楚,我百口莫辩,因为他们不允许我争辩,斗地主,砸狗头,砍高草拔大毛,欲加之罪,何患无辞。"同时,他以自己朴素的思考能力质疑农村土地制度变迁的合理性,特别是针对那种土改暴力的行为。"均分土地,历朝都有先例,但均分土地前也用不着把我枪毙啊!""被斗争被清算被扫地出门被砸了狗头的地主村村皆有,屯屯不虚,普天之下,千百万数,难道这些人都做了恶事遭此报应不成?""像我这样善良的人,一个正直的人,一个大好人,竟被他们五花大绑着,推到桥头上枪毙了! ……我不服,我冤枉。"这种带有当下底层农民上访维权形式的质疑甚至连阎王也不胜其烦,也无法做出合理的解释。阎王只能说:"世界上许多人该死,但却不死;许多人不该死,偏偏死了。这是本殿也无法改变的事实。"由于内心的郁结无法释怀,心底的冤屈无法申诉,西门闹一度想自杀。西门闹将自身的悲剧归结为时代的厄运。

其实,这种悲剧早在1933年毛泽东的《怎样分析农村阶级》一文中就埋下了伏笔。这篇论文中明确地提出划分地主、富农、中农、贫农和工人的原则,并将这种划分标准作为划分农村阶级成分的标准。地主和富农在道德上是冷酷无情、贪得无厌的,经济上是剥削成性、不劳而获的,生活上是荒淫无耻、寡廉鲜耻的。而贫农呢,则是深受地主的压迫,对地主阶级有着刻骨的仇恨,身上蕴含炙热的阶级情感和革命热忱。显然,这将阶级划分方式与家庭的财富画上了等号,并且将这种划分伦理化。拥有巨大财富的地主阶层自然而然成为了革命的对象,特别是新政权建立以后,新的话语秩序的建立和巩固需要打倒革命的他者才能实现。"彻底地将中国农村社会翻了过来,不仅颠覆了传统的农村权力结构,而且颠覆了农村的传统,古老的乡土文化从形式到内容发生了根本的变化,不仅意识形态观念被颠覆,乡村礼仪被唾弃,连处世规则也发生了空前的更替。"① "社会革命通过摧毁旧政权的政治机构和统治阶级,开辟社会采取新方向的途径,并且至少让人们有可能去创造更美好的新社会。"② 西门闹之所以觉得冤屈,之所以质疑土改,就在于他还是使用旧的"古老的乡土文化"思考革命中国的新问题,至死也没有明白新的革命文化秩序已经取代了旧的农耕文化秩序。

而与之相对的是洪泰岳支持阶级斗争理论,像蓝脸一样偏执、质朴、顽强。他是地下党出身,算得上是非常纯正的革命者。因为革命的成功,使他从一名乞丐"翻身"成为公社党委书记,成为西门屯最大的领导。在激进的"土改"时,在狂热的人民公社和"文革"时,他都表现得极端活跃。可是,这种阶级斗争文化在改革开放的大潮面前失去了存在的可能,最后他也像西门闹一样,以身体的灭亡完成了对自身信仰文化的献祭仪式。他与蓝脸都是死硬派,与时代格格不入,最终被历史潮流碾得粉碎。莫言对革命文化的态度跃然纸上。暴力"土改"的历史充满了荒诞。底层农民在生死轮回中演绎中华民族的土地悲歌。小说的封底曾有一段话或许表达了莫言的心志,"莫言怀抱华美颓废的土地,决意对半个世纪的土地做出重述,莫言郑重地将土地放在记忆的丰碑前,看着它在历史中逐渐荒废并确认它在荒废中重新获得庄严、熔铸、锋利"。

"与张炜的历史意识相比,莫言的历史只能是准历史的。莫言着力于感性和激情,张炜则用功在理性和智慧,莫言在历史中感动,张炜于历史里沉思。"③ 同时,《生死疲劳》也表达了一种生生不息的信念:生命遭受再多的厄运,生命也要继续,死是为了生,为了活下去,"生"是第一性的。而这一主题又和余华的《活着》有了某种程度的精神契合。这也是中国农民——无论是地主还是普通贫民——在几千年的民族历史风雨中,见证了太多的生命沉浮,并深刻体味了五十多年来中国乡村社会的庞杂喧哗和充满苦难的历史,以生命换来的生存哲学。中国当

---

① 张鸣:《乡村社会权力和文化结构的变迁(1903—1953)》,广西人民出版社2001年版,第254—255页。
② [美]莫里斯·梅斯纳:《毛泽东的中国及其发展——中华人民共和国史》,社会科学文献出版社1992年版,第64页。
③ 汪政、晓华:《〈古船〉的历史意识》,《读书》1987年第1期。

代农村土地制度变迁书写包含了作者真诚的探索与深刻的思考，具有阐释历史进程和历史模式的内在冲动与诉求，与纯粹把"历史"当作怀旧的装饰及背景的作品有很大的不同。

《生死疲劳》出版以后，莫言接受采访时说："我还是认为，农民与土地是亲密的关系，一旦逃离土地农民就没有了根本，我认为不应该毁掉或背离土地，那必将使农民陷入更深的苦痛，前途更加未卜。"①莫言的小说总是潜心于民间自然形态的发掘，强调原始生命力的浑然冲动。在富有激情的生命想象中，完成历史的观照和乡土悲悯的叙事。莫言最后消解了仇恨，回归生命的轮回、土地的轮回和想象。

"在月光明亮之夜，你爹就会扛着一块铁锨走出大院。月夜下地劳动，这是他多年的习惯。不但西门屯人知道，连高密东北乡人都知道。每逢你爹外出，我总是不顾疲劳跟随着他。他从不到别的地方去。他只到他那一亩六分地里去。这块坚持了五十年没有动摇的土地，几乎成了专用墓地。"劳动的土地变成了墓地，在这种意义上说，莫言对人与土地的把握就具有了某种本体论的意味。事实上，西门闹的家人只能埋在这里，公社的土地是不允许他动的。这里农民和土地的关系不仅仅是生产、产权，还涉及第三层的关系：祖坟。"你娘葬在这里，驴葬在这里，牛葬在这里，猪葬在这里，我的狗娘葬在这里，西门金龙葬在这里。没有坟墓的地方，长满了野草。这块地，第一次荒芜了。"在改革的大潮中，在消费文化眩晕的刺激下，人们和土地的关系逐渐发生了质的变化。一直被前赴后继耕种着的土地，一直养育着人们的生命和精魂的土地就这样荒芜了。

莫言的创作实践在他引用的西方文学家的类比思考中得到呼应："艾略特在他的著名论文《美国文学和美国语言》中所指出的'任何一位在民族文学发展过程中能够代表一个时代的作家都应具备这两种特征——突发地表现出来的地方色彩和作品的自在普遍意义……'"②莫言在《生死疲劳》中那种略显游离、跑题、喧嚣甚至不乏油滑的叙述，在破坏了我们所期待的形式美感或质量的同时，也为当下中国的文学叙

---

① 莫言、李敬泽：《向中国古典小说致敬》，《新京报》2005年12月29日。
② 莫言：《会唱歌的墙》，台北：麦田出版公司2000年版，第189页。

第三章 民间与见证

事提供了新的可能。莫言作为一位农民出身的作家与寓居于都市的知识分子，自1980年代以来，就以惊人的想象力和旺盛的创造力，在高密东北乡这块"邮票般大小的故土"，构建了绚丽多姿的、内容丰富的小说群落。《生死疲劳》是他一次土地心结和历史重构的激情歌唱。

这种叙事方式的选择源于作者鲜明的民间写作立场。莫言认为："所谓的民间写作，最终还是一个作家创作心态问题。这个问题的一个方面是为什么写作。过去提过为革命写作，为工农兵写作，后来又发展成为人民写作，为人民写作也就是为老百姓的写作……我认为真正的民间写作就是'作为老百姓的写作'。""'作为老百姓的写作'者……他在写作的时候，没有想到要用小说来揭露什么，来鞭挞什么，来提倡什么，来教化什么，因此他在写作的时候，就可以用一种平等的心态来对待小说中的人物。"[①] 这种民间写作立场，使得莫言的创作充满了悲悯的情怀，对中华民族的苦难历史充满了疼痛的同情。

[①] 莫言：《文学创作的民间资源》，《当代作家评论》2002年第1期。

第四章　边缘与记忆

基于以上论述我们不难发现，无论是宏大叙事还是反思重构，这些叙事都属于主流叙述。这种叙事模式要么得到了当时政府文化部门的大力倡导，要么得到了文学界的极力推崇。更主要的是，这些叙述在空间上一直固守在中国内陆生活，对孤悬海外的港、澳、台地区缺乏应有的描写。这种空间的限制一方面可能使土地制度变迁书写更为具体、更为真实，但是另一方面也遮蔽了土地制度变迁的某些方面。值得庆幸的是，当代很多作家离开国门，飘零海外，他们怀着各种心态，以边缘的立场重新关注当代乡村土地制度变迁。

第一节　流亡与记忆：知识分子的土地
制度变迁叙事[①]

一　流亡与放逐

受哈维尔（Havel）等捷克知识分子"内在放逐"概念的启发，李欧梵指出，流亡文学如果从"被国家放逐"（exiled by state）的心态转变为自愿的"自我放逐"（self-exile）心态，可能会获得更多的自由空间。自我放逐是一种内心放逐。"内心放逐是一种自愿的个人行为，为了保持私人的精神空间，远离国家权力的影响。但是，精神上的内心放逐，蕴含了一种比消极的私人的自由权力更为积极的精神气质：这是个人为了抵制外界的压力而特意创造的一个精神世界。在这种意义上，它变成了一种价值，就像自由。……内心放逐并不意味着实际上的国家边界上的放

[①] 本节内容曾公开发表于《华中师范大学学报》2014 年第 2 期。

逐，而是转向内心重建一个相对于无所不在的中心的、处于边界位置的、灵魂的避难所。"① 刘再复在此基础上提出了第三种心态：放逐国家（exiling the state）。这种心态是指"自觉地把自己放在精神边缘的位置上以对抗全能的、无所不在的权力中心。它是个人为了赢得自由精神空间而创造的一种主观心理状态。获得这种状态的，不仅是流亡海外的作家，而且包括身处国家疆界之内的作家。只要把自己放在独立的精神边缘上，一切作家均有'放逐国家'的可能性"。② 依据这一理论，我们发现张爱玲一生都处于流亡之中，心灵的流亡和人生的放逐成全了作家的传奇。被国家放逐、自我放逐、放逐国家成为她一生主要的生活状态。她颠沛流离、坎坷多舛的文学命运同样为读者留下了许多疑问。

张爱玲1920年9月30日出生于上海沦陷区，祖父是张佩纶，外祖父是李鸿章。1939年进入香港大学文学院就读，1941年珍珠港事件爆发后，香港沦陷，张爱玲于1942年夏回到上海，结束了她第一度的香港求学时期。张爱玲返回上海不久，旋即于1943年5月以《沉香屑——第一炉香》在通俗刊物《紫罗兰》发表，声名鹊起，成为上海最走红的作家。新中国成立以后，张爱玲并没有立即离开内地，反倒是于1951年及1952年以笔名梁京在《亦报》连载题材迥异于以往的小说《十八春》、《小艾》。同时，在夏衍等人的帮助下，张爱玲参加上海第一届文代会，并且去苏北参加了两个月的土改运动。夏衍很赏识张爱玲的才华，指名让她参加了上海市第一届文代会。别人都穿着列宁装，只有她穿着旗袍，很不合群。她感到自己已经格格不入，但又不想改变自己；考虑到写作和政治上的诸多因素，她唯一的选择便是"离开"。袁良骏认为张爱玲创作《小艾》时，已经有了"去国之意"，因此尽量表现得"积极"："积极拥护中国共产党和新中国，坚决反对日本法西斯和'国民党反动派'，要把自己表现为一个革命思想和政治觉悟的青年女作家……"③ 确实，这种

---

① 李欧梵：《中国话语的边缘》（"On the Margins of Chinese Discourse"），*Daedalus*（Spring 1991）：207—226。转引自刘再复《文学对国家的放逐》，《放逐诸神——文论提纲和文学史重评》，香港：天地图书有限公司1994年版，第283页。

② 刘再复：《文学对国家的放逐》，《放逐诸神——文论提纲和文学史重评》，香港：天地图书有限公司1994年版，第284页。

③ 袁良骏：《论〈秧歌〉》，《汕头大学学报》2007年第6期。

"积极"的变化与张爱玲之前有意无意疏离政治的姿态有很多的不同,后来《十八春》修改成为张爱玲娴熟的都市男女、乱世情缘的故事,以篇名《半生缘》在台湾重新发表。同样后来有篇散文中她提到当年参加土改的情形:"当时这家老牌饭馆子还没有像上海的餐馆'面向大众',菜价抑低而偷工减料变了质。他家的螃蟹的确是美味,但是我也还是吃掉浇头,把汤逼干了就放下筷子,自己也觉得在大陆的情形下还这样暴殄天物,有点造孽。桌子上有人看了我一眼,我头皮一凛,心里想幸而是临时性的团体,如果走不成,不怕将来被清算的时候翻旧账。"显然,张爱玲对新制度不理解,内心惊恐。之所以表现出"积极"的变化主要是她内心自我放逐、自我流亡的一种表现。确实我们能从《小艾》中发现张爱玲思想的转变,但是我们若将之后的《秧歌》、《赤地之恋》等小说作为一个整体来理解就会发现,与其说这些转变是作者政治上骑墙,倒不如说是作者作为知识分子的踟蹰与摇摆。这种从政治出发的判断某种程度上遮蔽了张爱玲后期小说创作的艺术光芒。

1952年7月张爱玲以完成因抗日战争中断的港大学业为由,经广州,过深圳,出罗湖,到香港。张爱玲二度的香港之行在地理空间上来说是她离开内地进入美国的一个跳板。从文学写作上来说,早具盛名的张爱玲离开上海来到香港,"走阴间的回到阳间,有一种使命感"。[①] 张爱玲在香港总共停留了三年。初期靠翻译工作为生,翻译过爱默生等人的作品,与美国领事馆新闻处建立了良好的关系。后来张接受新闻处的资助,出版了引起极大争议的两部长篇小说《秧歌》和《赤地之恋》。也许只有到了香港,由于空间的疏离,张爱玲才能书写故国的故事,才能书写失乡与流亡经验的真实、书写心理与身体创伤的体验,进而达到自我救赎和批判他者的双重目的。

香港,偏隅祖国一方,长期浸淫在殖民地文化氛围之中。香港文学自然受强势文学和文化的冲击,相对于内地和西方更具边缘性。这种文化除了自身生来具有的本土性以外,更有多元化和综合性特点。同时这种多元综合的文化某种意义上具有后殖民文化的特征。我们不禁要问,

---

[①] 张爱玲:《浮华浪蕊》,《惘然记》,台北:皇冠文化出版有限公司1983年版,第53页。

第四章　边缘与记忆

流亡到香港以后张爱玲的创作目的是什么？多年以来，人们一直认为这两部小说都是作家在香港接受了美国新闻处的资助而创作的，尤其是《赤地之恋》。也就是说，写土改之"邪恶"是资助方既定的反共目标。而1950年代反共文学的主战场毫无疑问是台湾。反共文学"创作技巧大抵不脱光明与黑暗的对比手法，内容则不脱邪不胜正的教条论调，而整个文学风格也是以健康写实为主"。① 显然，张爱玲的土改书写难以完全列入其中。假如我们从人性的角度探析《秧歌》、《赤地之恋》的艺术世界，或许更能抵达小说的核心。在《秧歌》的后记里，张爱玲特意强调了小说的真实性，甚至不惜自我揭发素材的由来——《人民文学》、《解放日报》以及各种道听途说的材料来源。② 尽管这些材料以及一些"土改"的传闻我们不能说是张爱玲有意识为创作《秧歌》和《赤地之恋》做准备，但是考虑到张爱玲知识分子的身份，我们就不会怀疑社会变迁对她内心的影响。《秧歌》后记说："这些片段的故事，都是使我无法忘记的，放在心里带东带西，已经有好几年了。现在算写了出来，或者可以让许多人来分担这沉重的心情。"张爱玲在这里用"沉重的心情"说明"土改"以及相关的传闻让她震惊，更主要地是说明了一位知识分子见证历史的担当使她心情沉重、夜不能寐。同时张爱玲用"带东带西"一词描写了自己流亡过程的惶恐和匆忙。而这就是流亡作家真实的颠沛流离、惶恐不安的生活状态。

张爱玲先用英文写作《秧歌》，自己翻译的中文版于1954年《今日世界》③ 连载。《秧歌》于1955年在美国的Charles Scribner's Sons出版英文版（*The Rice-Sprout Song*），发行效果并不令人满意。直到1968年才由台湾的皇冠出版社出版中文版。而《赤地之恋》先由张爱玲写

---

① 陈芳明：《台湾新文学史》（上），台北：联经出版事业股份有限公司2011年版，第280页。
② 关于这些材料的正确性，陈思和先生在《土改中的小说与小说中的土改——六十年文学话土改》（《南京大学学报》2010年第4期）一文中有专门的考证。同时《异乡记》手稿的发现，也证明了张爱玲对当时农村土改生活的熟悉。
③ 《今日世界》，原名为《今日美国》，在1949年10月底新中国刚刚宣布成立时创刊，出版者为美国领事馆新闻处，属于美国官方的宣传刊物。《今日世界》以中国港澳台地区及东亚众多的华人为宣传对象。"由于销数的下跌，加上纸张以至印刷、发行、邮费等等成本无一不在增加"，并且美国国家交流总署香港分署认为"为维持本杂志的出版而增加这笔开支，实在没有太大的必要"，《今日世界》于1980年12月号为止，止于总598期。

成中文，再自译为英文，但是出版过程并不顺利，美国出版社兴致不高。中文版1954年10月直接由香港天风出版社出版，英文版（*Naked Earth*）则于1956年香港友联出版。1978年由台北慧能文化有限公司出版，而皇冠文化出版有限公司直到1991年才出中文版。[①] 由于这两部小说与美国领事馆新闻处的关联，同时由于小说内容和创作倾向上的敏感，小说在传播上一直处于流亡、放逐状态。直到1990年代中期这两部小说才由大连出版社、内蒙古文化出版社分别修改在内地出版。

而张爱玲在美国的生活也是低调而神秘。她一直为不能打开美国图书市场而心灰意冷，逐渐边缘化。晚年为虫患所困，四处搬家，甚至患有精神疾病。[②] 她的漂流与隐遁，不知是对家的放逐还是对家的另类解释。张爱玲不断地流亡、迁徙于几经沦陷的上海、香港，最终定居美国并寂寞地逝去。她用一生的足迹诠释了流亡文学的灵魂。寂寞的张爱玲从来没有过真正的国与家，或者说她彻底将自己流亡，被国家放逐—自我放逐—放逐国家。苍凉是虚无边缘仅有的一点充实，孤独与寂寞才是她的城邦。正如陈思和先生在《乱世才女的心境》中写道："她在社会里永远是个异物，拙于应对，拙于周旋，有人向她亮出各种各样的武器——友谊、爱情、名利、灾难、利用、威胁、冷漠、赞美……她一概接受，无力拒绝。也许这些对她来说都是一抹晚霞稍纵即逝，唯一真实的是她也没有过的前世的记忆。"[③] 被国家放逐、自我放逐和放逐国家的状态都纠结于她的一生。显然这是我们分析《秧歌》和《赤地之恋》"土改"书写的钥匙，以此为支点我们才能见微知著地分析张爱玲是如何书写历史，又是怎样进行自我救赎。

---

① 高全之曾对《赤地之恋》的版本演变进行了深入研究。见《开窗放入大江来——辨认〈赤地之恋〉的善本》，高全之：《张爱玲学》，台北：麦田出版公司2008年版，第231—247页。郭强生通过对比中英文语法的差别，比较《秧歌》中英文版本，提出大胆推测。他认为："有无可能，《秧歌》如同《赤地之恋》，不仅早有大纲，甚至内容都有初稿，张爱玲负责对书中所描写的农村进行事实确认？而西化的译笔亦非出自张爱玲之手，她只是为中译作润稿。或是相反的情形，是张爱玲提供了《秧歌》的大纲与故事，'授权'他人完成。"[郭强生：《张爱玲真有"创作"英文小说吗？》，《联合文学》第311期（2010年9月）] 这一观点本书暂不采用。

② 吴佳璇：《张爱玲满是跳蚤的晚年华服》，《联合文学》第311期（2010年9月）。

③ 陈子善编：《作别张爱玲》，文汇出版社1996年版，第131页。

二 历史与记忆

张爱玲在《秧歌》中强调小说素材的真实来源：（1）《人民日报》上刊载过的一位写作者的自我检讨。（2）认识的一个女孩在江西南昌附近乡下和农民一同吃米汤度日。（3）1951年初参加华东土改的知识分子，购买私房食物的经验。（4）1950年冬起，从苏北及上海近郊来人口中听到"乡下简直没东西吃了"事件。（5）《解放日报》上新闻披露天津设立了饥民救济站。（6）影片《遥远的乡村》中放火烧仓片段。（7）报上连载的老区女干部的自传。无论是白纸黑字的新闻报道、口耳相传的民间生活，还是真实深切的生活体验，这些"事情却都是有根据的"，都坚实地支撑着小说的历史背景。同样在《赤地之恋》中，张爱玲也一再强调小说"所写的是真人实事"。不过"我的目的也不是包罗万象，而是尽可能地复制当时的气氛"，希望读者"能嗅到一点真实的生活气息"。[①] 张爱玲在这里特意强调了"气氛"，试图写出历史的情绪和氛围，写出那种特殊时代独有的焦虑、妒忌、恐怖甚至绝望。这种创作企图其实表明了张爱玲创作的一种转变：不仅仅是重现历史现场，更重要的是见证历史氛围。

尽管每一部作品都有自身的生命，"把小说里一件件事迹的来历都交代清楚，往往使人觉得索然无味"，但是我还是想以《秧歌》为例，解剖这部小说的历史背景，也就是说分析张爱玲作为一名流亡作家、作为一名知识分子如何进行历史叙事。《秧歌》里的主要人物有月香、金根、谭大娘、王霖、顾冈、沙明、金花等。这些人物我们在小说的跋中都能找到原型。月香有到南昌工作吃夹杂一寸长的青草、喝米汤度日女孩子的影子；金根则像报道中抢粮仓的青年农民代表；王霖或许脱胎于率民兵向农民开枪的负责干部；顾冈则取材于《人民日报》报道华北粮仓被劫事件的青年作家，同时也有参加土改的知识分子的影子；报上写自传的女作家也许就是沙明的原型；至于谭大娘、金花则是乡村众多女性中的一员。显然这些小说人物与跋中人物有着密切的渊源，并非面壁杜撰。如跋中所说的抢粮及失火事件、农民相互借贷、饥饿、知识分

[①] 张爱玲：《赤地之恋》，台北：皇冠文化出版有限公司1991年版，第3页。

子与农民一起喝米汤、带私房钱买零食、扫盲等等这些事件都选择性地成为了《秧歌》的主要情节。跋中说叙述的是"从一九五〇年冬天起","一九五一年初",知识分子参加华东土改工作。显然小说故事发生的时间和地理背景也与这一历史时空吻合,如小说中的大雪、月香从上海辞掉工作回到乡下等等。这些人物和时间依托于"土改"这一历史事件得以完成。

在这改天换地的时代,在这个别有意味的故事里,知识分子顾冈忙着造假写可歌可泣的革命喜剧,王霖执着于意识形态的追求。而普通的村民呢?他们则是另外一种生活状态。月香忙着重整乡村的希望,金根渴望着明年水稻的丰产,金花忙着对付婆婆确立自己在婆家的地位,谭大娘盼望着被拉夫的儿子早日回家,谭大爹则渴望来年不要养猪以免希望再次落空。显然这些都是底层农民非常卑微的理想,但这些理想与这个惊天动地的英雄时代格格不入。这个时代的变革砸碎了他们卑微的梦想,同时也唤醒了他们最原始的欲望——破坏的欲望。当月香个人梦碎、生活无以为继的时候,她一把火烧了粮仓,将自己埋葬在这个时代。

小说中月香的孩子阿招常常为读者所忽略。阿招因为偷看顾冈吃东西而屡遭月香打骂。阿招的成人仪式是通过漠视饥饿,拒绝食物的诱惑而获得的。从生理上来说小孩对饥饿的体验或许更为强烈,忍受饥饿的能力也更为弱小,他们比成人更接近原始的需求。"小孩是从生命的源泉里分出来的一点新的力量,所以可敬、可怖。"[①] 小说中阿招一直处于失语状态,从没开口说过一句话,同时一直在母亲的打骂中压抑自己的需求,直到最后抢粮时被农民踩踏致死。小说如此漠视一个小孩的直接生理需求,凛然剥夺孩子说话的权利,最后绝然夺去了孩子的生命。显然,代表农村未来和希望的力量被湮灭了。这表达了张爱玲内心深处对乡村未来的悲凉和绝望。这种书写方式与丁玲、周立波等人的宏大叙事迥然有别。

乱世给人们带来精神恐慌,成为一种时代情绪,反过来这种乱世的情感体验和感悟强化了张爱玲对人生和社会把握的苍凉之感,反映了普

---

① 张爱玲:《造人》,见《流言》,台北:皇冠文化出版有限公司1991年版,第137页。

通市民在面对社会巨变时产生的虚无和恐慌。"我一个人在黄昏的阳台上，骤然看到远处的一个高楼，边缘上附着一大块胭脂红，还当是玻璃窗上落日的反光，再一看，却是元宵的月亮，红红地升起来了。我想道：'这是乱世。'晚烟里，上海的边疆微微起伏，虽没有山也像是层峦叠嶂。我想到许多人的命运，连我在内的。有一种郁郁葱葱的身世之感。"[①] 张爱玲"把对'乱世'的感悟当做一种神秘主义的启示"[②]。这种神秘的气息就是作家对时代的感受。乱世的感悟、创造性想象使得张爱玲的历史记忆更具有独特的个人色彩。同时，氛围的真实、情绪的真实使张爱玲的"土改"书写具有更为深远的文学意义。

长于刻画与言情的张爱玲在1950年代国际冷战时期的小说创作是否还有独特的个性和审美价值，而这种审美价值是否源于作者知识分子的良知和天才的艺术造诣？一个人的行为往往受制于自身心理机制。"我们保存着对自己生活的各个时期的记忆，这些记忆不停地再现；通过它们，就像是通过一种连续的关系，我们的认同感得以终生长存。"[③] 显然，记忆与创伤密切关联。而"伤痕是一种记号，指向身体非经自然的割裂或暴露，最终又得以痊愈、弥合的痕迹。话虽如此，只要伤痕的痕迹存在，人们就会记起暴力的曾经发生。隐含在伤痕里的是一项肉体证据，指向身体曾经遭受的侵害，指向时间的流程，也指向一个矛盾的欲望——一方面想要抹销，一方面却又一再重访暴力的现场，在检视个体的伤痕的同时，记忆被唤醒，一个隐含的叙事于焉形成"[④]。重访暴力现场与唤醒记忆成为一体两面，冲击作家心底的良知。"乱世"的创伤、颠沛的行旅、流亡的记忆使得张爱玲将"土改"书写的重心聚焦于个体命运，着重于历史车辙下个体命运的挣扎。"在这两部作品里，我们仍然可以看到张早年作品的特

[①] 张爱玲：《我看苏青》，见《余韵》，台北：皇冠文化出版有限公司1991年版，第95页。

[②] 陈思和：《民间与现代都市文学——兼论张爱玲现象》，杨泽主编：《阅读张爱玲——张爱玲国际研讨会论文集》，台北：麦田出版公司1999年版，第336页。

[③] [法] 莫里斯·哈布瓦赫：《论集体记忆》，毕然译，上海人民出版社2002年版，第82页。

[④] 王德威：《一九四九：伤痕书写与国家文学·序》，三联书店（香港）有限公司2008年版，第1—2页。

色。她笔下的中国就像一个荒凉魅艳的剧场,而她对被压迫者和压迫者的命运有着一视同仁的同情与好奇。"①"荒凉魅艳的剧场"是张爱玲身处历史现场真实的心理体验,"一视同仁的同情与好奇"则是张爱玲土改叙事的一种有效策略。

区别于既往的土改书写,张爱玲在《赤地之恋》中更加关注个人在历史、国家等宏大叙事面前的卑微和无奈,从个体生存出发反思这场"土改"运动:"斗争对象逐个被牵上台去,由苦主轮流上去斗争他们。如梦的阳光照在台上,也和往年演戏的时候一样,只是今年这班子行头特别褴褛些。"刘荃目睹了已经怀孕七八个月的地主韩廷榜之妻被"吊半边猪":"看着那大肚子的孕妇吊在那里,吊成那样奇异的形式,一个人变成像一只肥粽子似的,仿佛人类最后一点尊严都被剥夺净尽了,无论什么人看了,都不免感到一种本能的羞愧。""高挂的撕裂了的身体在寂静中:听到一种奇异的轻柔而又沉重的声音,像是鸭蹼踏在浅水里,汩汩作声。那撕裂的身体依旧高高悬挂在那里,却流下一滩深红色的鲜血,在地下那水潭里缓缓漾开来,渐渐溶化在水中。"而韩廷榜也被处以"辗地滚子"的刑罚:辗场上椿树上钩着一些灰黑色的破布条;布条上粘着灰白色的东西是他的皮肤;"又有一棵树椿上挂着一搭子柔软黏腻的红鲜鲜的东西,像是扯烂的肠子"。这种惨绝人寰的场面、血肉横飞的惨状使人不寒而栗。黄绢的"手指一根根都是硬叉叉的,又硬又冷"。这种使人战栗的场面加速了两人爱情的进程和决心,刘荃紧紧地抱着黄绢,"不要留一点点空隙,要把四周那可怕的世界完全排挤出去,关在外面"。爱情使人变得软弱的同时,也使人变得勇敢。两位来自大城市的知识分子带着亡命天涯、流离失所的惶恐,两颗心紧紧相依抵御历史运动的"寒气"。这种"赤地之恋"和"倾城之恋"一样有种无以言表的苍凉。同时他们处于革命动荡年代,见证了历史的无情和人性的残忍。

"如果诚实地回答,许多人会承认:当他们施暴于人时,兽一样的冲动是可能的,加上当时的气氛,甚至是一定的。但很少出于真正的仇

---

① 王德威:《伤痕书写,国家文学》,见《一九四九:伤痕书写与国家文学》,三联书店(香港)有限公司2008年版,第29—30页。

恨，政治宣传的鼓舞也不是决定的因素，更少是被迫的。那么，驱动他们去残暴的究竟是什么呢？是恐惧。人所以为人，在于不能绝对地离开集体；文明的演进只是使个体在社会中的排列组合趋于理想；害怕被逐出人群是人类原始的恐惧。这种恐惧在中国仍然原始，在于它的深刻性：在一个个人的利益或权利都必须通过国家的形式体现的制度下，反过来说，个人的一切都可以被视为国家的恩赐。"[1] 在这种"恐惧"的时代氛围中，人们生怕被抛离集体而自愿加入到了施暴的行列，暴力得以内化，精神创伤淤积而得不到有效治疗。小说中出身于"二流子"的农民干部张励说："我们不是片面的人道主义者。毛主席说得好：'革命不是请客吃饭，不是做文章，不是绘画绣花，不能那样雅致，那样从容不迫，文质彬彬，那样温良恭俭谦让。革命是一个阶级推翻另一个阶级的暴力行为。每一个农村都必须造成一个短时期的恐怖现象，非如此决不能镇压农村反革命的活动，决不能打倒绅权。'我们要记着毛主席的话：'矫枉必须过正，不过正不足以矫枉。'"纯朴而又愚昧的农民"经他这样一讲解，大家走进小学校的时候都觉得有点栗栗的，又有一种稚气的好奇心，加上兴奋紧张与神秘感"。身处异域的张爱玲对故国"土改"运动的记忆显然有别于主流作家。"记忆事实上是以系统的形式出现的，而之所以如此，则是由于，记忆只是在那些唤起了对它们回忆的心灵中才联系在一起，因为一些记忆让另一些记忆得以重建。"[2] 张爱玲的"土改"记忆消解了既往的宏大叙事。这种"土改"书写的视角自然不同于丁玲等主流作家。如果说丁玲等的"土改"书写为历史的正本，那么张爱玲的这种"土改"书写就是历史的副本。如果说丁玲等的"土改"书写是为强者服务，做合法性论证，那么，张爱玲的"土改"书写则是为弱者代言，做人性的思考。

作为"街谈巷语，道听途说"的小说本质是疏离中心，皈依边缘的。刘再复认为："文学是充分个人化的事业（不是'经国之大业'），是心灵的事业，是生命的事业。文学应当走向生命，不应当走向概念、

---

[1] 陈凯歌：《我们都经历过的日子——少年凯歌（节录）》，季羡林主编：《我们都经历过的日子》，北京十月文艺出版社2001年版，第434页。

[2] [法]莫里斯·哈布瓦赫：《论集体记忆》，毕然译，上海人民出版社2002年版，第93页。

走向知识。生命语境紧连宇宙语境,生命语境大于历史语境与家国语境。作家当然应当有较强文采的修炼,但更根本的是生命的修炼,境界的高低是生命炼狱后所抵达的精神层次。"① 张爱玲放弃了先验地对世界本质的占有和构造,或者将所谓历史的本质予以悬置。她超越了政治、超越利益,尊重内心和自我,在历史的记忆书写中见证历史,反思历史,从而使小说具有了人类的普遍意义。

三 创伤与救赎

胡适说《秧歌》"从头到尾,写的是'饥饿',书名大可题作'饿'字,——写的真细致,忠厚,可以说是写到了'平淡而近自然'的境界。近年我读的中国文艺作品,此书应是最好的了"。② 胡适在这里所说的"饥饿"首先是指生理上的饥饿,同时更主要的是心理的饥饿体验,是历史剧变对生命个体造成的心理创伤。历史的变革和心灵的创伤几乎是如影相随。

创伤主要指生理、心理等遭受的突然的、未曾预料的伤害,"一种经验如果在一个很短暂的时期内,使心灵受一种最高度的刺激,以致不能用正常的方法谋求适应,从而使心灵的有效能力的分配受到永久的扰乱,我们便称这种经验为创伤"。③ "土改"不仅仅是乡村文化秩序的重组,更主要的是人们心灵世界的重建。经典的"土改"小说重点在于叙述地主与佃农之间的冲突和斗争,论证新社会的合理性与合法性,如《暴风骤雨》等。不过,我们重读这部"基奠性"(唐小兵语)"土改"小说时就会发现,尽管"土改"运动有其合理性,但是在推动这一运动时引发的暴力却值得人们深思。更何况这种暴力不仅仅表现为武力,更造成恐慌、仇视等暴力内化,人们往往必须自我消解才能获得新的主体性。作为"反动势力"的地主必须灭亡,而作为知识分子则需要自我检讨甚至泯灭人性才能获得新生。这种历史创伤的强度、持久性、对

---

① 刘再复:《论八十年代——答广州〈新周刊〉杂志董薇薇问》,《刘再复对话集——感悟中国,感悟我的人间》,人民日报出版社 2011 年版,第 137 页。原载《新周刊》2005 年第 8 期。
② 胡适:《〈秧歌〉序》,《秧歌》,台北:皇冠文化出版有限公司 1992 年版,扉页。
③ [奥]弗洛伊德:《精神分析引论》,高觉敷译,商务印书馆 1984 年版,第 216 页。

第四章 边缘与记忆

人的正常心理的破坏程度,是一般人难以想象和忍受的,它不但影响人的人生观、社会观、世界观、价值观,而且会改变人生之路的走向。

张爱玲远离喧嚣的大地,流亡海外,冷静地观察时代巨变下的农民,书写他们如何被"土改"小组成员鼓励、怂恿,最后挺身而出,向地主和士绅家族提出挑战。同时张爱玲探析了这些并非善类的"土改"小组成员如何操纵历史裂变:挑起阶级仇恨、组织暴动。在《秧歌》、《赤地之恋》中,张爱玲不仅见证了历史,同时也完成知识分子的自我救赎之旅。张爱玲的"土改"小说"赋予作品一种反思性","更是对叙事主体的一种自我审视"。[1] 而自我审视是自我救赎的前提和基础。张爱玲从个人的体验与感觉出发,以知识分子身份,见证"土改"运动,在历史变革与个人命运、历史再现与自我反思之间,在文学与政治之间完成自我救赎。这种救赎是对既往顾冈类知识分子猥琐人生的有力反拨,是在历史创伤体验的煎熬中完成知识分子的自我修复、自我升华和自我完善。

古远清通过文本细读,在分析国民党为何未将《秧歌》归类为"反共小说"时说:"张爱玲毕竟不是台湾反共文人,她是在香港用自由主义立场书写两岸政权都不喜欢的厌共怨共但未必仇共同时混杂有拥共内容的复杂作品。"[2] 显然论者注意到了张爱玲创作时疏离政治的心态和知识分子的人文立场。《秧歌》为了戳穿"土改"以后"收成比哪年都好"的假象,在空间上则由城市而小镇而农村,由城市包围农村,深入家庭的个体单位,一步步地揭示社会全面饥饿的真相。同时,作为历史的主体则是由生理的饥饿最后陷入心理的饥饿这一无底的深渊。这种写作策略显然有立此存照,见证历史的意味。

柯灵痛责"《秧歌》和《赤地之恋》的致命伤在于虚假"[3] 的依据是张爱玲没有农村经验。显然这与事实不符,张爱玲在夏衍的帮助下参加过土改活动。[4] 这两个月的深入生活,是她和中国大众距离最近的一

---

[1] 陈建忠:《"流亡"在香港——重读张爱玲〈秧歌〉与〈赤地之恋〉》,《台湾文学研究学报》第13期(2011年10月)。
[2] 古远清:《国民党为什么不认为〈秧歌〉是"反共小说"》,《新文学史料》2011年第1期。
[3] 柯灵:《遥寄张爱玲》,《读书》1985年第4期。
[4] 陈子善:《张爱玲参加土改了吗?》,《时代周报》2011年2月17日。

个时期，同时也是距离"她自己"最远的一个时期，因而也是她感到最尴尬和苦恼的一个时期。只是张爱玲看到的是"贫穷落后"、"过火斗争"，听到的是个体在历史车轮碾压下的呻吟。这种现实体验与当时要求的"写英雄"、"歌颂土改"相去甚远。她常常纠结于写与不写之间，徘徊在写什么的苦恼之中。有朋友问她："无产阶级的故事你会写么？"她说："不会。"她承认："一般所说时代'纪念碑'式的作品，我是写不来的，也不打算尝试。"① 这就出现了时代要求与自身状况之间的难以克服的矛盾。

《小艾》中"第二年秋天，金富辞掉了生意，很兴奋地还乡生产去了。十月里他们乡下要土改了"。② 显然当时张爱玲对中国 1950 年 10 月左右开始的"土改"还充满憧憬。《秧歌》的故事开始于"土改"之后："金根现在分到了田了，自从土改以后"，但是有别于"歌颂土改"的宏大叙事，张爱玲着重于"土改"之后乡村的饥荒问题。到了《赤地之恋》，张爱玲才正式将"土改"的过程写出来立此存照：乡村政权、斗争过激以及革命暴力等问题的思考等等。"在《秧歌》中，被表现的不仅是农民的命运，还有艺术的命运；不仅是为农民作传，也是为知识分子照相，照出了他们变形为小丑和弄臣的嘴脸。"③

《秧歌》中张爱玲为自己也为历史采取了旁观、疏离的视角。小说中的下乡参加土改并寻找创作素材的顾冈担任了这一功能。小说中的顾冈亲历土改、不断反思与自我解构。而顾冈从小说开始的饥饿体验者，被讥笑作假，到最后的"堕落"也说明了知识分子丧失良知，成为谎言制造者及其帮手的可能。"他还是舍不得舍弃那场火，结果仍旧利用它做了那水坝的故事的高潮。"这种心理历程是 1950 年代部分中国知识分子人生道路的真实写照。作者有意让顾冈成为历史的见证者，却最终尊重历史事实和人物性格自身发展的规律而安排人物成为谎言的制造者。

---

① 于继增：《张爱玲1952年离开上海前的内心挣扎》，《文史精华》，http://www.st-nn.cc/collection/200703/t20070319_493746.html。
② 《张爱玲文集》第二卷，安徽文艺出版社1992年版，第375页。这段话在台湾皇冠版《小艾》中被删除。见张爱玲《余韵》，台北：皇冠文化出版有限公司1991年版。
③ 艾晓明：《乱世悲歌》，《作家双月刊》第1期（1998年5月）。

第四章 边缘与记忆

《赤地之恋》中作者特意设置了刘荃这一男性叙事者表达自己的声音，控诉政治运动破坏个体的生存权利，从而给社会、给个人带来灾难。而刘荃常常在崇高信仰与眼见为实的矛盾中反思。作为历史见证人的刘荃不得不参与枪杀地主唐占魁的场面。刘荃深信唐占魁是被误认为地主的中农，并且唐家还是他此次下乡参与"土改"运动寄住的人家。当农民开枪后，多数地主还扭曲挣扎，没有马上死去。民兵不敢再开枪。干部张励从人群中跳出来，对那些蠕动的屁股开了几枪，剩下一个，他交给刘荃解决。刘荃机械地接过手枪，结束了那人的生命："即便是唐占魁，他也不过是早一点结束他的痛苦，良心上并没有什么对不起人的地方。但是他虽然这样告诉自己，仍旧像吞了一块沉重的铅块下去，梗在心头。"显然，这是作者在自我解脱进而自我救赎。但是，当县委招待他们吃饭的时候，刘荃忍受不了炸酱面的味道，仍然"哇的一声呕吐起来"。下一刻他又出现在熟悉的唐占魁家里时，他眼见所有的农民在分浮财，瓜分所有被枪毙者的家当财产。之前和眼前的场面显然与他所信仰的革命理想背道而驰："眼看着孙全贵蹲在地下，用麻绳把缸身捆起来，左一道右一道捆着。他不由得想起那时候二妞在水缸里照着自己的影子，一朵粉红色的花落到水面上的情景。又想起唐占魁从田上回来后从缸里舀出一瓢水来，嘴里含着一口喷到手上，搓洗着双手。唐占魁到哪里去了？他的缸现在也被人搬走了。想到这里，刘荃突然觉得一切的理论都变成了空言，眼前明摆着的事实，这只是杀人越货。"经过作为见证人的刘荃目睹历史现场，对"土改"暴力做出了自己的思考和判断。

与《秧歌》的农村寓言相比，《赤地之恋》家国叙事与儿女私情交织在一起。面对历史的暴力，这些知识分子不但没有提出异议的权力，反而是常常感到恐惧，感到生命安全受到威胁。他们只有相互依偎以抵御内心深处的惊恐。不过，这些知识分子以无声的命运了见证了历史的暴力，这种内化的力量在刘荃最后人生道路的选择上表现得尤为明显。这种选择我们不妨看成是对顾冈自欺欺人式历史书写的扬弃，同时也是知识分子内在的精神救赎。

有意味的是，海外华文作家严歌苓在新世纪的长篇小说《第九个寡妇》中也塑造了一位作家形象——朴同志。朴同志几乎参与了当代农村土地制度变迁的所有进程。到乡下体验生活的朴同志没有告发王葡萄私藏地主公公的事情，但也为了避嫌搬出去住了。这里显然有知识分子乱世以求自保的因素。回城后朴同志写了"一本关于农民过人民公社幸福生活的小说来，那里头全是折子故事，有一个折子就是写葡萄的，写她是个养猪模范，泼辣能干，一心为公社"。"那本书给了他更大的名望，更多的钱，还给了他一个漂亮年青的妻子。"作为知识分子的作家通过写什么不写什么，获得极大的利益：名望、金钱和美妻。政治的待遇、物质的利益和历史的书写紧紧地捆绑在一起，作家这种富有代表性的命运悬置了历史真实、消解了历史见证。张爱玲对见证历史和自我救赎怀有憧憬之情，以边缘姿态对主流"土改"书写进行不懈解构。在愤懑与焦灼中不可避免有些偏颇，也就自然而然有着鲜明的政治印记。而深受新历史主义思潮洗礼的严歌苓则对各种历史的书写方式都采取宽容的态度，同时也能理解和同情知识分子的各种变形的心态和行径。严歌苓将历史书写的信心寄托在蓬勃的民间力量身上，让生命力旺盛的民间"地母"（陈思和语）王葡萄取代知识分子来见证历史。

丁玲、张爱玲、严歌苓三位女性作家所述土改发生的地区和历史时段不同，写作的时代背景相差巨大，丁玲的兴趣在于"土改"期间农村社会的变迁，着重于神性的书写。农村通过改造自我臣服于庞大的宏大叙述，在看似没有倾向性的中立叙事中进行一种全知全能、独裁专断的论述和史诗性追求。严歌苓在疏离的语境中，以"世界公民"旅行者的视角关注边缘生态，在逼仄的空间里书写民间人性光辉。而张爱玲则聚焦于受"土改"伤害的农民和知识分子，书写他们在历史变革中的怀疑与愤懑，表现出了知识分子的主体性。这种思考与怀疑就是张爱玲在流亡状态下对历史的一种思考和自我救赎。

第二节 妇女与记忆：漂泊者的土地制度变迁叙事

一 见证物/见证人

"早在晚清，小说与国家之间就已经建立了种种联系，所以大陆与台湾作家都采取叙事小说——尤其是长篇历史小说——作为叙述国家历史的手段，就不足为奇。这种叙述模式既得力于十九世纪欧洲历史小说,也受益于中国古代小说,尤其是开国演义的故事,例如《隋唐演义》。长篇小说以其缓慢的、线性发展的叙述,建立一种从混乱到秩序的认知顺序,将每个角色逐渐融为一个共同体;加上长篇小说坚信语言毫无窒碍的沟通功能,因此为国家叙事提供一种理想模式;透过名为写实的模拟叙事,长篇小说让一个民族回顾过去,预设未来。……相信历史提供了一个超越的场域,在其中,真理得以检验,现实获得确认。"① 但是刘再复认为:"以文学而言,我更坚信,文学是充分个人化的事业(不是'经国之大业'),是心灵的事业,是生命的事业。……主体性的实现是个体生命创造能量的充分放射与精神境界的飞升。"② 刘再复后来以文学的"自性"代替"主体性",主张打破主客体的区分,融化在场与不在场,更为彻底地把握文学的本义。"自性概念的内涵大于恶性,也大于主体性,他包括作家个性、主体性,但又大于这两者。主体性的对立面是客体性(对象性);自性的对立项是他性。文学自性排除一切他性,包括党派性、集团性、政治性、功利性、市场性,甚至也排除科学、历史、伦理学和意识形态等。"③ 这里无论是王德威还是刘再复实际上都是以边缘的心态谈论华文文学和中国历史,而这种边缘的地位往往成为女性作家创作的立足点。

女作家在以史实为背景、以农村土地变迁为主线、以民间生活为前景的舞台上,聚焦于女性个体的生命状态,将历史还原为个体的生命经验,从容讲述了宏大历史政治潮流中民间世界的生存状态,从而达到还原历史本相的目的。或者说这种还原历史本相的目标其实也不是这些女性作家、这种边缘书写所追求的,她们仅仅想见证一下农村在历次土地制度变迁中的生活状态。《拉贝日记》曾不无忧虑地提起我们这个"多情而健忘"的民族注意那些在暴力历史中女性常常是作为"见证物"而不是"见证人"存在的,"在渐趋完成民族国家体系中,类似古老暴

---

① 王德威:《伤痕书写,国家文学》,《一九四九:伤痕书写与国家文学》,三联书店(香港)有限公司2008年版,第36页。
② 刘再复:《论八十年代——答广州〈新周刊〉杂志董薇问》,《刘再复对话集——感悟中国,感悟我的人间》,人民日报出版社2011年版,第137页。原载《新周刊》2005年8月号。
③ 刘再复:《文学自性与生存本义——答美国佛罗里达新人文大学助理教授朱爱君博士问》,《刘再复对话集——感悟中国,感悟我的人间》,人民日报出版社2011年版,第6页。

行成为一种特殊的'政治'行为，成为一种至为有力的民族主义修辞"。① 特别是历史往往是历史的胜利者、成功的征服者以胜利者、成功者的姿态进行书写，"一将功成万骨枯"，历史有意无意地忽视、遮蔽这些行为，对这些"古老暴行"讳莫如深，视若从未发生；当然，如果被侵犯者反败为胜，为了审判失败者的滔天罪行，"暴力历史中的女性"往往成为罪证，成为"见证物"。"这个横亘在我们的历史记忆中心的，被强暴、蹂躏的女人，始终只能是一种有力、有效的见证物，而几乎从来不可能成为见证人；因为'她'在心照不宣的权力与文化的'规定'中，已先在地被书写为一具尸体，一个死者。"② 丁玲作为五四文学时代成长起来的作家，曾经以《莎菲女士的日记》这样女性意识特征鲜明的作品表现出自己创作特色和立场。可是到了1940年代，丁玲的创作迅速"向左转"，不断放弃性别思考，女性意识逐渐隐逸甚至放逐，成为政治化的作家。《太阳照在桑干河上》"果树园闹腾起来了"一章中在聚焦李子俊女人时，无视女性在土地变迁激荡时期内心的彷徨和无助，而是给予了非常强硬的批判性审视。"她的头梳得光光的，穿一件干净布衫，满脸堆上笑，做出一副怯生生的样子，向什么人都陪着小心。"显然，李子俊的女人作为的女性的生活习惯是受嘲弄的，是土地改革运动的"见证物"。"谁说李子俊只会养种梨，不会养葫芦冰？看他养种了那末大的一个葫芦冰，真真是又白又嫩又肥的香果啦。"这哪里是"无邪的笑声"，这是意淫的强暴，是贫苦群众对阶级敌人宣泄仇恨的快意心理。

值得庆幸的是，新时期以来，特别是1990年代以来女性作家不再满足于作为"见证物"的存在。池莉曾经说："我关注和表达的是中国人的个体生命状态，我个人认为这种状态集合起来才构成中国真实的历史。"③ 对"个体生命状态"的关注和表达这种叙事策略就是对既往宏大叙事的一种反叛。女性作家不再满足于作为见证物而存在，成为历史叙事的不及物。严歌苓曾经说过："我追求个性化的东西，所以我对边

---

① 转引自戴锦华《见证与见证人》，《读书》1999年第3期。
② 同上。
③ 赵艳、池莉：《敬畏个体生命的存在状态——池莉访谈录》，《小说评论》2003年第1期。

缘人对边缘题材更感兴趣。"她的小说总是将处于边缘地位的主人公，置身于边缘情景，从而达到强烈的戏剧效果。所谓边缘情景，是指人的一种存在状态。这一概念源于德国存在主义思想家卡尔·雅斯贝尔斯，"即由于某种严重的变故，比如亲人死亡、家庭破裂、身患绝症、面临生死关头、精神分裂、犯罪或堕落等，个体与他人、与社会之间的对话关系出现断裂，个人置身于日常的生存秩序之外"。①

近年来，严歌苓的小说叙事从"移民故事"转向"中国故事"，如《金陵十三钗》、《第九个寡妇》等。严歌苓往往以边缘的视角重新叙述特定的历史，包括乡村土地革命书写，从民间文化中汲取资源和力量，书写革命，见证历史。严歌苓曾说："个人的历史从来都不纯粹是个人的，而国家和民族的历史，从来都属于个人。"② 而"在特定的历史时期，民族—国家的含义在某个确定的时刻应该被看作是复数的，是能够产生多重含义和不断变化的，有时甚至是矛盾的集合体"。③ 那么置身于"多重含义和不断变化"的历史，个人又是如何书写呢？"作为女人，我不是一个对中国的政治历史感兴趣的人，我第一，是不感兴趣，第二，用一句很超脱的话来说，我是志不在此。我是一个唯美主义者，既然我的立足点和着眼点都不在这里，那么历史只是我所写的故事的一个背景而已，我不想对历史的功过是非做什么价值判断。"④ 有别于适应于政治需要的宏大叙事，也不同于立足人道主义立场的文化反思，"严歌苓以笔下那些既在'真实'历史行进中、同时又行走在历史之外的女性的生存史、生命史、爱情史，不断地拆解了'革命史'、'启蒙史'的叙事伦理，还原了'民间史'、'个人史'存在的合理性"。⑤ 严歌苓不再满足于作为见证物的存在，而是成为中国现当代历史风云和时代变迁的见证人。

---

① 梁旭东：《遭遇边缘情景：西方文学经典的另类阐释——重读经典·序言》，北京大学出版社2004年版。
② 严歌苓：《穗子物语·自序》，台北：三民书局2004年版。
③ 刘剑梅：《革命与情爱》，上海三联书店2009年版，第22页。
④ 严歌苓：《王葡萄：女人是第二性吗?》，《上海文学》2006年第5期。
⑤ 吴雪丽：《严歌苓：历史重述与性别乌托邦》，《南开学报》2012年第4期。

二 对称叙事

凡是称得上经典的文学作品,往往都是在宏观方向和微观方向上取得了双重的成功。既有史诗性的宏观结构,如《战争与和平》那样的鸿篇巨制,又有微观上的细部刻画,像《芙蓉镇》那样"寓政治风云于风俗民情图画,借人物命运演乡镇生活变迁"。陈思和在分析严歌苓的作品时说过,她的作品往往有着"大陆经验的沉重性与其在彼时彼地的经验重现形成了对称性的结构"。① 同时,严歌苓往往将历史的风云变化与人物的顽固静止形成对比,使得小说包含极大的张力。在这种不平衡的对称中表达自己对历史的认识。

《第九个寡妇》就是一部这样的作品,小说从1940年代的抗日战争、国共内战、"土改"、合作化运动、"反右"、大炼钢铁、大饥荒、"四清"、知青下乡,一直到"文革"结束80年代初,新中国成立后的历次土地制度变迁都在这部小说中得到了形象的展示,近半个世纪中国乡村大地的历史在小说中有了清晰的脉络。人物穿行于历史之中,"你方唱罢我登场",底层农民、乡村妇女在历史中穿行,在"混乱和轻浮"的历史中延续生活、上演各种悲喜剧。小说一出版就受到世界范围内的关注。英国《出版新闻报》说:"这是一部大胆,性感而令人激动的有关禁锢与爱情的小说。作者以极为独特的语言,表现了生动的历史场面。"美国《洛杉矶时报》称:"这是一部怪异而震撼的小说。严歌苓如同一位镜头简练而丰富的导演,不动声色地为我们展开一幅幅既柔情又惨烈的生活动画。"②

小说从开篇由远及近地拉近历史的镜头,由群像到个体,凸显了王葡萄命运的与众不同。"她们都是在44年夏天的那个夜晚开始守寡的。从此史屯就有了九个花样年华的寡妇;最年长的也不过二十岁。最小的才十四,叫王葡萄。后来寡妇们有了称号,叫做'英雄寡妇',只有葡萄除外。年年收麦收谷,村里人都凑出五斗十斗送给英雄寡妇们,却没有葡萄的份儿。再后来,政府作大媒给年轻寡妇们寻

---

① 王干、思和:《更正与推荐:吴川是个黄女孩》,《上海文学》2005年第7期。
② 严歌苓:《扶桑》(《严歌苓文集》3)封底,当代世界出版社2003年版。

上了好人家，葡萄还是自己焐自己的被窝，睡自己的素净觉。"作者开篇就无意于将个体的命运折射时代风云。而是为个人的记忆注入一种琐碎的历史感，将国家的历史加入了幽微的庶民气息。将岁月凝固，写下自己的感受，作为一点纪念，既写历史，也隐没历史，并将个人感情凌驾于历史之上。

中国现代化的历史实际上就是各种力量相互角逐，此消彼长的历史。乡村的土地制度也发生了不同的变化，起起伏伏，阴晴不定。在不断变换的历史面前，底层农民如何选择，怎样面对，怎样生存，这对普通老百姓来说不是一件容易的事情。有些人不断紧跟历史潮流，紧跟社会变化而变化，如郭全海、梁生宝等。而很多时候这种变化是以人性的异化为代价的，如合作化运动后期的小说塑造的人物形象。而"王葡萄这样的人，或者说这样的女人，这样的没有被异化的人存在。你们觉得王葡萄很傻，实际上她是一个正常的人，很本然的，没有被异化的，反而我们是不正常的人，我们都是神经病。你跑到台上去大喊大叫的，高喊口号，乱发泄，像红卫兵一样，那是什么，那才是疯子呀。就是说，我们实际上是疯子是狂人，而她就在台下定定地看着我们，觉得我们很可笑"。[①] 小说在写斗孙怀清的场面中，写到大家"喊着喊着，下头跟着喊的人也生起气来。他们不明白是怎么了，只是一股怒气在心里越拱越高。他们被周围人的理直气壮给震了，也都越来越理直气壮。剥削、压迫、封建不再是外地来的新字眼，他们开始有意义。几十声口号喊过，他们已经怒发冲冠，正气凛然。原来这就是血海深仇。原来他们有仇可报，有冤可伸。他们祖祖辈辈太悲苦了，都得以一声比一声高亢，一声比一声嘶哑的口号喊出去。喊着喊着，他们的冤仇有了具体落实，就是对立在他们目前的孙怀清"。"葡萄一直看得合不拢嘴，这么些胳膊拳头，她简直看迷了。"温顺的底层群众一改之前的常态而变得暴戾、嚣张，使人震惊不已。"群众不善推理，却急于采取行动。它们目前的组织赋予它们巨大的力量。我们目睹其诞生的那些教条，很快也会具有旧式教条的威力，也就是说，不容讨论的专横武断的力量。群众的神权就要取代

---

① 严歌苓：《王葡萄：女人是第二性吗?》，《上海文学》2006年第5期。

国王的神权了。"①

《第九个寡妇》出现了一个这样的历史场景。那就是王葡萄从门缝里看的"腿满了"。这个场景非常有意味。有一次是这样描写的："孙怀清这时披着夹袍走来，见葡萄跪在地上，眼睛挤住门缝，便压低嗓音问她在弄啥。'外头腿满了！'葡萄说。'谁的腿？''光见腿了。'"而另一次的描写为："孙怀清一见葡萄趴在大地上，眼睛挤在门缝就'啧'一下嘴，恐吓她也是责备她。她总是一样地瞪大眼睛告诉他'外头腿都满了'。"诸如此类，每个时代变迁，每个划时代的大大小小的革命与各种运动从王葡萄的眼里找不到区别，他们只是各种人来人往的"腿满了"。从女性的视角来说看，从小老百姓的生活本质来说，什么样的腿，有多少双腿站在门外并不是重要的事情，重要的是门里人是否可以安安稳稳地过好自己的小日子。什么样的腿带来的政策变革也挡不住过好日子的各种智慧。小说中各种空间的制约与开创成为人物和故事推进的动力，空间化的历史取代线性推进的历史。王德威曾经提及在中国传统历史著作中"时间流逝通常并不是最显要的因素，最令史家关心的反而是'空间化'的作用——将道德或政治卓著的事件和人物空间化以引为纪念"。② 历史因为女性的出演而显得别样的意味。

像阎连科的《受活》中虚拟了一个乌有之乡——"受活社"，受活社是残疾人的天堂，是远离世界风云、时代变迁的世界村落，是一个时空凝固的世外桃源。阎连科以这种虚构的共同体来与革命中国、改革开放中国对照，同时在语言上采取絮言与普通话语言相对照，反思中国的乌托邦进程。同样，严歌苓也为大家虚构了一个侏儒人的世界。书中关于侏儒的描写场景并不是很多。小说关于他们的背景我们知之甚少，作者介绍他们来自全国各地，山西、陕西、河南、河北都有。他们坚守自己的乡村伦理，每年秋收时来史屯祭庙一次。第一次出场就是"土改"时期枪毙一批所谓匪霸、反革命、恶霸地主的行刑现场。这群侏儒是这血腥场面的见证人。第二次就是次日在停放尸

---

① ［法］古斯塔夫·勒庞：《乌合之众——大众心理研究》，冯克利译，中央编译出版社 2005 年版，第 4 页。

② 王德威：《历史·小说·虚构》，《想象中国的方法：历史·小说·叙事》，生活·读书·新知三联书店 1998 年版，第 303 页。

首的河滩上，也是侏儒人和葡萄的第一次相遇。他们看着葡萄把一双双眼合上。他们纳闷葡萄为什么也像他们一样逍遥局外。同时侏儒人对着一片杀戮的场面，怀有怜悯也怀有嫌弃。第三次就是葡萄毅然将自己和孙少勇的孩子挺送给他们的那次。第四次则是葡萄把想要冒犯她的五合引到矮庙前，侏儒们看到五合把自己的宝贝挺扔了出去，抄起棒子、石头，举着铜香炉砸死五合。侏儒出场的次数不多，但却是推动小说情节发展必不可少的因素，更主要的是侏儒与当时杀戮的乡村世界形成了一个对照的系统。

在人物命运的设置上，小说也为读者设置了两位对称式人物：琥珀和王葡萄。在1944年成为寡妇之后到"文革"前，琥珀都居于政治启蒙的位置，是救赎者的角色。这种救赎者的文化身份或许更能真实地说明妇女在革命中的实际作用。她积极投身革命，不断调整好自己紧跟时代政治运动步伐，以极端的方式来完成自己的蜕变。这种花木兰式的女性英雄成长故事一直被民族国家想象所复制。与一般的女性主义作家不同的是，严歌苓对这种女性成长模式无意解构和辩驳。她只是冷静地、采取旁观的态度，以真实的笔触书写琥珀的革命人生。同时在其人生中设置了一位对照人物——王葡萄。实际上这叙事内容和形式上的"对称性"隐含着中国人思维方式的双构性，杨义在他的《中国叙事学》中说："这种双构思维是渗透于宇宙人间的，无所不在的，它谈此及彼，目光四射。不能不承认，双构思维乃是动态思维，整体性思维，大智慧思维。"[①] 双构性叙事作为中国传统叙事资源被严歌苓得以创造性地借鉴和运用。

三 东西方的文化资源

米兰·昆德拉曾在《被背叛的遗嘱》中将移民艺术家分为三类：一是始终无法与移居地同化，处于被放逐的状态；二是已融入移居地社会却无法摆脱文化之根，属于精神上非常孤独的一类；三是既融入当地社会又从故土拔出了根，这类人就是所谓的世界公民。这种分类的方法是否准确另当别论，毕竟艺术家的文化身份往往是含混复杂

---

① 杨义：《中国叙事学》，人民出版社2009年版，第135页。

的，是多种文化因素的有机整合。但是这种分类却又道出了许多移民艺术家包括移民作家实际的生存状态。不同的美籍华裔作家因为自己的生活经历、生命体验、精神感悟、社会地位等往往表现出极大的差异性。他们面对中西文化的碰撞，受困于自身成长的经历，对自身文化身份的选择也呈现出明显的差异：有的坚守故国传统、抱残守缺，拒绝同化；有的试图丢弃文化重负、脱胎换骨，融入美国主流文化；有的则不断努力，游走在两种文化之间，寻求交流与对话的有效途径。严歌苓利用自身的各种文化优势，在中西文化中左右逢源或者左冲右突。严歌苓作为女性，作为边缘人，作为世界公民，总是以局外人身份观照中国的社会发展和历史变迁。这种自我文化身份的定位，以及她丰富的人生阅历、敏锐的审美感悟使她能够更为清醒地探究复杂的人性与历史。

戴锦华曾经在论述铁凝的《玫瑰门》时说道：小说"不是在个人故事或私人生活的场景中，而是在历史书写的场景中，女性的故事与命运呈现于家国之内，又显影于家国之外，一个无家无国者似乎永无终点的流浪与放逐"。[①] 这其实是对 1990 年代以来沉迷于女性自我欲望写作创作潮流的有力反拨，同时对女性作家的创作提出了更高的要求。家国情怀、史诗追求都是其应有的内容。同样严歌苓也是将王葡萄的命运"呈现于家国之内，又显影于家国之外"，女性的命运处于放逐状态。严歌苓曾说："我的写作，想的更多的是在什么样的环境下，人性能走到极致。在非极致的环境中人性的东西可能会永远隐藏。我没有写任何'运动'，我只是关注人性本质的东西，所有的民族都可以理解，容易产生共鸣。"[②] 这里"非极致的环境"与土地制度变迁的特定时代有着天然的契合，毕竟土地是农民的生存根本，乡村土地制度的变化，牵一发而动全身，影响着乡村文化网络其他维度的变化。严歌苓试图在历史运动中发掘人性的极致，或者说以人性的视角把握历史的变迁。高行健曾在《艺术家的美学》这篇长文中倡

[①] 戴锦华：《涉渡之舟——新时期中国女性作家写作与女性文化》，北京大学出版社 2007 年版，第 53 页。

[②] 舒欣：《严歌苓——从舞蹈演员到旅美作家》，《南方日报》2002 年 11 月 29 日。

导"丢掉历史主义":"丢掉历史主义,拒绝历史的命定,是艺术家保持艺术上的创作性的必要条件。"① 这里之所以引用严歌苓和高行健的观点,是因为两者之间有着某种共同的经验表达。也许是因为长时间的放逐异国他乡,作为世界公民奔走于全球各地,他们对人性的幽深、对历史的转折都有着更加深刻的体会。他们更多地于细微处传达出一种欣欣向荣的生存美感。

新世纪,部分女作家"尝试着在知识分子的人文理想和民间社会的审美价值之间找到属于自己的立脚点。既不是简单化地描摹民间粗陋的生存表象,也不在其中附会知识分子的理想"。② 这种不满足于媚俗的书写方式、不附会于启蒙叙事的创作追求使得新世纪的女性创作保持了较高的艺术水准。尽管这种论述还是将女性作家的这类叙事归属于"民间立场",但是也清楚明白地说出了这种叙述策略的独特性。他们往往从"集体性、政治性"的叙事上抽身出来,以旁观者的视角观照人性的变化。这种叙事策略与其说是一种民间立场倒不如说是一种边缘姿态。

当代很多优秀的女性作家作为历史的蒙难者和牺牲者的形象出场,对过往的伤痕进行深刻的控诉,并且对历史做出深沉的反思。他们以微弱之躯,为民请命、呼吁人道主义,承担历史重任。从这些女性作家的创作中,可以看出她们更多认同的是自己作为知识分子的社会角色。这种文化的象征姿态以及身份的象征意味,一旦与作者真实的女性性别身份相结合,就会形成一种更为合理、合法的文化表达和构建。通过边缘的姿态以及女性方式表达对中国历史的再认识。以缺席的在场,寓言的形态,有效地提供"想象性解决"的可能。通过沉默的方式有力表达女性作家对社会、对历史、对记忆的理解和判断。严歌苓的《第九个寡妇》拒绝历史化的前进和流逝,在乡村变迁的历史叙述中非常低调地加入了许多"闪前"和"闪后"的叙述,抹平了时代的差异。

---

① 高行健:《艺术家的美学》,《论创作》,台北:联经出版事业股份有限公司2008年版,第38页。
② 乔以钢:《中国当代女性文学的文化探析》,北京大学出版社2006年版,第138—139页。

埃莱娜·西苏说:"写作乃是一个生命与拯救的问题。写作像影子一样追随生命,延伸着生命,倾听着生命,铭记着生命。写作是一个终人之一生一刻也不放弃对生命的观照的问题。这是一项无边无际的工作……"① 写作是一种生命的延续,也是一种生命的拯救方式。作为美华人的严歌苓在美国无疑是边缘人,属于"外地佬",这种身份对于个人的求学生活或许有诸多的不便。但是,因为置身事外,严歌苓对当代的语言、文化、历史都表现出极大的兴趣。同时,这种处境有利于严歌苓冷静观察、思考中国的历史和文化,在两种文化语境中进行对比,就能更好地发现生活中某些荒诞的地方。"我创作王葡萄的时候,不是很有意识地在创造一个理念上的人物,我就是写第一,她有趣;第二,她可爱。也只有这样的人,在我心目中才可爱,她不知道打什么,也不关心打什么,反正总是在打,你们是男人总是在打是吧?"② 严歌苓在这类"中国记忆"的小说中努力实现中西文化的交流与对话、沟通和融合,以西方文化中的人性观念观照中国历史,修正之前某些被遮蔽的历史经验。这种跨文化的选择不仅仅给作者带来了表达的自由,同时为作品增添了思想深度。更为重要的是,为中国当代农村土地制度变迁书写提供了新的可能。

"如果说在这里,新时期女性书写显示了自己的成熟与力度,那么同样是在这里,女性书写同样显现出一处误区与陷阱。如果说女性对辗转于多重历史暴力之下的女性命运的书写,裂解了民族寓言书写的文化/政治整合企图,那么,女性笔下的贯串了文明史因而超越了特定历史的女性命运的勾勒,却又在不期然间呼应并加入了80年代历史场景的书写,完成'告别革命'、加入全球化进程的意识形态意图,而中国妇女解放的脉络与革命历史的复杂交织,却因此而再度遭到不同程度的遮蔽。"③ 也许,作为世界公民的严歌苓在世界行旅的途中有着太多的关于中国历史的思考,有着太多对中国文明的喟叹。但是,笔者不得不

---

① [法]埃莱娜·西苏:《从潜意识场景到历史场景》,张京媛:《当代女性主义文学批评》,北京大学出版社1992年版,第219页。
② 严歌苓:《王葡萄:女人是第二性吗?》,《上海文学》2006年第5期。
③ 戴锦华:《涉渡之舟——新时期中国女性写作与女性文化》,北京大学出版社2007年版,第53页。

说在《第九个寡妇》中对女性的命运的把握还是相对单薄了一些，无论是王葡萄还是琥珀。严歌苓在以边缘化的女性视角再度书写土地制度变迁的过程中，女性的命运部分被遮蔽了，女性性格的发展缺乏应有的伸展。

当代社会的快速转换和急剧转型，使人们至为切身的现实迅速转变为"历史"。对于经历了一场场劫难的民族、日益丧失主体性的人来说，反思历史的书写与重构，不仅仅意味着某种新的合法性论证的建立和确认，更意味着某种"灵魂拷问式"的忏悔。如果我们将这种创作方式仅仅等同于新历史主义思潮的呼应和解构的游戏，显然遮蔽了或者说曲解了这一书写的伟大意义。当代农村土地制度变迁书写叙事策略的嬗变某种意义上就是构造新的历史和记忆清单，复活历史与现实场景中的女性主体，以个人生命史的记录对抗原有的历史文本，丰富、增补原有的历史记忆。

第五章　土地制度变迁书写与本土资源

当代农村土地制度变迁书写形态各异，具有不同的理论背景，表现出不同的内涵和特点。这种不同的形态、背景、内涵以及特点的演变其实就是中国当代文学特别是乡村小说发展的缩影。经典农村土地制度变迁书写范式的形成和审美特点逐步建立，一体化的局面逐渐形成。同时这种经典性叙事不断被质疑、解构，最后为新的策略所取代。但是这种取代并不是线性意义上的取代，不是进化论意义上的优胜劣汰，而是对话理论意义上的多元并存，一体化的局面逐渐被多元化的形态所取代。但是无论是一体化还是多元化的局面，当代农村土地制度变迁书写一直在进行着不同意义上的本土化构建。

第一节　民间文化资源[①]

一　侠文化与革命叙事

侠文化是民间色彩浓郁的一种民间文化形态。与儒、道、佛文化相比，侠文化没有精确的内涵和外延，"是一种历史存在与文学想象、社会体验与心理认证、当代视界与价值特指的不断整合与融汇的动态过程"。[②] 相对于寻找精确的概念概括，考察和确认这种"整合与融汇"过程的流变就显得更为重要。

"复仇"这种意识观念始于原始正义，即原始氏族成员所信仰的观

[①] 本节主要内容公开发表于《武汉理工大学学报》2005年第3期。
[②] 罗成琰：《百年文学与传统文化》，湖南教育出版社2002年版，第253页。

念。摩尔根认为:"为血亲报仇这种古老的习俗,在人类各部落中流行非常广,其渊源即出自氏族制度。"① 由此可见,这种侠意识并非中华民族所独有,但是,只有在家国同构的国度中,为亲人复仇的个人之举才能获得政治意义,两者的同质同构性才成为可能。报恩报仇、报德报怨,大则事关国家的兴亡,小则事关个人的荣辱。有仇不报或者有恩不报都有悖于中华民族的伦理道德和行为习惯。"父之仇,弗与共戴天;兄弟之仇,不反兵;交游之仇,不同国。"(《礼记·曲礼》)"武侠文化作为平民文化中的一个主要部分,也就不可避免地吸收了新儒家伦理的一些观念并加以改造和融合,再与传统的侠义观念结合在一起,终于产生了宋以后的武侠精神——忠义观。""'忠'是指对国家、对民族、对朋友忠,'义'是指对人民、对朋友义。"②

武侠文化"带有一种与传统文化主流相悖左的反正统倾向。它所呈现的相逆于正统文化规范的'江湖'或侠义伦理,以及相对于单调沉闷的儒学理性的开合自如、鲜活多样,以不轨的野性冲破了所谓的超稳定结构"。③ 这样一方面原始侠义精神中符合广大民众生活理想的道德伦理和文化诉求就深入人心,如快意恩仇、公平正义;另一方面武侠文化中的民间性和反正统性不断得到不同时代文人的改造,以便于符合当时主流文化的认同。如《水浒传》称为《忠义水浒传》,鲁迅也称侠义小说,"大旨在揄扬勇侠,赞美粗豪,然又必不背于忠义"。④ 这里将"侠义"置换为"忠义"既是文人对传统侠义思想的有意味的误读和置换,也是主流文化对武侠文化有意识的归化。无论是误读还是归化,我们都不难发现,武侠文化对后世文学创作的影响。

快意恩仇与一般的个人恩怨不同,"从个体来说,它意味着对个人人格尊严的一种维护和伸张正义;从群体上来说,他是对危害群体利益,贬损群体信仰的团体或个人实施惩罚的一种社会行为"。⑤ "宋以后

---

① [美]摩尔根:《古代社会》,杨东等译,商务印书馆1983年版,第75页。
② 董跃忠:《武侠文化》,中国经济出版社1995年版,第32—33页。
③ 罗成琰:《百年文学与传统文化》,湖南教育出版社2002年版,第253页。
④ 鲁迅:《中国小说史略》,《鲁迅全集》第9卷,人民文学出版社2005年版,第278页。
⑤ 陈山:《中国武侠史》,转引自宋剑华《变体与整合:论民间英雄传奇的现代文学演绎形式》,《文学评论》2002年第6期。

的武侠不仅继续了传统的侠义精神,还将其丰富和发展,使侠义以'为民除害'、'为国争光'、'维护国家民族大义'为己任,传统的武侠精神得到了升华。"① 显然,复仇与一般的有关个人恩怨有很大不同,它的内涵要宽泛得多。"可以肯定的是,批评'冤冤相报'的武侠小说家,决不肯轻易放弃这一现成的套路,因为没有比这更容易撰写而又能吸引读者的了。"

1920年代以后,"武侠小说的'报恩仇',着重点逐渐由'报恩'转向'复仇'"②,并且不断地强调复仇的合理性与合法性,使侠客的"复仇"行为获得官方和民间的双重认可。诸多武侠小说在组织故事时,将侠客个人的仇恨和国家民族的危亡结合起来,使得两者合二为一。复仇的正义性和合法性得到进一步的凸显。国恨家仇永记心头才是真正的大侠所为。③ 一饭之恩、一饭之仇,志在必报,报恩仇成为侠客行侠仗义的主要动力,也成为武侠小说的主导型情节和推进动力。

20世纪以来,革命作家借鉴了武侠文化的叙事资源,把侠客复仇报恩的心理需求与人们反抗强暴的内在愿望有机结合起来,使得报恩复仇成为正义之举。在"报谁的恩"、"为谁报仇"以及"找谁报仇"等方面明确一下时代要求,就能保证小说的主题符合当时政治的需要,同时能够满足"教育群众、打击敌人"的时代要求。这为侠客的复仇行为注入了鲜明的无产阶级斗争的政治内涵,使得武侠小说的侠客复仇行为转化为革命英雄领导群众进行阶级或民族斗争的英雄伟业。

而延安文艺座谈会以后,文学创作走向民间。同时,文学的生产方式发生了极大的变化。"尽管'文学作品'还保留着某种'商品'的外壳(仍要通过'卖'与'买'的商业行为发行),但'文学市场'的需求已不再成为文学生产(写作)、流通(销售)的驱动力,而代之以政治(党的利益)的需求,'文学市场'的悄然隐退意味着文学艺术的生产与传播机制的根本变化,从此纳入党所领导的国家计划轨道,也即纳入体制化的秩序之中……正是这种文艺生产与传播中的'计划化'

---

① 董跃忠:《武侠文化》,中国经济出版社1995年版,第36页。
② 陈平原:《千古文人侠客梦》,人民文学出版社1992年版,第118页。
③ 同上。

与文艺的'彻底政治化',构成了'社会主义现实主义文艺'的最根本的特征。"① 丁玲《太阳照在桑干河上》、周立波《暴风骤雨》成为文学界、出版界以及政治界的大事,不同领域的专家、领导都参与到这一事业中来,最后由中央领导人决定公开出版。显然文学的创作已经不仅仅是文学层面上的事情了。"文学艺术已经真正成为'党的事业'的一个重要部分,列入党的领导机构(而不仅仅是党主管文艺的部门)的重要议事日程。"② 1950 年代以后有人批评武侠小说是"替垂死的封建制度作辩护","是为维护封建基础服务的文化。严格说来,它们都不过是封建文化的渣滓,根本配不上成为艺术作品"。③ 其实就是因为武侠小说传达了底层群众的侠义诉求,而这种诉求又和整体性的文化建设、与一体化的政治秩序有着很大的偏差。如何把武侠文化的普及性与文学创作的一体化、整体性统一起来成为革命作家新的命题。

二　复仇与革命

土地改革"对于中国几亿无地和少地的农民来说,这意味着站起来,打碎地主的枷锁,获得土地。它还意味着破除迷信,学习科学;意味着扫除文盲,读书识字;意味着不再把妇女视为男人的财产,而建立男女平等关系;意味着废除委派村吏,代之以选举产生的乡村政权机构。总之,它意味着进入一个新世界"。④ 作为一名旁观者和研究者,美国学者韩丁具体地说明了土地改革前后乡村生态的不同,土地改革运动为广大无地或少地的农民提供了"一个新世界"。几乎所有的"土改"小说都围绕着翻身这一主题进行创作。某种意义上说,这也是历史的形象记忆。因此,也就不难理解,"土改"小说几乎是以贫雇农翻身的整个过程谋篇布局,组织故事——从"土改"工作组进村,到访贫问苦,发动积极分子,宣传"土改"政策;从诉苦、控诉,到斗地主、分浮财;从组织基层党组织,到支持解放战争、抗美援朝;等等。

---

① 钱理群:《1948:天地玄黄》,山东教育出版社 1998 年版,第 197 页。
② 同上书,第 196 页。
③ 张侠生:《〈水浒传〉、〈西游记〉和武侠神怪小说有什么区别》,《文艺学习》1955 年第 6 期。
④ [美]韩丁:《翻身——中国一个村庄的革命纪实》,北京出版社 1980 年版,第 1 页。

大部分"土改"小说在故事情节和主题诉求上大同小异。我们在前文已经分析过,"土改"小说不仅仅展示了波澜壮阔的社会激荡,更揭示了乡村文化秩序的重新建构,以及对农民心理的影响。"土改不只是土地和财产的重新分配……也是一个'翻身'的过程,是人的存在和自我认识的一次实在的'革命'。"① 正是这种对"人的存在和自我认识"的"革命",土改小说在叙事策略上对访贫问苦的群众发动的叙述比较详细,而对分浮财、参军等方面的描写则显得简略。通过访贫问苦、斗地主、痛诉家史等细节的描写启发、引导广大贫雇农认识到地主的凶残和自身悲惨命运的境遇,最终克服各种心理障碍,在工作组的激励和组织下站起来斗争。既要"翻身",又要"翻心",将广大贫雇农纳入共产党领导的土地改革洪流。因此,"土改"小说在叙事时不仅仅要叙述翻身的必要性和合理性,同时也要叙述土地改革的合情合理合法,以便启发群众、影响群众进而教育群众。这一主题与既定的意识形态相一致。

虽然,《关于土地问题的指示》中规定:"(六)集中注意于向汉奸、豪绅、恶霸作坚决的斗争,使他们完全孤立,并拿出土地来……对于汉奸、豪绅、恶霸所利用的走狗之属于中农、贫农及其他贫苦出身者,应采取争取分化政策,促其坦白反悔,不要侵犯其土地。在其坦白反悔后,须给以应得利益。"没收地主的土地分配给无地少地的贫雇农,是土地政策的重点,但是诸多的"土改"小说却将如何斗地主作为文学书写的核心内容。只有发动群众寻找、论证地主财富来源的非法性,发现、剖析地主个人道德的虚伪性以及地主行为罪恶的反动性,才能使得斗地主、分田地等革命行为充满合理性和正义性。为了适应当时意识形态的需要,合作化小说往往会选择那些所谓罪大恶极的地主作为斗争的对象,极端化地书写这些地主的反动甚至变态,从他们的身上透视封建剥削的残酷。

如周立波的《暴风骤雨》,工作队刚进元茂屯,依照刘胜的意见发动群众召开动员大会。会议失败后总结经验,决定"工作队全体动员

---

① [美]梅仪慈:《〈太阳照在桑干河上〉俄译本序言》,孙瑞珍、王忠忱主编:《丁玲研究在国外》,湖南人民出版社1985年版,第307页。

去找穷而又苦的人们交朋友,去发现积极分子,收集地主坏蛋的材料,确定斗争的对象"。韩老六作为这类"地主坏蛋"成为土改工作队重点的批斗对象。对韩老六罪恶的控诉贯穿工作队工作的始终。他剥削农民,为其做工的村民往往讨不到工钱;他摊派劳工,逼得村民离家出走;他横向乡里,欺男霸女,胡作非为,他勾结官府、暗通土匪,草菅人命,"韩老六亲手整死的人命,共十七条。全屯被韩老六和他儿子韩世元强奸、霸占、玩够了又扔掉或卖掉的妇女,有四十三名"。同时,韩老六立场反动,曾经效忠于日本侵略者,为虎作伥,替日军催缴各种财物。杀死抗日联军九名,打死人民军队战士一名;同情资助国民党,哥哥韩老五是特务,儿子在中央军当官;勾结土匪,鱼肉乡邻。因此,无论从哪个角度来说,韩老六作为封建制度的代表都是罪大恶极,死有余辜。斗争处死韩老六是符合正义的革命行为,也是广大农民的革命要求。土地改革运动就是要让底层农民翻身做主人。小说对韩老六的罪恶给予极大的铺陈,在各种场合如唠嗑会、批斗会、私下谈心等不厌其烦地予以展示,这种书写的目的就是为了表明批斗地主这一革命行为是非常有必要,并且是合乎正义的革命之举。

《暴风骤雨》的开篇对以往平静安逸的乡村风光予以否定,唤起"暴风骤雨",点燃"复仇的火焰",即"发动以否定、破坏一切既成的规范,秩序和伦理为特色的群众运动。维系这一新'象征秩序'的基本策略则是暴力。暴力的内容是仇恨,暴力的形式则是肉体的痛苦甚至消灭,而暴力的存在则是依靠不断促发新的暴力"。[1]《暴风骤雨》中,从工作队进村,发动"土改",到分配斗争果实,支援参军,报仇是贯穿始终的主线,是推动情节的动力。小说全篇共出现"仇"字56次。土改之前,"好事找不到他,坏事少不了他"的韩老六在乡村文化秩序中处于尊者的位置,是这些"仇"的制造者。土改以后,乡村文化秩序发生了颠覆性变化,韩老六成为这些仇的承担者。

《暴风骤雨》先后两次写到批斗韩老六的场景,虽然一次比一次激烈,一次比一次成功,但是,在程式上往往是一致的。都是由工作队或

---

[1] 唐小兵:《暴力的辩证法:重读〈暴风骤雨〉》,《英雄与凡人的时代——解读20世纪》,上海文艺出版社2001年版,第128页。

农会干部启发诱导，最后群情激奋，报仇雪恨，批斗地主。第一次刘胜鼓动农民说："韩老六是大伙的仇人……韩老六压迫了大伙，剥削了大伙。""你们有仇的报仇，有冤的伸冤，大伙别怕。"第二次则是郭全海会前动员农民："今天斗争韩老六。他是咱们大伙的仇人，都该说话。有啥说啥：有冤的伸冤，有仇的报仇，不用害怕。"两次批斗会相同的地方是，不经过任何审判程序，就将韩老六置于阶级敌人的位置，"是大伙的仇人"，供人一次又一次地羞辱，满足了底层农民嗜血的狂欢和犯禁的冲动。

"报仇的火焰燃烧起来了，烧得冲天似的高，烧毁几千年来阻碍中国进步的封建，新的社会将从这火里产生，农民们成年溜辈的冤屈，是这场大火的柴火。"（《暴风骤雨》）批斗韩老六的时候，群众复仇的情绪被激发起来，"揍死他！从四面八方，角角落落，喊声像春天打雷似的轰轰地响。……无数的棒子举起来，像树林子似的。人们乱套了"。张寡妇想到失去的儿子和媳妇，悲愤交加，"举起棒子说：'你，你杀了我的儿子。'榆木棒子落在韩老六的肩膀上，待要再打，她的手没有力量了。她撂下棒子，扑倒韩老六身上，用牙齿去咬他的肩膀和胳膊，她不知道用什么法子才解恨"。"'拥护共产党工作队。'千百个声音跟着他叫唤，掌声像雷似的响动。"报仇雪恨也许并不仅仅意味着苦难的终结和受难者的解放和自由，报仇雪恨也绝不意味着对以往苦难的一笔勾销。其实，报仇雪恨意味着其他暴力的开始，有仇报仇，有冤报冤，这一行为往往还伴随着历史清算，正义审判，重得自由。施行报仇雪恨的主体是经过"土改"工作队发动的受苦群众。受苦群众扮演着审判者的角色。农民群众革命的翻身意义由此获得。同时，周立波在叙事中为了强调报仇的合理性，使用了"雷声"、"暴雨"、"潮水"等自然界意象，共同构建成自然的暴力景观，韩老六等封建势力恶贯满盈，当遭天谴。报仇雪恨的心理被渲染得淋漓尽致，斗地主分浮财成为全民狂欢，群众性的暴力被描写成革命的狂欢节，成为美的极致。这也是从报仇向报恩心理转换的必然过程。"全屯三百来户小户都分到了东西。缺穿的，分到了衣裳。缺铺缺盖的，分到了被褥。缺吃的，背回了粮食。""家家户户，老老少少，都欢天喜地。"在暴力的清算快感中，在暴力的狂欢满足中，革命预设的正义观念得了道义上的合法性。

第五章 土地制度变迁书写与本土资源

对于革命的暴力，五四时期人文学者有着自己独到的悲悯认识，"呜呼！国乱极矣，暴力之横恣甚矣！平情论之，今日之像，固非一二学士大夫之心理所能独致。然自时贤又误认依于强力足以治国之思维言动，而暴力之纵横益得资以为护符，自由奔驰于伪国家主义之下而无复忌惮，此诚不得不谓君子之过。"① 陈独秀批评了宣传暴力的文化倾向，这种斗争的方式与君子之风相差甚远。胡适对武力暴动也有自己独到的认识："武力暴动不过是革命方法的一种，而在纷乱的中国却成了革命的唯一方法，于是你打我叫做革命，我打你也叫做革命。打败的人只图准备武力再来革命。打胜的人也只能时时准备武力防止别人用武力来革命。这一边刚打平，又得招兵购械，筹款设计，准备那一边来革命了。他们主持胜利的局面，最怕别人来革命，故自称为'革命的'。而反对的人都叫做'反革命'。"② 武力斗争、暴力革命只是革命的一种的方式。而在实际的政治生活中与复仇文化精神相继，演绎成恩恩怨怨，无穷无尽。

土地改革是一场自上而下的革命活动。在土地改革运动中，诸多作家怀着各种心态积极投入这一运动，作为"土改工作队工作小组"的队员走向基层，走入农村。同时，这些作家在参与的过程中收集素材，创作"土改"小说。如孙犁深入河北省饶阳县，沙汀去了四川华阳县石板滩，周立波选择了松江省珠河县元宝区元宝镇，马烽则在晋绥根据地的崞县大牛堡村蹲点，等等。"土改最终的目的并不是土地的再分配，而是要启发农民认识到自己贫穷的根源在于受剥削，进而达成对地主阶级的仇恨心理。只有这样，才能实现'压迫—反抗—解放—感恩'的革命逻辑。"③ 这些作家认真学习土地政策和政治文件，在斗地主、分田地的政治斗争中不断积累素材，开始艺术构思，创作了很多优秀的作品。周立波介绍《暴风骤雨》的写作过程时说："人物和打胡子以及屯落的面貌，取材于尚志。斗争恶霸地主以及赵玉林牺牲的悲壮剧，取

---

① 李大钊：《暴力与政治》，中国李大钊研究会编：《李大钊文集》第2卷，人民文学出版社1999年版，第178页。原文发表于《太平洋》一卷7号（1917年10月15日）。
② 胡适：《我们走哪条路》，刘军宁主编：《北大传统与近代中国》，中国人事出版社1998年版，第342页。原文发表于1930年4月10日。
③ 叶匡政：《土改学：诉苦》，《南方周末》2008年4月3日。

材于五常。""初稿前后写了五十天,觉得材料不够用,又要求到五常周家岗去参与'砍挖运动'。带了稿子到那儿,连修改,带添补,前后又是五十来天。"周立波非常深情地说"深深地感动了自己的亲身经历,是第一等的文学材料","所见所闻,是文学的第二位的材料"。[①]其他土改小说如马烽的《村仇》、田间的《拍碗图》等都有相类似的创作过程。

三 缝隙与规训

唐小兵在分析《暴风骤雨》的土改暴力叙事时,认为《暴风骤雨》是中国现当代文学"转述性文学"的代表,并且提请大家注意"我们必须在历史留给我们的各种文本中解读一个时代的想象逻辑,追寻纵贯各层次社会活动的意识形态症结,并且探讨新起的权力关系在前面渗透的同时怎样自我巩固自我说明,在施行强制手段的同时又是怎样获得'公共认同'的"。[②] 这种分析主要借助了西方文化理论,结论也具有一定的穿透力,但是忽视了中国新文学的本土化传统,以及中国新文学各类叙事选择的策略性和技巧性。

《暴风骤雨》主要描写了三位土改积极分子——赵玉林、郭全海以及白玉山的复仇之路。虽然周立波在叙述中不断强化他们与韩老六之间的阶级矛盾,但是,这些人之所以能把工作队发动起来,能打消各种顾虑积极投身于斗地主的复仇之路,并不是出于对阶级斗争的清醒认识,而是因为自己与韩老六之间的私仇,是个人难以磨灭的创伤记忆。赵玉林民国二十一年,从山东逃荒到关外,被韩老六通过日本人抓去蹲了三个月监狱,又去当了半年劳工;租粮超过三天没缴,就被韩老六罚跪在碗磴子上,鲜血直流,直扎心窝。在土改干部小王的鼓动下,赵玉林坚定了与韩老六斗争到底的决心,但是,这种斗争的初心与阶级斗争无关。赵玉林说:"非革他的命,不能解这恨。""这会想透了,叫我把命搭上,也要跟他干到底。"小王马上更正不是跟他个人干到底,而是

---

① 周立波:《〈暴风骤雨〉是怎样写的?》,《东北日报》1948年5月29日。
② 唐小兵:《暴力的辩证法:重读〈暴风骤雨〉》,《英雄与凡人的时代——解读20世纪》,上海文艺出版社2001年版,第115页。

"革命到底"。显然，激起底层农民进行斗争的内在动力是私仇，个人复仇与革命话语之间的冲突显而易见，工作队员不得不时时提醒农民保持阶级政治观点。只是，因为农民根深蒂固的思想，这种阶级意识的植入徒劳无功。在唠嗑会上，揭露了韩老六的罪行，最后大家还是认为，"有工作队做主，我要报仇，我要出气啦"。

《暴风骤雨》始终存在着两种声音、两种语言。一种是农民的声音和语言，另一种是工作队员以及作为党的宣传员的作者（叙述者）的声音与语言。① 随着革命斗争的深入发展，农民语言也逐渐革命化，逐渐规训到工作队的语言，也就是党的语言之中。但是，侠文化作为一种民间文化富有顽强而鲜活的生命力，潜隐在规范的语言秩序中，只要有可能就会"逃逸"出来，脱轨前行。"'这才叫翻身。'老大娘都说。'这才叫民主。'老头们说。'伸了冤，报了仇，又吃干粮了。'中年人说。'过好日子，可不能忘本，喝水不能忘了掘井人。'干部们说。'嗯哪，共产党，民主联军是咱们的大恩人。'积极分子说，'咱们不能忘情忘义呐。'""屯子里是一片新鲜的气象，革命的气象。"这种概念化群众声音的出现给人一种不真实感，但是，却清楚明白地描绘出政治话语对群众话语的引导，看出政治话语对民间的报恩机制的借用和整合。虽然经过土改运动的不断教育、干部和进步群众的及时引导，但是大部分农民的心理还是依然停留在快意恩仇的状态，还是处于集体无意识的层面，并没有随着自由和解放对革命有进一步的认识和理解。

但是，上文已经说过，《暴风骤雨》等土改小说文学生产的内在驱动力为政治（党的利益）的需求，创作主体不再是传统意义的"作家"，而是"新型文艺工作者"，是"公家人"，是直接隶属于一个国家部门的干部。他们不再是单纯的写作者，而首先是国家的（党的）实际工作者。这种首先是党的工作者（战士），然后才是作家的文化身份对作家创作资源的选择，审美形式的创造等方面的影响都是非常深刻的。周立波曾经明确地把"作家的任务"规定为"把政策思想和艺术

---

① 李扬：《抗争宿命之路》，时代文艺出版社1993年版，第98页。

形象统一起来"。① 因此,对党的方针政策的领会和把握是他进行小说创作的前提,在构思《暴风骤雨》之前,周立波"除了重温在乡下的经历和所见所闻之外,还再次认真地研究了中央和东北局关于土地改革的文件"。② 这样,在观察生活、提炼主题、选择资源、创造语言等构思过程中,周立波实际上就是以党的土地改革等政策对生活进行构思、提炼和加工,用党的土地改革等政策对生活加以丰富。"革命现实主义的写作,应该是作者站在无产阶级的立场上,站在党性和阶级性的观点上,所看到的一切真实之上的现实的再现。在这再现的过程里,对于现实中发生的一切,容许选择,而且必须集中,还要典型化,一般地说,典型化的程度越高,艺术的价值就越大。"③

显然,土改小说展示了现代革命给农民带来"翻身"和"翻心"的现代属性,同时,作为一种土地制度变迁叙事,吸收了传统武侠文化资源,在充满快意恩仇的话语中传达了意识形态的政治诉求。在当时的土改小说中,快意恩仇的土改小说叙事模式得到提倡,甚至成为衡量小说是否成功的重要标准。竹可羽就认为丁玲的《太阳照在桑干河上》致命的弱点就在于"没有写出农民对地主的仇恨"。④ 这种观点显然具有代表性。土改小说如果不写出恶霸地主的反动与罪恶,不写出底层农民对恶霸地主的仇恨,不写出中国共产党在底层农民翻身的现代革命中的巨大作用,土地改革就失去了合理性和正义性。同时,从作品的接受来说,毕竟底层农民深受《水浒传》、《三侠五义》等小说影响,习惯了这种快意恩仇的通俗文学叙事模式。革命作家为了不断宣传土地政策,扩大政策在底层农民读者中的影响,发挥土改小说的鼓动和教育意义,有效地吸收了武侠文化的资源。

不过,以武犯禁的武侠文化显然不利于整体的文化秩序的建设,快意恩仇的文化内涵也不同于阶级斗争的政治诉求,农民内心的真实

---

① 周立波:《关于写作》,《文艺报》2 卷 7 期(1950 年 6 月 25 日)。
② 胡光凡、李华盛:《周立波在东北》,见《周立波研究资料》,四川人民出版社 1983 年版,第 124 页。
③ 周立波:《我想到的几点》,见《周立波研究资料》,四川人民出版社 1983 年版,第 287 页。
④ 参见袁良骏《丁玲研究资料》,天津人民出版社 1982 年版,第 396—397 页。

想法和意识形态的政治需要之间的裂痕在周立波等人的叙事中暴露无遗。这种叙事上的矛盾性和斗争性为新中国成立后文坛的风雨埋下了伏笔。①

第二节 儒家文化传统

一 儒家文化传统的发掘

精神文化资源指根植于一个国家和民族深层的文化传统、精神传承、艺术灵感、创作素材等，传统资源和文化精神是作家不可或缺的灵感来源。民族文化精神并不是一种抽象的存在，而是隐藏在具体的生活背后，特别是底层普通老百姓的日常生活中的集体无意识。儒家文化是中国历史上影响最大的精神文化资源。作为一种主流文化，它在几千年来的社会变迁、文化演变中已经形成了一个稳定的体系，上至意识形态，下至日常生活，人们外在的行为规范、内在的心理需求都受到它的制约，成为一种集体无意识。反映到文学中，儒家文化传统在很大程度上决定了文学的主体形态、人物关系、情节设置和审美风格等，深深地影响着文学的格局。

合作化运动开始以后，作家们一方面由衷地表达了对社会变革的乐观喜悦的情绪，另一方面也对农民生活的贫困以及农民在历史巨变中的艰难历程流露出真诚的关心和深深的忧虑。这种关心和忧虑使得很多优秀的作家能紧跟农村的形势，聚焦在农村的重大变革中人们普遍关心的问题，创作出像《三里湾》、《山乡巨变》和《创业史》这样反映生活的伟大作品。

富有意味的是，《山乡巨变》中邓秀梅第一次传达县委会议的办社精神就是在原来的乡村祠堂，也是现在乡政府领导干部们时常开会办公的空间，周立波以邓秀梅的视角观察："屋里，右首白粉墙壁上有两个斗大的楷书大字，一个是'廉'，一个是'节'。"这种看似闲笔的空间书写或许暗示周立波心中理解的合作化运动与儒家理想的某种相通之

---

① 参见笔者有关革命叙事与武侠文化资源方面的论述，《多维视野下的现当代文学研究》，黑龙江人民出版社2007年版，第3—48页。

处。同样，邓秀梅第一次到盛佑亭家时，特意审视了这间土改后从地主那里分得的房屋。"这所屋宇的大门的两边，还有两张耳门子，右边耳门的门楣上，题着'竹苞'，左边门上是'松茂'二字。""麻石铺成的阶矶，整齐而平坦。阶矶的两端，通到两边的横屋，是两张一模一样的月洞门，左门楣上题着'履中'，右门楣上写着'蹈和'，都是毛笔书写的端端正正的楷书。"所谓"竹苞"、"松茂"指松竹繁茂，比喻家庭和睦，家族发达之意。其出处是《诗经·小雅·斯干》"秩秩斯干，幽幽南山。如竹苞矣，如松茂矣。兄及弟矣，式相好矣，无相犹矣"。这里取"竹苞"、"松茂"二词，不仅仅指清溪乡山水秀美，更主要的是指这里乡村伦理长幼有序。而"履中"和"蹈和"则出自汉焦赣的《易林蛊之兑》："含和履中，国无灾殃。""履"是实行、"蹈"是遵循，合之就是《中庸》所主张的"致中和"。刘向在《说苑·修文》中说："彼舜以匹夫，积正合仁，履中行善，而卒以兴。"《中庸》说："中也者，天下之大本也；和也者，天下之达道也。致中和，乃天地安位，万物成长。"这里所说的"中"，就是儒家所主张的"中庸"，即无过无不及，恰如其分；而"和"，就是和谐；"致中和"，就是在追求适度中，实现和谐。"中庸之道"是儒家的思维方法论和行为实践的最高依据。

《山乡巨变》中李月辉奉行的人生哲学就是"中庸"，工作中特别注意中庸之道。作为基层乡村干部，李月辉工作不急不慢，能为他人着想，陈先晋经过长时间的痛苦斗争，拿出土地证交给他，他还是一再叮嘱陈先晋考虑清楚，即使要反悔也可以再来拿回土地证。他认为："革命的路是长远的，只要心宽，才会不怕路途长。"在处理党员谢庆元自杀的问题上，李月辉也坚持了一贯的"仁爱"立场。区委书记朱明威胁要亲自去处理谢庆元。为缓和事态，李月辉答应亲自去处理谢庆元，但动身之前还预先想一想"应该说些什么？如何措辞？"以免伤害到对方。王菊生因为担心邓秀梅、李月辉来家里做工作劝他入社，就让妻子给他刮痧，装病。与邓秀梅一口咬定王在装病不同，李月辉关心病情，是否要请郎中，是否有医药费，即使是后来被戳穿了装病的真相，李月辉也只是说："我们决不会来勉强你。……你真没有病，我们就放心了。其实，装装病也没得关系，我们不怪你，不要多心。"后来王菊生夫妇当着刘雨生的面为入社假装吵架，邓秀梅表示怀疑，李月辉也是认为"家家有本观音经"，"是真是假，不要管它了……他这一户先放一下子着，大家都正嫌他蛮攀五经，纠缠不清，迟一步进来也好，这样勉勉强强把他拉进来，将来在社里，不是个疤子，也是个瘌子，等社办好了，增了产，他看了眼红，自然会加的，急么子呢？"

儒家文化提倡"内圣外王"的人格追求，就个体而言，所谓"内圣"就是注意修炼自己的内在品格和道德人格，"外王"就是以这种道德品格和人格力量为底蕴去追求一番事业和功德。两者双向转换、相辅相成。对儒家知识分子而言，"内圣"是途径和基础，"外王"是功能和目的。几千年来，传统知识分子通过"修身、齐家、治国、平天下"的途径，经过"穷则独善其身，达则兼济天下"的纠结，追求"立德、立功、立言"的人生理想，成就了一代又一代的千秋伟业。欲齐其家者，先修其身。自天子以至于庶人，皆以修身为本。

李月辉就是这样一个"修身"功底极好的人。他是清溪乡入党最早的党员之一。"脾气蛮好，容易打商量。他和群众的关系也不错"，"是一个可以依靠，很好合作的同志"。他的妻子是"油煎火辣的性子，嘴又不让人，顶爱吵场合，也爱发瓮肚子气"，但是他俩结婚十多年，从来没有吵过架。因为当妻子对他发脾气时，他的"老主意是由她发一阵，自己一声都不做"。他的伯父也是个爱吵架没修养的人，常常当面骂他没火性，不像一个男人，即便这样也不能惹他生气。所以，"人们都说，跟李主席是哪一个都吵不起来的"。虽然犯过右倾错误，但县委认为错误轻微，又做了认真的检讨，"联系群众，作风民主"，"没有架子，也不骂人，""心灵机巧，人却厚道，脾气非常好"。是一位"不急不缓，气性和平的人物，全乡的人，无论大人和小孩，男的和女的，都喜欢他"。而刘雨生"眼睛不好，心倒蛮好"，"吃得亏"，"做工作，舍得干，又没得私心"，"诚实可靠，记性又好"。小说中那些热情支持合作化运动的群众和干部，不是由于他们明白了多么高深的无产阶级革命理论和社会主义的本质，而是现实社会中，正直善良的好人都站在这一边，道德和舆论都在这一边。

儒家的思维模式是推己及人，由"亲亲而仁民，仁民而爱物"（《孟子·尽心上》）。孟子在孔子"修身"、"孝"、"爱人"主张的基础上进而提出"恻隐之心,仁之端也","无恻隐之心,非人也"(《孟子·公孙丑上》)。仁是民族文化精神的产物,是民族文化精神文化最鲜明直接的体现。小说通过人物形象的塑造,通过他所处的复杂生存状态和社会关系,通过他内心的渴望、心理的困惑等精神需求,将民族文化精神具象化,唤起深层民族文化精神的现代回响。

儒家重要经典《礼记·礼运》中对大同世界有着非常详细的描绘:"大道之行也,天下为公,选贤与能,讲信修睦。故人不独亲其亲,不独子其子。使老有所终,壮有所用,幼有所长,矜、寡、孤、独、废疾者皆有所养,男有分,女有归。货恶其弃于地也,不必藏于己;力恶其不出于身也,不必为己。是故谋闭而不兴,盗窃乱贼而不作,故外户而不闭,是谓大同。"这里的大同社会至少具备下列特点:社会制度上全民共有;管理体制上选贤举能;人际关系上和睦信用;社会保障上各得其所;社会道德上人人为公以及劳动态度上人尽其力。儒家思想对于大同理想的推崇是乡土中国的梦想,是所有底层农民的梦想。合作化小说在对未来社会的期许中常常调动我们民族的集体记忆,对未来社会做出具有民族特色的想象。

在当时正式文件中,党对于未来的想象也是充满豪情和诗意,按捺不住内心的喜悦。"我国农村中的一切剥削制度将被彻底消灭,汪洋大海似的小农经济,将变为高级的大型的合作社经济,使穷根从此挖掉,富根开花结果,子孙万代幸福无穷;我国的农业将变成先进的农业,使荒山变成良田,低产变为高产;我国农民都将成为富裕的农民,家家丰衣足食,社社五谷丰登;我国农村将成为文化发达、美丽幸福的农村,人人识字,个个读书,乡乡都有电话,社社都有收音机;到处是青山绿水,遍地是牛马驴骡,猪羊鸡鸭成群,路平桥好,四通八达,天灾能防御,四害被消灭,千年荒山开了花,百年大病断绝根,户户安康,人人快乐。"[①] 而《山乡巨变》对于乡土文化话语与意识形态话语各自合理性的审美传达,我们可以从基层干部对于合作化的许诺和传统农民对合

---

① 《建设社会主义新农村——关于1956年到1967年全国农业发展纲要(草案)的宣传提纲》,江苏人民出版社1956年版,第4—5页。转引自叶扬兵《美好的远景和过离的预期——农业合作化高潮形成的原因之一》,《当代中国史研究》2006年第1期。

作化的疑虑之中得到深刻的印象。在作品中,基层干部的许诺往往是将集体化当作一种手段和方法,而对其可能形成的良好结果大肆渲染。具体说来,一是对集体劳动优势的美化,所谓"公众马,公众骑,订出的规则,大家遵守,都不会吃亏","人多力量大,柴多火焰高"等等说法,就都属于这一类;二是对物质利益的允诺,区委书记朱明在丰收欢庆大会上关于人均年口粮的承诺,即为最好的例证;三是对未来美景的畅想,陈大春与盛淑的"君山情话"对于合作社未来生活景观的展望,当属这一类。

因此,我们可以说合作化小说有效地吸收了儒家文化资源,本土的文化资源成为作家不可或缺的灵感来源。这些作家也将这些资源进行了一些符合时代的改编,以便小说的主题能适应意识形态上的要求。

二 地域色彩与风俗画卷

"地域文化的自然景观(山川风物、四时美景)与人文景观(民风民俗、方言土语、传说掌故)是民族化、大众化的一个重要标志,是文学作品赋有文化氛围、超越时代局限的一种重要因素。"[①] 相对于变幻的时代风云,地域文化显得更为久远,地域文化经受了时间的洗礼、战乱的浩劫、灾难的磨砺,昭示着文化永恒的生命力,更是文学本土化的重要内容。周作人曾经在《地方与文艺》中说过:"风土与住民有密切的联系","一国之中也可以因了地域显出一种不同的风格"。乡土社会最突出的特点就是地域性,而这种地域性蕴含着地方风情的习俗表现,别林斯基说:"每一个民族的这独特性,表现在什么地方呢?就在于那特殊的、只属于它所有的思想方式和对事物的看法,就在于宗教、语言,尤其是习俗。……在每一个民族的这些差别之间,习俗恐怕起着最重要的作用,构成着他们最显著的特征。"[②] 由此可见,地域文化的自然景观与人文景观是文学本土化的重要标志,是文学作品富有文化氛围、超越时代局限的一个重要因素。

---

① 樊星:《当代文学与地域文化》,华中师范大学出版社1997年版,第15页。
② [俄]别林斯基:《文学的幻想》,《别林斯基选集》第1卷,满涛译,上海译文出版社1979年版,第26—27页。

《山乡巨变》分为上下两卷，分别写于1957年和1959年。这两个年度国家的政治气候有很大的不同，而周立波创作的心情也不太一样。周立波虽然在理性层面和当时的政治意识形态保持一致，但是，他被压抑的浪漫主义情怀得到无意识或者谨慎的释放。①《山乡巨变》是合作化小说中以描写自然景观和人文景观见长的小说，周立波在对美景和风俗的描写中表达政治的主题。

周立波在小说创作中大量使用方言，并且积极倡导："我以为我们在创作中应该继续采用各地的方言，继续使用地方性的土话。要是不采用在人民的口头上天天反复使用的生动活泼的、适宜于表现实际生活的地方性的土话，我们的创作就不会精彩，而统一的民族语言也将不过是空谈，或是只剩下干巴巴的几根筋。"当然，在创作时也要注意方言土语使用的节制和提炼，"在创作上，使用任何地方的方言土语，我们都得有所删除，有所增益，换句话说：都要经过洗练"。②《山乡巨变》中清溪乡成立建社筹备委员会，刘雨生当主任，而老党员谢庆元则只当了一个副主任，心里委屈，工作积极性不高，即使刘雨生到家里去和他交心，他也是爱理不理的，他老婆趁机劝他退社："你以后不要再出去仰，我劝你，少吃咸鱼少口干，不要探这些匡壳子事了，伢子也大了，再过几年，他接得教了，我们怕什么？依得我的火性，社也不入了。"短短几句方言的运用，把一个精明能干的农村妇女形象塑造得活灵活现。同时也形象地描写了合作化运动初期农民心理的负担。周立波结合自己的创作经验，进一步进行理论的概括，总结创作的原则和方法："为了使读者能懂，我采取了三种方法：一是节约使用过于冷僻的字眼；二是必须使用估计读者不懂的字眼时，就加注解；三是反复运用，使得读者一回生，二回熟，见面几次，就理解了。"③方言一直是困扰着中国新文学发展的难题，中国幅员辽阔，方言差别很大，如果一味地追求普通话的统一叙事效果，势必影响文学丰富性。同时，完全使用方

---

① 贺绍俊：《被压抑的浪漫主义——重读周立波〈山乡巨变〉》，《中国现代文学研究丛刊》2014年第2期。
② 周立波：《方言问题》，《周立波文集》第5卷，上海文艺出版社1985年版，第543页。原载《文艺报》1951年第3卷第10期。
③ 周立波：《关于〈山乡巨变〉答读者问》，《人民文学》1958年第7期。

言书写在某种程度上又影响阅读的效果。作为合作化小说来说,为了与宏大的叙事主体相一致,追求史诗的叙事效果,很多作家尽可能地采用了普通话的叙事策略。而周立波等优秀作家进行普通话写作的同时注意方言的灵活运用。丰富生动的方言是周立波独特艺术魅力的重要内容。"一个民族的精神特性和语言形成这两个方面的关系极为密切。不论我们从哪个方面入手,都可以从中推导出另一个面。这是因为,智能的形式和语言的形式必须相互结合。语言仿佛是民族精神的外在表现;民族的语言即民族的精神,民族的精神即民族的语言,二者的同一程度超过了人们的任何想象。"[1]

富有意味的是在《山乡巨变》中山乡风景和乡村风俗的描写与呈现,都是与邓秀梅这一外来者视点结合在一起。小说的续篇随着邓秀梅的离去,写景的篇幅大为减少,叙述的节奏随之变得急促,叙述重心也以生产劳动场面为主。周立波在"某些方面、某类型人物的塑造上,做到了忠于农民的实际生活状况,忠实于自己的观察和思考,对当时流行的政治口号和政治观念作了一些反拨,与流行的政治话语有所抵牾,尽管这个反拨的力度今天看来显得很软弱无力。但因了这一点微弱的反拨,却造就了作品的闪光之处"[2]。有学者指出,邓秀梅这一外来的叙述者身份混杂有意识形态权威话语、女性的细腻情感、传统文人对于田园山水的喜好,以及作者重回故乡所显露的亲情。这种叙事策略"一方面作为外来的意识形态权威的叙述者,她干预叙述,使得文本意义秩序不能以'自然化'的方式呈现;另一方面,这个叙述者又是混杂的,她又在内部削弱意识形态的权威性,使文本呈现出多种'声音',干扰'意义'的产生"[3]。可惜的是这种关注山乡风景和乡村风俗的叙述没有深入讨论这种叙事策略变化的深层原因,忽视了作者在建构"自然"与"革命"之间联系的叙事冲动。之前乡村小说的地域色彩与风俗画卷的描写无外乎两点:一是将其作为人物活动的空间场景,或者作为典

---

[1] [德] 洪堡特:《论人类语言结构的差异及其对人类精神发展的影响》,姚小平译,商务印书馆1997年版,第52页。

[2] 丁帆:《中国乡土小说史》,北京大学出版社2007年版,第229页。

[3] 萨支山:《试论五十至七十年代"农村题材"长篇小说——以〈三里湾〉、〈山乡巨变〉、〈创业史〉为中心》,《文学评论》2001年第3期。

型环境；二是将其看作反映人物心情烘托主题的一种方式。这显然无法全面概括周立波在《山乡巨变》中的审美追求。对于《山乡巨变》来说，重要的不是所谓的"环境"或者"烘托"，而是意义的生产，是地域色彩、风俗画卷与新的合作化农村之间的关联。

我们不妨以《山乡巨变》续篇中一段描写地域色彩和风俗画卷的文字进一步分析。与上篇风景描写不同，续篇只有为数不多的大段的风景描写："亭面糊靠在阶砌的一把竹椅上，抽旱袋烟。远远望去，塅里一片灰蒙蒙；院的山被雨雾遮掩，变得朦胧了，只有两三处白雾稀薄的地方，露出了些微的青黛。近的山，在大雨里，显出青翠欲滴的可爱的清新。家家屋顶上，一缕缕灰白的炊烟，在风里飘展，在雨里闪耀。""隆隆的雷声从远而近，由隐而大。忽然间，一派急闪才过去，挨屋炸起一声落地雷，把亭面糊震得微微一惊，随即自言自语似地说：'这一下子不晓得打到么子了。看这雨落得！今天怕都不能出工了。'他吧着烟袋，悠悠地望着外边。"我们不妨拿这一段描写和上篇中邓秀梅审视土地庙的环境描写对比起来分析。这里审视雨中山景的是农民亭面糊，农民参加了合作化运动之后，获得了社会主义新农民的文化身份，也就获得了审视乡村风景的潜在可能。然而与邓秀梅不同的是，他并没有评论风景，也不同于文人寄情山水，而是担心"不晓得打到么子了"、"怕都不能出工"。这种风景的书写策略使得《山乡巨变》与当时农村题材小说宏大叙事产生间离的效果。

三 本土化叙事策略

"本土化文学必须深入地揭示民族文化精神，从内在精神上呈现出民族的独特之处，同时在审美上具有民族特点，获得时代大众的基本认同。"① 具体到文学作品的本土化，贺仲明指出本土化主要表现在三个方面："首先，真实地再现最基层的大众生活，表现出人们的日常生活细节、风俗和自然景物。""其次，塑造出蕴含民族文化精神的人物形象。第三，文学形式的充分民族化和生活化。"

---

① 贺仲明：《文学本土化的深层探索者——论周立波的文学成就及文学史意义》，《文学评论》2008年第3期。

而《三里湾》在小说叙事上则采用了传统评书的说故事的"通俗形式"。①"从《三里湾》可以看出，赵树理从民间说书和中国古典小说中借鉴来的叙述方法，不仅已运用到相当娴熟的地步，而且有了创造性的发展，形成了赵树理自己的所特有的叙事方法。"②《三里湾》主要围绕着秋收、扩社、整社和开渠四个故事展开叙述，围绕这四个故事描写两条道路、两种思想、两类家庭关系和两种生活的复杂微妙的斗争。每一对矛盾都引发了许多错综复杂的故事。赵树理熟练地掌握并运用了民间说书的章回小说的叙述方法，在讲述故事的时候注意有头有尾，前后连贯，避免情节跳跃，小说"从旗杆院说起"，一直到扩社胜利、开渠动工，主要的事件交代得清楚明白，同时又避免平铺直叙，竭力把故事叙述得迂回曲折、跌宕起伏。时常使用伏笔、悬念等传统的叙事方法，增强小说的故事性，起到吸引读者的作用。

1955年《三里湾》出版后，赵树理对照当时现实主义标准，将自己作品的"不足"归结为三点：（1）重事轻人。人物描写不集中，零碎，更谈不上典型。（2）旧的多新的少。"对旧人旧事了解得深，对新人新事了解得浅。"（3）有多少写多少。对应该写，但"脑子里还没有的人和事就省略了"，比如"富农在农村中坏作用，因为我自己见到的不具体就根本没有提之类"。③显然，赵树理没有认识到1949年以后文学潮流已经从"大众化"转向"社会主义现实主义"，转向塑造无产阶级英雄人物。对故事的过于推崇，自然不利于形象的塑造，不利于意义秩序的建构。当然，将故事叙述与人物塑造对立起来有失公允。事实上，一些传统的以叙述为主的古典小说也为读者塑造出了许多脍炙人口的人物形象，如《三国演义》。不过，合作化小说中的人物不同于一般其他古典小说中的人物，而是无产阶级革命英雄的"典型形象"，是先于或超越故事而存在的政治象征符号。《三里湾》在尊重时代政治的前提下，更愿意表现生活的细节，更愿意表现局部的调整，这种叙述策略

---

① 赵树理：《〈三里湾〉写作前后》，《文艺报》1955年第19期。
② 金汉：《中国当代小说艺术演变史》，浙江大学出版社2000年版，第33页。
③ 赵树理：《〈三里湾〉写作前后》，《文艺报》1955年第19期。

自然不利于意义秩序的建构,也"缺乏史诗结构",塑造不出"叱咤风云的无产阶级革命英雄形象",显得"苍白和单薄"。① 1949 年以后,赵树理式的创作方法逐渐失宠,并走向边缘化也就在情理之中了。

但是,赵树理对文学潮流的转型、对土地制度书写策略的变化是不理解的,内心也是抵触的。无论是领导的干预、学者的批判还是他人获奖的刺激,赵树理总是不闻不问,不改初心,"即使文化普及之后,也不应该辛辛苦苦去消灭我们这并不低级的传统"。② 赵树理艺术上的坚守和创作态度上的坚强无疑是令人敬佩的。这种叙事策略不同于一般同时代的文学创作,"倾向于'温柔敦厚'的传统诗教,对强调斗争的激进年代具有一种缓释性",他"诙谐幽默的叙述语言,妙趣横生的故事结构,消解了同类题材剑拔弩张的阶级斗争的火药味"。③ 赵树理这种本土化的探索,某种意义上丰富了 1950—1970 年代的文学创作。

在赵树理的基础上,周立波对乡村小说的本土化进行了富有意义的探索,与赵树理相比,周立波的探索有所继承和创新。周立波在每一节中写一件事情,同时重点写一个人物。这种串珠式写法,有利于在某一节中集中笔墨塑造一个人物形象,不利于写出生活的复杂性。这也是为什么亭面糊等人物形象相对丰满,社会主义新人刘雨生则显得单薄的主要原因。作为合作化小说主题意义的主要载体——英雄人物身上的这种叙事策略的缺陷显然无法得到原谅。这也导致了当时的文学批评在刘雨生等人物形象塑造上颇有微词。从这种角度上来说,本土化书写策略对小说艺术具有两面性。

这种叙事策略的矛盾性也反映了当时作家叙事的犹疑和信心的不足。他们一方面利用意识形态的权威来干预叙事,另一方面借助本土文化资源来完成主题。这种内在的矛盾性使得合作化小说总是难以达到浑然一体的史诗化叙事效果。

---

① 周扬:《建设社会主义文学的任务——在中国作家协会第二次理事会议(扩大)上的报告》,《文艺报》1956 年第 5、6 期。
② 赵树理:《从曲艺中吸取养料》,《人民文学》1958 年第 10 期。
③ 董之林:《关于"十七年"文学研究的历史反思——以赵树理小说为例》,《中国社会科学》2006 年第 4 期。

第三节 史传文化传统

一 通古今之变

中国是一个非常重视历史传统的国度。历史著作也是卷帙浩繁、汗牛充栋。所谓的"经史子集"不仅仅是一种简单的学科分类，更是一种地位尊卑的体现。如果从《尚书》、《春秋》算起，中国编辑历史的意识至少有三千多年，比西方文明要早得多。历史典籍在人民的文化、政治生活中处于非常重要的地位。记言、记事和记人，是我国传统的历史书写范式，如《国语》记言，《春秋》记事，《左传》记言又记事。司马迁的《史记》开创了以记人为主的纪传体，影响更为深远。我国历史书写主要是以人事为中心，人的生命和生活构成了历史的重要内容，而擅长描绘生命和生活的当属文学。在古代经史不分家，经史互现，互证互通比比皆是。当然，并不是说所有的史都可以成为经，"六经皆史"也未必可信。但是，如编年体的历史著作《春秋左传》却实实在在地登上了儒家经典的宝座，《三国演义》也成为底层人民了解历史的重要途径。我们古代常常用史著的标准来衡量文学作品，如杜甫的诗歌自晚唐以来就被尊称为"诗史"。至于流传甚广的优秀小说，只有用"史家之绝唱，无韵之离骚"的《史记》来比量了。作者的叙事才能往往被称为"史笔"，小说的题材重大、视野开阔被称为"史诗"。可以说，中国文学艺术与历史有着难舍难分的亲密关系。注重社会重大历史事件的描写，全景式地反映社会时代生活，试图写出社会历史的发展变化是许多富有史传情结、深受史传影响的小说家不懈的创作追求。而土地制度变迁书写关注土地和乡村，关注乡村社会生活和时代心理自然与史传传统有着天然的联系。

《太阳照在桑干河上》主要是为了再现土地改革风云，史诗性地把握1946年中共中央颁布"五四指示"以后土地改革给华北农村带来的颠覆性变化。丁玲坦陈"我想写一部关于中国变化的小说，要写中国的变化，写农民的变化与农村的变化"。这种创作目标和追求其实就是试图追寻重大历史事件的来龙去脉，分析社会历史的变化规律。这种注重社会重大历史事件描写的创作追求与我国文学的史传传统有着某种内在的统一性。但是，这种写作策略并不是信马由缰，无所禁忌。丁玲同时说过："在写作的时候，围绕着一个中心思想——农民的变天思想。就是由这个思想，才决定了材料，决定了人物的。"①"丁玲的创作道路代表了中国现代知识分子的道路，他们从封建王朝中游离出来成为独立的群体后，一方面拒弃资本主义式的政治文化，一方面试图改造乡土和大众，但终于在改造大众的愿望中被大众改造了，出于国情和民族责任心，他们对资本主义文化保持着批判力，但对乡土文化却一步步退守，最后在为乡土大众服务意识形态建设时全部妥协。"②丁玲等作家从化大众到大众化，从对乡土文化的退守到服膺于意识形态的建设，这些作家对形势的把握，对史传传统的继承表现出浓郁的时代政治特征。

《创业史》自1959年在《延河》杂志第4期开始连载，当时小说的标题为《稻地风波》。小说一面世就得到了大家的一致好评。《创业史》刚公开发表的一年中，报刊公开发表赞扬的评论有五十多篇。其中，重要一点就是，"反映农村广阔生活的深刻程度"。"这部作品，是一部深刻而完整地反映了我国广大农民的历史命运和生活道路的作品，是一部真实记录广大农村在土地改革和消灭封建所有制以后发生的一场无比深刻、无比尖锐的社会主义革命运动的作品。"③"《创业史》第一部描写的是两个革命高潮之间的相对平静时期。土地改革的暴风骤雨过去了，合作化的高潮还没有到来时阶级斗争的形势。"④ 这里的"深刻而完整"、"深刻"、"史诗"等关键词是对《创业史》艺术追求的肯定，同时也是对土地制度变迁书写的期待。这种注重社会重大事件的描写、全景式反映社会时代生活、探析社会历史发展变化的创作追求深层次的原因或许还是得益于我国的史传传统。

深受柳青影响的路遥坚持"作家的劳动绝不仅是为了取悦于当代，

---

① 丁玲：《生活、思想和人物》，《丁玲全集》第7卷，河北人民出版社2001年版，第435—436页。
② 孟悦、戴锦华：《浮出历史地表——中国现代女性文学研究》，台北：时报文化出版企业有限公司1993年版，第201页。
③ 冯牧：《初读〈创业史〉》，《文艺报》1960年第1期。
④ 何文轩：《论〈创业史〉的艺术方法——史诗效果的探求》，《延河》1962年第2期。

而更重要的是给历史一个深厚的交代"。① 作为十三亿人口的农业大国,"吃饭"问题始终是一个非常重要的现实问题和政治问题,这也是中国文学一个非常重要而普遍的重大主题。赵树理的创作直面"吃不饱";高晓声则聚焦"漏斗户主";何士光以"乡场上"的乡村剪影反映时代变迁;刘玉堂在《最后一个生产队》中写出了历史的悲伤。这些问题其实都是农民与土地的关系,是农村与农村土地制度之间的关系。而真正将这场意义深远的联产承包责任制给予史诗性全景式描述的还是《平凡的世界》,是路遥以小说形式探索着这一伟大历史事件的深刻意义。"在现当代中国的长篇小说中,除了巴金的《激流三部曲》,我比较重视柳青的《创业史》。他是我的同乡,而且在世时曾经直接教导过我。《创业史》虽然有某些方面的局限性,但无疑在我国当代文学中具有独特的位置。"② 为了创作《平凡的世界》,路遥先后七次重新研读《创业史》,并且深受"柳青道路"的影响。路遥说:"只有在我们民族伟大历史文化的土壤上产生出真正具有我们诗性的新文学成果,并让全世界感到耳目一新的时候,我们的现代表现形式的作品也许才会趋向成熟。"③

十一届三中全会以后,随着农村经济改革的开始,农村联产承包责任制的实施,农村社会发生了剧烈的变化,生活也发生了翻天覆地的变化,乡村呈现出纷繁复杂的局面。科学的春天在乡村播种着希望,渴望以科学的知识武装自己,积极投身现代化建设成为乡村年轻一代的主要追求。有的人渴望通过中考、高考等途径逃离乡村,"脱离苦海";有的人寻找招工、参军等机会奔向城市,拥抱春天;而有的人则死心塌地,满怀热情,固守乡村,用自己的智慧立志改变乡村贫困落后的窘态……多彩的人组成了多彩的人生,多彩的人生组成了多彩的生活。冯马驹(陈忠实《初夏》)因为有沉重的昨天,才有奋发的今天,更有光明的明天。历史不是简单的交接与替换。陈忠实曾经在谈到自己的文学

---

① 路遥:《早晨从中午开始——〈平凡的世界〉创作随笔》(节选),白烨主编:《中国当代乡土小说大系》第三卷,农村读物出版社2012年版,第1033页。
② 同上书,第1042页。
③ 路遥:《早晨从中午开始——〈平凡的世界〉创作随笔》(节选),白烨主编:《中国当代乡土小说大系》第三卷,农村读物出版社2012年版,第1038页。

观时说:"不管是历史的还是现实的人生,一经作家用自己的生命所感受和体验后,表现出来的就应是这个民族在特定历史时段整个精神层面的一种比较准确的具有普遍性的东西。""作为一个作家也应该肩负起这样的责任,在这个国家和民族发展的历史上留下你的真实描绘,把这个时代人的精神形态和心理秩序艺术地告诉给后人,让他们从这些已经成为过去的现象里把握那个时代人的精神脉搏,并引发出有益的启示。"① 这里一方面强调了作家对一个民族社会生活和精神生活本质的把握,同时强调作家对生活真实的描绘,特意强调"真实"。也就是一方面包括国家和民族发展过程中光荣的历史,另一方面包括国家和民族中惨痛的教训,美与丑、善与恶都得到客观公平的表现。《初夏》发表以后,很多人觉得"像《创业史》,连人物都像",而王汶石则认为这种类似主要源于两者风格上有共同之处,"不是互相模仿的结果,而是来自作家同人民群众、同革命干部之间的关系的那种共同之处"。②

其实,早在延安文学时期,农村土地制度变迁书写就有着严格的要求。对真实性的把握、现实题材的选择、时代变迁的分析、关注现实的情感都有着严密的规定性。1942年,毛泽东《在延安文艺座谈会上的讲话》中号召广大知识分子要向工人农民学习,"拿未曾改造的知识分子和工人农民比较,就觉得知识分子不干净了,最干净的还是工人农民……我们知识分子出身的文艺工作者,要使自己的作品为群众所欢迎,就得把自己的思想感情来一个变化,来一番改造"。③ 这是在创作姿态方面对作家做出的要求。同时《讲话》明确指出:"我们讨论问题,应当从实际出发,不是从定义出发",要从分析客观存在的事实中"找出方针、政策、办法来"。④ 毛泽东非常明确地要求从现实的政治任务来看待文学问题。以先验的理想情怀去把握现实,以预设的本质去概括现实。《讲话》规定了新中国文学的方向,延安文学的主题、人物、艺术方法和语言,以及解放区文学工作,开展文学运动和批评的经验,

---

① 陈忠实:《文学的信念与理想》,《文艺争鸣》2003年第1期。
② 王汶石、陈忠实:《关于中篇小说〈初夏〉的通信》,《小说评论》1985年第1期。
③ 毛泽东:《在延安文艺座谈会上的讲话》,《毛泽东选集》第三卷,人民出版社1991年版,第851页。
④ 同上书,第853页。

自然为新中国所继承。20世纪以来中国文学存在着两种深层的文化精神，即政治文化意识与五四新文学精神，"一般说来，五四文学精神更关注文学自身的价值和规律，有利于文学发展；政治文化意识更关注历史、社会和阶级斗争，虽然并非文学之类，但是，极端的政治文化意识往往成为文学发展的障碍"。[1] 这种判断虽然有意无意地忽视了民间文化对20世纪中国文学的影响，但是也注意到了20世纪中国文学政治文化意识与五四新文学精神的冲突、对峙、交融和消长。当代农村土地制度变迁书写显然是这种政治文化意识的具体体现。

因此，刘再复认为《太阳照在桑干河上》"文学具有同情心和人道热情的人文传统至此完全绝迹，它被毫不留情的残酷斗争的新传统所取代"。[2] 这种判断虽然有些武断，但是却厘清了土地制度变迁书写在中国现当代文学发展史中的脉络。新中国成立以来，社会主义现实主义创作方法被推到至尊的地位，农村土地制度变迁书写要求以社会主义精神"改造和教育劳动人民"，展示光明、伟大的社会主义情景。这导致了农村土地制度变迁书写的真实性和倾向性之间的缝隙越来越大，直至无法弥合，如《创业史》毁誉交加的接受史和评论史。

米兰·昆德拉说："小说家既不是历史学家，也不是预言家，他是存在的勘探者。"[3] 这种勘探只有拒绝任何的预设才有发现的惊喜，只有执念于当下才有真正的发现。文学作为一门艺术"应该是在当代意识的优美形象中，表现或体现当代对于生活的意义和目的，对于人类的前途、对于生存的永恒真理的见解"。[4] 文学是人类精神活动不可或缺的特殊方式，是作家生命律动的一种折射，与其他人类重大活动相比较，它更多地指向人类的精神存在空间，引导人们对自我存在的现实境遇以及发展的可能性做出理解和思考。

---

[1] 崔志远等：《中国当代小说流变史》，中国社会科学出版社2009年版，第111页。
[2] 刘再复、林岗：《中国现代小说的政治式写作——从〈春蚕〉到〈太阳照在桑干河上〉》，唐小兵编：《再解读——大众文艺与意识形态》（修订版），北京大学出版社2007年版，第44页。
[3] ［捷］米兰·昆德拉：《小说的艺术》，孟湄译，生活·读书·新知三联书店1992年版，第43页。
[4] ［俄］别林斯基：《关于批评的话》，《外国文学》1989年第2期。

二 实录写真

自从汉人扬雄、班固将《史记》创作原则概括为"实录"以后,经过唐代史学理论家刘知幾等人的进一步总结和发展,实录成为我国古代历史著作最为重要的写作原则。由于我国古代文史不分,实录也逐渐成为我国古代文学叙事所遵循的创作原则。

"实录精神说到底,就是基于生活真实的一种写真精神。"[①] 小说的这种写真实的精神需要以社会生活作为真实的基础。为了求得艺术上的真实,现代小说作家特别重视亲身的生活经历,强调深入生活的重要性,尽可能地要求小说中的描写做到有生活原型。周立波亲身经历了东北解放区的农村土地改革工作,才写出了长篇小说《暴风骤雨》等经典的土地制度变迁书写。周立波出生于农村,对农村生活相对熟悉。1946年,东北进行土地改革的时候,周立波主动要求下乡参加"土改"运动,随着"土改"工作队在尚志县元宝村工作半年之久,见证了土地改革的时代风云,耳闻目睹了东北土地改革过程中出现失误与偏差。正是因为对乡村生活的熟悉,周立波才创作了《暴风骤雨》。新中国成立后,为了进一步深入了解乡村的光明和阴影,进步与不足,为了写好《山乡巨变》这部小说,1954年他回到家乡湖南益阳参加合作化运动,并且在农村落户,担任普通农村基层干部,和底层农民一起参加劳动,兴梯田、修水利,做不需要工分的社员。同时,他广交农民朋友,学习农民方言,深入田间地头,访贫问苦。1952年,柳青经周扬批准,为了创作《创业史》,"克制住一切邪念:享受,虚荣,发表欲,爱情追求,地位观念……"[②] 告别《中国青年报》文学副刊主编的职位,离开京城到西安,然后再离开省城,扎根农村,在皇甫村生活了整整十四年,成为一位不要工分的社员。柳青曾经许下三愿,其中第一愿就是"永远不要脱离劳动人民,不要脱离社会实践,写自己的感受,不向壁虚构"。"要确实把作者的生活素养和真挚感情,当作语言艺术的真正

---

① 方锡德:《中国现代小说与文学传统》,北京大学出版社1992年版,第173页。
② 阎纲:《〈创业史〉与小说艺术》,上海文艺出版社1981年版,第8页。

基础。"① 柳青也多次强调，作家要进三个学校：生活的学校、政治的学校和艺术的学校。并且，生活的学校是最基本的学校。

《创业史》这部小说，陈忠实先后读过九本，至于读过的遍数则不计其数。《创业史》不仅仅是他艺术模仿的对象，同时是生命情感的寄托，"有一点时间随便打开这本书，打开到任何一页或者任何一章，我就能读进去，而且能把一切烦恼排除开"。② 而《平凡的世界》涉及1975年至1985年这十年间中国城乡广阔的社会生活，这十年经历过"文革"结束、"两个凡是"的论争、十一届三中全会、改革开放、联产承包责任制也就是"大包干"等重大历史事件。这些事件往往又是环环相扣、互为因果。《平凡的世界》试图用"某种编年史方式结构"，"用历史和艺术的眼光观察在这种社会大背景（或者说条件）下人们的生存与生活状态"。③

经过一次次激烈的土地制度变迁，乡村的生活发生了重大的变化，时代的历史长河不再是在平坦无石处流淌，看不到壮丽的景观，因为有了落差，有了飞溅的浪花，有了喧闹的历史声响。农村里的所有人都无法在这种关系到切身利益的变革中保持沉默。

尽管路遥一直很尊重柳青的创作，以追求、超越柳青的艺术造诣作为自己的人生目标，但是，在具体的农村改革小说创作中，特别是土地制度书写如《平凡的世界》中，还是对乡村生态采取了客观现实的观照态度、追求实录写真。孙少安第一次尝试进行"大包干"改革，但是地委书记苗凯、县委书记冯世宽等领导坚决反对，不予支持。内心赞同却又无奈的副县长田福军感慨地说："我们是解放四十多年的老革命根据地，建国已经快三十年了，人民公社化也已经二十年了，我们不仅没有使农民富起来，反而连吃饭都成问题……"（第一部）而一旦有了"大包干"的松动，"在短短的几天之内，双水村的第一生产队就化成了十几个责任组"（第二部）。"一群人穷混在一起的日子终于结束了，庄稼人的光景从此有了新奔头。"（第二部）"谁说责任制不好？"对承

---

① 柳青：《三愿》，《陕西日报》1961年7月3日。
② 陈忠实：《〈创业史〉对我的影响》，《中国文化报》2010年5月9日。
③ 路遥：《早晨从中午开始——〈平凡的世界〉创作随笔》（节选），白烨主编：《中国当代乡土小说大系》第三卷，农村读物出版社2012年版，第1042—1043页。

包责任制的优越性和重大意义,路遥充满激情地赞叹:"看看吧,他们分开才一两个月,人们就把麦田种成了什么样子啊!秋庄稼一眨眼就增添了多少成色!庄稼人不是在地里种庄稼,而像是抚育自己的娃娃。"路遥进一步赞叹承包责任制带来了精神上的愉悦与放松。"最使大伙畅快的是,农活忙完,人就自由了,想干啥就能干啥;而不像生产队那样,一年四季把手脚捆在土地上,一天一天磨洋工,混几个不值钱的工分。"(第二部)一方面是合作化运动越来越束缚着农民的劳动力,乡村的创造性日益枯萎,另一方面是新时期政策一有松动,农民就积极探索、投入到联产承包责任制的改革潮流。

　　祖祖辈辈以土为生的家庭,在新的联产承包责任制实行以后能得到哪些可以预料的好处,会发生怎样的困难,他们的喜悦和苦难如何?生动活泼的现实常常使陈忠实等作家们激动得难以入眠。"三十年前,柳青不遗余力,走村串巷,一个村子一个村子宣传实行农业合作化的好处;三十年后,我又在渭河边上一个村子一个村子说服农民,说服干部,宣传分牛分地单家独户种地最好,正好构成一个完全的反动。"① 虽然乡村土地制度政策发生了戏剧性变化,但是,小说中的人物形象如梁三老汉、郭世富、姚士杰、梁生宝以及徐改霞等依旧栩栩如生,散发着艺术魅力。同时这些人物应对土地制度变迁的心理变化真实地折射了时代的景象。这种实录写真的文学传统深深地影响着当代优秀的乡村作家,他们总是试图深入开掘人物心理,探析时代风云,观照社会现实。陈忠实在中篇小说《初夏》② 中就真实地记录了乡村干部应对联产承包责任制这种新的土地制度变迁时的情绪。冯家滩的书记冯景藩等乡村干部,年轻的时候带领群众叱咤风云地开展土地改革,斗地主,分田地。合作化时期,他们人到中年,意气风发地在全县建立了第一个农业生产合作社,兴修水利,展开劳动竞赛,在社会主义的大道上疾跑。冯景藩等干部们几十年来把自己的青春和汗水、理想和激情都奉献给了乡村,奉献给了土地改革和合作化运动。可是,联产承包使他感到幻灭,思想上想不通,甚至一度认为自己因为对党忠诚才吃亏,才落了一个老来无

---

① 陈忠实:《〈创业史〉对我的影响》,《中国文化报》2010年5月9日。
② 陈忠实:《初夏》,《当代》1984年第4期。

用、老来无养的尴尬境地。因此,他想在公社的养牛场给自己找个落脚之处,也想给自己的孩子马驹在县城里谋一份职业。新时期,农村实行"大包干"以后,很多合作化时期的大队干部心理失落,意志消沉。"辛辛苦苦三十年,一夜回到解放前。社员有了钱,干部丢特权。"这种顺口溜其实是对干部的一种误解,也低估了乡村大队干部的整体素质。陈忠实说"影响他们满腔热情地和社员同心同德地进行农村经济改革的心理阻力,恰恰不是害怕自己也要跟社员一样去种责任田,恰恰不是害怕自己失掉当干部时的特权"。[①]《初夏》的初稿就得到了《当代》编辑们的首肯,并认为冯景藩这一人物形象"有基础",后来,秦兆阳、王汶石等老作家也肯定了陈忠实的努力,指导作者在冯景藩这一形象上发掘时代特质。面对新的土地制度变迁,冯景藩等基层乡村干部的思想负担比体力劳动的负担要沉重得多。今天与昨天的告别不可能一夜之间就能完成。相对于儿子马驹等年轻一代,土地改革后乡村三十多年来的曲折与艰难在他们心里留下的阴影要厚重得多。但是,在土地改革和合作化时期带领群众不断进行社会主义探索的劳模和干部的历史功绩不容抹灭,不能因为乡村政策的变化而否定他们的过去,否定乡村的变革。

  作家真正的创造是在日常琐细的生活中,演绎、创造让人心灵震颤的故事,发掘那些隐藏在乡村底层、深埋在岁月深处的原始生命力。这种创造也是源于民族文化传统的心理积淀。无论是侠文化、儒家文化还是史传传统都是当代农村土地制度变迁书写丰富的本土资源。而立场不同、秉性各异、特色鲜明的作家们以各自特殊的生命体验观照时代风云,审视乡村大地,在悲悯的情怀中表达自己对生活的理解和认识,建构富有特色的当代农村土地制度变迁书写。

---

① 王汶石、陈忠实:《关于中篇小说〈初夏〉的通信》,《小说评论》1985年第1期。

结　　语

新世纪以来，乡村小说的创作在社会急剧转型和农村土地制度变迁的大时代背景下，积极寻找新的文学资源和乡土经验。近年来乡村小说研究热点为新世纪乡村小说转型、农民工小说、乡村生态小说等研究。但与当下乡村联系最为密切的还是土地流转制度的实施。允许农村土地承包经营权流转是继包产到户以来农村土地政策又一次重大的突破，是新中国成立以来农村第三次地权改革。农村土地承包经营权流转使当下农村的深层结构发生了重大的变化。这为当代乡村小说作家提供了丰富的创作素材。

第一节　土地流转小说

一　土地崇拜

像"土改"之于《太阳照在桑干河上》、合作化运动之于《创业史》、家庭承包责任制之于贾平凹的农村改革小说一样，土地流转这一农村土地制度的变迁也被《麦河》等小说给予了审美再现。作者关仁山在1990年代，就以"三驾马车"的誉名驰骋于中国文坛，作为当下乡村小说创作的代表作家，关仁山的乡村小说写作独树一帜，他不断丰富和延伸着现实主义小说的表现领域，特别是在乡村小说史诗化创作传统上取得了卓越的成就。文学评论家李敬泽给出了高度的评价："在中国作家中，对现实的而不是记忆中的农村问题，包括土地问题的认识水准而言，关仁山是首屈一指的。"[①] 关仁山直面生活现实，积极书写乡

[①] 李敬泽：《土地的意义》，http://www.chinawriter.com.cn/bk/2010-12-24/49543.html。

结 语

村大地激越的改革进程和农民面对改革时的矛盾与焦灼。关仁山在1984年开始文学创作并发表作品,将遥远的政治话题转化为近距离的文学问题,积极寻找乡村小说的发展之路,潜心探索农村现代化的问题与方法,提高新的思考模式和反思视野。

《麦河》沿袭了关仁山小说一贯的乡村情怀和现实主义风格,小说以瞎子白立国的视角来展开论述,同时借助苍鹰虎子和狗儿爷的鬼魂辅助叙述,对麦河流域鹦鹉村在新中国成立前后和改革开放后的发展史进行了全方位、整体性的描述,围绕曹双羊回鹦鹉村开展土地流转这一事件展开,描写了乡村的矛盾和冲突,具体而微地对中国近百年的农村土地问题展开了纵深式复述。《麦河》中的人物,不论男女长幼,都对土地爱得无比的深沉真切,无论是以白立国为代表的乡土守望者,以桃儿为代表的乡土逃离者,还是以曹双羊为代表的乡土改革者。为寄托对麦河的情思,曹双羊等人回到故土,竖立"寻根铸魂碑"时,白立国突然有了一个疑问:"天道轮回,土地给了我无边无际的梦。每天还会有一只苍鹰,扑进我的生活吗?如果麦河消亡了,化作了一滴清水,或是凝成一滴眼泪,那么,未来岁月里,谁还能说清楚,一只苍鹰为啥叼着麦穗儿飞翔啊?"这也是《麦河》诗意而忧伤的结尾。白立国对土地的担忧,就是作者关仁山对土地的担忧。曹双羊不止一次地表白:"最让我难过的是,我在土地流转中,伤害了乡亲,更伤害了土地。""我彻底明白了。离开土地的人,永远都是瞎子!"所以,作者在小说里借鹦鹉村最弱势的转香发出"救救土地"的呐喊!转香因土地失去了做母亲的机会,因土地得罪了人,丈夫被人毒打,成了疯子,这呐喊由疯子口中喊出,简直石破天惊,让人想起《狂人日记》中狂人那声"救救孩子"。随着现代化的发展,随着土地流转、资本下乡,越来越多的农民离开了自己的生养之地。可是这种热爱没有因为远离而减弱,而是对土地的现代化增添了更多的忧虑。土地不仅仅为人们提供物质上的生存条件,更是人们精神上的皈依之所。"土地是物质的,同时也是精神的,让人感奋、自信、自尊,给心灵世界注入力量和勇气。"[1]

按照作家的构思,这部小说的主人公不是叙述者瞎子白立国,也不

---

[1] 关仁山:《麦河》,作家出版社2010年版,第528页。

是历经百年沧桑的苍鹰虎子,甚至不是作者倾注了大量心血、精心塑造的新农民曹双羊,而是土地。关仁山说"这是一部土地之书"。[①] 正如曹双羊所醒悟的:"对于我们农民,不管是免税,还是土地承包、土地流转,都不重要了,都是一个过程,一朵小小浪花,再过一百年,我们回头看,唯一留住的是我们对土地的感情。""《麦河》力图建立起一种文学叙事,建立起宏大的神话架构,这是一个特别艰难、近乎不可能的艺术志向。因为土地30年来经历了大规模的去神话化、去魅化,附着于土地上的那些神秘的东西、超越的价值,已经在我们的价值观中被卸载掉了,过去建立在土地上的文化想象失去了根基,变成了悬空的能指。在这个意义上说,一方面看到现实,认识现实,另一方面在这个现实中努力重建一套呼应着传统的神话和隐喻,重申我们基本的生命情感,这是非常宏大的、艰难的,也具有重要文化价值的任务。"[②]

从时间上来看,《麦河》具有丰富的纵深感,关注了清末民初以来的中国乡村历史,涉及当代中国所有的土地制度变迁。以此为背景,关仁山以骄人的雄心向我们呈现了新型的乡村世界。这里有希望、有变化,同时也有新的痛苦。传统的乡村社会正在解体,旧的乡村伦理日益涣散。"工业化进程中,当人们用工业思维改造农业的时候,一切都在瓦解,乡村变得更加冷漠,最糟糕的是,过去相依相帮的民间情分衰落了,人的精神与衰败的土地一样渐渐迷失,土地陷入普遍的哀伤之中。"[③] 现在的农民"不需要启蒙,也不需要同情",同时,他们也不愿意做"牺牲品",他们更喜欢现代化的城市生活,也喜欢蓝天白云[④],充分自由地享受现代化的发展成果。《麦河》聚焦土地流转,在土地制度变迁书写中,着力思考中国农村现代化之路。关仁山敢于直面现实,写出现实变化背后所敞开的种种可能,试图为新的乡土中国的人心聚合寻找新的路径,同时也为乡村小说书写当下乡村探索新的可能。

阎连科曾经以"炸裂"来概括改革改革开放以后三十年的发展。

---

① 关仁山:《麦河》,作家出版社2010年版,第530页。
② 李敬泽:《土地的意义》,http://www.chinawriter.com.cn/bk/2010-12-24/49543.html。
③ 关仁山:《麦河》,作家出版社2010年版,第528页。
④ 同上书,第529页。

结 语

这一方面源于对中国快速发展的震撼，另一方面也是对各种现代性病相的切身感受。被现代化刺激起来的各种欲望都在吞噬着乡村的淳朴与诗意。城市化是乡村发展的必然命运，而土地则纠结着中国当下乡村的所有矛盾。陈晓明说："（关仁山）没有武断而浅薄地回避这样的矛盾——他不做表面的批判抨击，而是看到时代的必然和农民现实生存的困境。……作者思考了土地流转在当代的某种必然性，但更主要的是通过这样的土地变迁，来书写一个乡村的土地命运。"①《麦河》将土地流转的书写置于乡村一百多年土地变迁的历史背景中。无论是地主张兰池还是当代市场弄潮儿曹双羊，任何时代的乡村精英都在土地上上演了爱恨情仇。从土地改革到土地合作化，从改革开放时期的家庭联产承包责任制农民重新获得土地到现在的土地流转，农民土地所有权和经营权的分离，中国底层农民与土地的关系，被动荡的现代社会所激荡和侵蚀。关仁山直面乡村问题，从不回避矛盾，披沙拣金地深入乡村肌理，审视自我内心的痛苦。他试图写出土地的现代命运，写出土地上演绎的时代变迁和乡村历史，写出上面洋溢着的欢欣和幸福，更写出土地上浸润的心酸和泪水，延宕的喟叹和无奈。毕竟土地流转也是乡村土地制度创造性的改革探索。资本入乡必然引发乡村深层次的文化结构的变化，同时必然引发许多悲喜交加、善恶对立的故事。当然，这种善恶对立的书写不能简单地理解为1950—1970年代革命历史小说"两军对垒"模式的简单书写。小说作为一种艺术不同于冰冷的经济学，也不同于着重历史发展规律分析忽视个人命运的历史学。关仁山在乡村小说创作时，聚焦底层人物命运，关注弱者复杂的命运，有着浓郁的悲悯情怀。吴秉杰说："实际上，从《白纸门》到《麦河》，关仁山都表达出了一种坚定的道德立场，这可能又是关仁山乡村小说创作的第二个特征。弱者的命运永远是放在第一位的。这其实是一种文学史的立场，也反映了作家追求更美好的世界的愿望。"②

关仁山书写土地制度变迁时内心是矛盾的，是纠缠不清的，甚至

---

① 陈晓明：《土地的悲情和瞎子的哀歌》，http：//www.chinanriTer.com.cn/wxpl/2011/2011-01-19/93453.html。
② 吴秉杰：《求索未来的创作》，《文艺报》2010年12月24日。

是惶恐的。"小说到底有没有面对土地的能力？有没有面对社会问题的能力？能不能超越事实和问题本身，由政治话题转化为文学的话题？"① 农村的问题很多，如土地所有权、农田基本建设、农业现代化、农村剩余劳力出路、农产品价格、贫富分化、农村社会保障等等。关仁山面对书写对象这么多的疑问和不安，不仅仅是源于内心的谦虚，更主要的是即使经过了这么多年城市化的发展，土地还是乡村社会各种力量的中心，是农民的生命皈依之所。牵一发而动全身，土地制度的变化势必引发其他的变化，势必激起更多现代化进程中的矛盾。家庭联产承包责任制或许更适合中国农村小生产者的要求，而土地流转作为一种股份合作制，更需要农民的合作精神。而这或许是农民天然缺乏的素质和能力。"土地流转这种探索是否成功，需要时间来印证。这些流动的、不确定的因素，给我带来创作的激情，所以就以我们对农民和土地的深爱和忧思，描述了这一历史进程中艰难、奇妙和复杂的时代历史。"②

二 史诗重建

我国百年来的乡村叙述取得了跨越式发展，并且随着莫言获得诺贝尔文学奖，这种题材日益被世界所关注、所熟悉，成为中国故事最主要的叙述方式。而这种叙事绝大多数是围绕农村土地制度变迁，书写转折期乡村时代风云和精神裂变。当代文学的前三十年，这些叙事在人物刻画和语言风格上努力贴近乡村民间质感的生活形态和心理裂变，如赵树理对于山西农村的描写、柳青对于陕西农村的熟悉、周立波对于湖南的关注、浩然对于京郊农村的把握，分别写出了具有鲜明的地域特色和个性的作品。这些作品往往着眼于当时的土地政策，致力于社会主义制度合理性的论证，具有鲜明的意识形态色彩。但是，政治或政策对这些作品的掣肘也是显而易见的。表面上这些作品与乡村生活水乳交融，农民语言生动、地域描写鲜明、民俗精神丰富，而涉及现实的利益、情感的

---

① 关仁山：《乡村变革给我激情——谈长篇小说〈麦河〉》，《人民日报》2011年1月25日24版。

② 关仁山：《后记》，《麦河》，作家出版社2010年版，第530页。

结 语

体验和交往的细节时却显得矫情而违背生活常态。这种以阶级的标准来衡量农民复杂心理的叙述策略自然难以真正走进农民的内心，难以企及乡村生活的内核。新时期以来，乡村小说逐渐摆脱了政治的桎梏，日益显现出题材的特色与成熟。当然，对乡村风物的谙熟、人情世故的表现，这些都继承了既往乡村叙事的传统，乃至更加成熟。但是，遗憾的是，这些叙事对当代社会及历史缺乏深层次的思考。人们往往满足于对乡村文化的眷恋，对乡村传统破败的惋惜，缺乏一种积极的态度和建构的责任。作家常常对时代、现实持怀疑的态度，对历史和传统容易感伤。知识分子的可贵之处就是对于理想的追求。但是，这种追求也容易耽于想象，在现实世界投射了太多的情感和心理暗示。当下乡村土地流转开展得热火朝天，部分作家在对乡村凭吊的叹息中错过了捕捉时代的脉动。当然，文学毕竟不同于社会学、政治学，对现实问题没有义务提出切实可行的方法和措施。

关仁山笔下的乡村显然不同于1950—1970年代农村题材小说中的乡村，那是革命者整合自足的乡村秩序，想象社会主义新农村的乌托邦；也不同于寻根小说中的乡村，那是精英知识分子需要找寻民族文化之根；与张承志、张炜等人笔下的乡村也不相同，那是乡村小说家在现代都市文明冲击下守望的精神家园。关仁山笔下的乡村积淀了几千年来农民祖先关于乡村的集体无意识，与农民的命运一脉相承，是中国农民生命的栖息地和精神的庇护所。关仁山没有采取知识分子的眼光审视乡村，批评乡村，也没有用悲悯或者激愤的眼光注视乡村，而是近距离地走访调查，以毫不掩饰的热情和焦灼的目光关注当下乡村土地制度变迁，关注转型期乡村的现状和农村精神的遭遇，书写乡村的社会现实和时代的精神面貌。

1980年代中后期以来，宏大叙事已经露出疲惫之态，文学逐步向内转，这一方面源于部分机械的宏大叙事情感苍白、内容空虚挤压了个体心灵，严重地影响了个体情感的表达。随着现代派叙事的崛起和世俗化潮流的涌现，以新写实小说思潮为代表的小叙事强势扩张，成为扫荡之势。这种文学思潮的发展有其内在的必然性和合理性。与之相反的是，不知道什么时候，宏大叙事成为一个很羞涩，甚至落伍的叙述策略，诸多作家不愿公开谈论对这种叙事策略的亲近和追求。但是，物极必反，当个体叙事失去历史的缰绳而信马由缰、恣意驰骋时，不但冲破了机械的宏大叙事的桎梏，也践踏了个体叙事的尊严。在个体叙事或民间叙事中，本应该积极向上的生活态度、美好的生活情趣、向善的良知追求，受到无情的嘲讽，一地鸡毛地活着成为生活时尚，成为许多作品的艺术禀赋。这不得不说是一件让人失望的事情。当然，人们在惆怅惋惜的同时，也自然想起宏大叙事昔日的艺术成就，期待新的宏大叙事成为可能。从期待视野角度来看，《麦河》无疑是非常成功的。关仁山试图重建历史、文学、人性、文化的精神之塔，缝补、扩充、丰富当下乡村叙事，展示中国现代化的进程。这种重建虽是困难和艰辛的，但同时也是非常有积极意义的。这种对改革律动的把握，对乡村生活状态的关注，对农民精神面貌的审视是关仁山史诗重建的基础。

《麦河》正视复杂的乡村现实，能直面棘手的乡村问题，洞察理智与情感的纠结、历史理性与现实情感的缠绕，聚焦土地流转这一土地制度变迁时乡村社会的不确定性。关仁山怀着对农村和土地无比深沉的热爱和焦灼的忧思，描述了土地流转这一土地制度变迁的历史进程的艰难，直面这种不确定性，复杂的社会生活和奇妙的时代精神。作者深沉的书写烛照着麦河乡村的历史、现实和未来，记载着乡村的希冀与奋斗，欢笑与泪水，凝聚了作者对河流、土地和乡村诉说不尽的眷恋和深情。"《麦河》是一部无论对于作家创作历程还是中国当代的现实主义写作都具有突破意义的史诗性作品。作家既以诗性的情怀，又以理性的哲思对农民与土地关系的历史变迁进行了史诗性的呈现。"[①]

这种史诗性的追求不仅仅表现在广阔的生活画面的描写上，也表现在鲜活的人物塑造上。"工业化进程中，当人们用工业思维改造农业的时候，一切都在瓦解，乡村变得更加冷漠，最糟糕的是，过去相依相帮的民间情分衰落了，人的精神与衰败的土地一样渐渐迷失，土地陷入普遍的哀伤之中，瞎子白立国呼唤乡间真情，抚慰受伤的灵魂。"[②] 显然，《麦河》在塑造人物形象时，更加注重人的精神和乡村情感的描写。

[①] 吴义勤：《新乡土史诗的建构——评关仁山长篇新作〈麦河〉》，《当代作家评论》2011年第1期。

[②] 关仁山：《后记》，《麦河》，作家出版社2010年版，第528页。

结 语

曹双羊是一位非常鲜明的形象,他是改革开放时期,是邓小平视察南方谈话以后成长起来的新农民。不同于以前部分作家对主人公的出身模糊暧昧,关仁山非常明白地表达了人物内在血脉和活动的时代背景。曹双羊的土地意识是和时代发展紧紧相连的,是和现实利益合为一体的。这种合二为一显然不同于一般作家所津津乐道的那种沉浸于历史或悲剧的历史情绪中,将土地视为初恋、抱残守缺,成为寄托落寞或衣锦还乡的场所。曹双羊等现代农民眼中的土地既是生产资料,也是生活资料;既有物质属性,也有社会属性;既需要精耕细作,又需要现代技术和规模耕种。曹双羊等以现代意识,通过资本下乡的方式开发土地,获取极大的物质回报。曹双羊没有儒家文化的知识背景,但是他在白立国的精神启蒙中,日渐自觉地承担乡村发展的责任。曹双羊穿越于城市与乡村之间,是一位集正与邪、忠诚与背叛、高尚与卑鄙于一身的丰满的人物形象。关仁山不厌其烦地描写了曹双羊三次蜕变。在这三次蜕变的过程中,他对人性、资本、爱情和土地的态度都发生了深刻的变化。面对丰收的麦子,曹双羊对乡村的未来充满忧虑,决定出走与他人合伙挖煤,与豺狼共舞,完成原始积累。但当他资产达到一亿的时候,精神出现危机,对农民的未来充满绝望。"我痛恨自己,尽管完成了一个商人的原始积累,我还是瞧不起自己,表面上看我风光无限了,如今是人大代表、劳动模范、优秀民营企业家,可哪里知道,我每走一步都是血淋淋的……我的心是在厮杀中、揪扯中,破碎了。我迷惑了迷失了……"经过深刻思考以后,曹双羊决定回到家乡搞土地流转。用现代工业文明管理乡村,把麦河变成现代化的农场,把农民变成现代化的员工。曹双羊的不断蜕变,是农民在现代化时代的自我寻找,是在现实与精神的冲撞中的精神困惑与蜕变之路。某种意义上说,曹双羊在鹦鹉村土地流转中的作用与意义,与合作化中梁生宝的作用大致相同。但是,他们在性质上有着很大的不同。梁生宝倡导的合作化主要是发展计划经济下的集体劳动的传统农业,而曹双羊发展的则是市场经济制度下的现代规模农业。在个人的人性品质上也有很大的不同,梁生宝作为社会主义新人,"政治圣洁、道德崇高"。而曹双羊则是集淳朴与狡黠,聪明与贪婪融为一体,是内心深处的土地情结唤醒了他对善的追求。

当然,对于曹双羊的形象塑造是放在乡村人物群像中进行的。《麦河》还塑造了众多的农民形象,有代表乡村文化守护者的白立国,乡村文化逃离者的桃儿等等。其他还有被权力和欲望异化的陈锁柱、陈元庆之流,也还有像陈洪生、赵蒙这样的现代工业怪胎,当然还有郭富九这样的老一代农民形象……关仁山注重将自己浓郁的土地情结熔铸在人物形象的塑造上,这样使得《麦河》的人物画廊显得非常饱满。

《麦河》史诗性地揭示了在后改革时代中国土地的命运,"土地流转"是这部小说的关键词,也是推动小说情节发展的主要的线索。随着土地流转制度在农村的深入推广和扩展,汇集了当下农村、农民身上所有的社会现实和心理矛盾。同时,《麦河》恢复了宏大叙事的尊严,积极思考乡村中国与现代性的冲突,并且为构建乡村现代化进程的有效路径进行富有意义的探索。关仁山对新的土地流转制度显然是持肯定态度的,认为这种制度是解决中国农业现代化问题的必由之路。同时,他也预见了土地流转的过程中会出现的各种问题,并试图让曹双羊等农民做出思考和应对。严格意义上说,《麦河》有关土地流转与现代农业规模化经营的叙述,不是现实客观的反映,还有着许多超前的叙事想象。这种自上而下推动的土地制度变迁所产生的社会影响还需要接受历史的检验。

第二节 土地书写与历史真实

一 见证与真实

值得指出的是,关于土地制度变迁书写的文学转型不仅仅是文学自身运动产生的结果,而是与社会政治、经济、文化转向紧密相连的社会运动的一部分。中国人口中农民占绝大部分,中国新民主主义革命的主要力量也是农民,依靠农民,并最终解放农民。"作为革命意识形态重要组成部分的革命文学,必然要关注农村,并要在农民中塑造出新的主体。左翼文学一出现,即对'五四'以来文学中的'小资产阶级意识'展开批判,提出要将文学的题材扩展到工农中,而在当时的历史条件下,主要就在农民身上。在30、40年代,这一题材扩展的主要表现方式还是为了表现农村复杂的阶级斗争形势,以唤起农民的阶级意识。这使得这一时期的文学在大量描写农村现状的同时,还能继续五四以来

'乡村文学'的暴露和讽刺的主题,在审美特征上尚能与'五四文学传统'构成一个整体。随着革命的胜利和革命政权的建立,表现新的历史主题和塑造新的历史主体成了新世代文学的迫切任务,贯穿于50、60年代进行的关于'可不可以写小资产阶级'的争论(到对萧也牧创作倾向的批判)、关于'如何创建新的英雄人物'的讨论,以及对于社会主义现实主义问题的讨论等等,都是面对这一历史任务所作的深化和'纯化'的努力。这些努力的结果,给这一时期的文学带来了特异的表现形式和美感形式,也给20世纪中国文学留下了一份沉重的历史遗产。"[1] 这也就是说,乡村小说一直属于中国革命的重要组成部分。乡村小说发展史被深深地打上了中国革命的烙印,本身也是中国现代化的内容。反过来,乡村小说作为一种见证历史的方式,烛照着中华民族在黑夜里艰难的探索,见证了神州大地的社会变迁和时代精神。自"土改"以来,中国农村土地制度先后经历了土地改革、合作化、家庭联产承包责任制(大包干)和土地流转四次大的变革,中国乡村小说也亦步亦趋地书写土地制度变革中乡村的生存世相和精神裂变,如《太阳照在桑干河上》、《创业史》、《平凡的世界》以及《麦河》等。这种叙事策略与农村土地制度变革相互作用、相互建构,呈现出辩证性和时序性的变化和发展。

"对作家来说,面对真实与否,不仅仅是个创作方法的问题,同写作的态度也密切相关。笔下是否真实同时也意味下笔是否真诚,在这里,真实不仅仅是文学的价值判断,也同时具有伦理的涵义。作家并不承担道德教化的使命,既将大千世界各色人等悉尽展示,同时也将自我袒呈无遗,连人内心的隐秘也如此呈现,真实之于文学,对作家来说,几乎等同于伦理,而且是文学至高无上的伦理。"[2] 这就是说作家不能仅仅满足于时代的简单书写,不做政策的简单的传声筒,而更应该对时代有更合理的真实观,通过艺术的方式观照社会的现实。乡村制度变迁书写只有深入乡村的肌理,深入人物的内心世界才能焕发出长久的艺术

---

[1] 何吉贤:《农村的发现和"湮没"——20世纪中国文学视野中的农村》,《文艺理论与批评》2004年第2期。

[2] 高行健:《文学的理由》,《论创作》,台北:联经出版事业股份有限公司2008年版,第11页。

生命力。

作家应该告别传统为"帝王将相"做家史的创作诉求,摒弃用政治正确和身份认同来作为作家入场的通行证,更不能以政治话语取代人文话语,以政治裁决取代审美判断,将文学紧紧地绑上政治的战车。而实际上,无论是传统意义上的政治还是现代意义上的政治,其本身就纠缠着利害争斗,尔虞我诈。当代农村土地制度变迁书写作为乡村小说的重要组成部分,在和土地政策形成互文参照中,以一种朴素的民间姿态,饱含同情悲悯的情感,在历史痕迹的缠绕互文中,在乡村土地文化的褶皱处,反思了中华民族为繁荣和富强所做出的巨大牺牲,观照了中国底层乡村在土地变迁过程中所经历的曲折风雨,批评了在中国充满悖论的现代化进程中顽固的国民性痼疾,以及由此而来的人性悲剧宿命化的延续性。

二 创伤书写与人文关怀

非常遗憾的是,当下某些乡村小说创作呈现出碎片化的后现代拼贴与琐细美学的泛滥的倾向,书写力度日益弱化,人文精神逐渐逃逸,这种以技术的炫耀来掩盖思想的贫乏的现象当然要为人们所诟病。近年来关于土地制度变迁的暴力问题研究越来越多。笔者在上文几乎每一章都谈论过这个问题。至少,我们可以进一步思考,为什么会发生这么多的暴力,为什么会有这么多的创伤?这种暴力或创伤产生的群体心理如何?"如果诚实地回答,许多人会承认:当他们施暴于人时,兽一样的冲动是可能的,加上当时的气氛,甚至是一定的。但很少出于真正的仇恨,政治宣传的鼓舞也不是决定的因素,更少是被迫的。那么,驱动他们去残暴的究竟是什么呢?是恐惧。人所以为人,在于不能绝对地离开集体:文明的演进只是使个体在社会中的排列组合趋于理想;害怕被逐出人群是人类原始的恐惧。这种恐惧在中国之所以仍然原始,在于它的深刻性:在一个个人的利益或权利都必须通过国家的形式体现的制度下,反过来说,个人的一切都可以被视为国家的恩赐。"[①] 陈凯歌近乎

[①] 陈凯歌:《我们都经历过的日子——少年凯歌(节录)》,季羡林主编:《我们都经历过的日子》,北京十月文艺出版社2001年版,第434页。

结　语

疼痛的思考，也许说出了问题的本质。对于农民来说，土地不仅仅是他们生存的来源，更是他们精神的庇护所。可是，在强势的土地制度变迁进程中，土地在农民的心中起起落落，又不得不紧跟形势，这种情感裂变至今还有待深入的描述。这种历史的现实有待于富有悲悯之心，具有人文情怀的作家深入书写。

对于现代化进程的认识，一直存在着一种决定论的历史观。这种决定论的历史观包括两种类型，一类是社会形态决定论，这是一种线性的历史发展观。认为全人类各民族、国家的社会形态有其共同的模式和规律，都必须经过奴隶社会、封建社会、资本主义社会等。这种社会形态发展观也影响到文学创作，即作家的文学想象是在社会形态的空间中展开，意象的吸取和创造，情节和矛盾的设置，情感评价的取向等都受到这种观念的影响，如《创业史》中梁生宝这个合作化过程中领头人形象的塑造，就源于作者对新的土地制度和生产方式的肯定。这种历史观指导的文学创作往往注重政策的书写，关注广阔的时代背景和集体的情感，而忽视独属个人的人格力量和丰富的内心世界。1980年代以后，文化形态决定史观逐渐兴起，成为解释社会和文化现象的新锐武器，这种文化史观强调文化是民族性的主要特征和属性。"文化是通过某个民族的活动而表现出来的一种思维和行动模式。"[1] 文化决定论往往假设有两种民族：一种民族天生的个性活跃、生命力旺盛，渴望竞争与自立；另一种民族则是天生的共同体成员，留恋受保护的和谐生活。文化决定论就是民族基因决定论，如《白鹿原》、《秦腔》。这种文化位移现象不仅仅反映着中国文学的沧桑，也映射了中国社会文化心态的沧桑。

与决定论历史观不同的是非决定论人类史观，即人类自己对自己负责。"每个民族（以及民族中每个人）都有权（而且事实上也在）追求更文明更进步的社会，但能否成功则取决于人们在一次次历史机缘面前的选择，在这里负责的是'今人'而非'古人'。"[2] 这种对人类自己的关怀就是一种人文关怀，"作家也同样是一个普通人，可能还更为敏

---

[1] ［美］本尼迪克特：《文化模式》，王炜译，浙江人民出版社1988年版，第45—46页。

[2] 刘俐俐：《隐秘的历史河流——当前文学创作与批评中的历史观问题考察》，天津人民出版社2002年版，第17页。

感，而过于敏感的人也往往更为脆弱。一个作家不以人民的代言人或正义的化身说的话，那声音不能不微弱，然而，恰恰是这种个人的声音倒更为真实"。并且"文学也只能是个人的声音——而且，从来如此。文学一旦弄成国家的颂歌、民族的旗帜、政党的喉舌，或阶级与集团的代言，尽管可以动用传播手段，声势浩大、铺天盖地而来，可这样的文学也就丧失本性，不成其为文学，而变成权力和利益的代用品"。① 这种叙事视角的转化放弃了先验性的对世界本质的占有和构造，或者将所谓历史的本质予以悬置，而是将叙事的重心放在个人命运和个体的情感上。不过，重视个体命运挣扎并不是放弃对历史的宏观把握，而是在个体人生的起伏中折射时代的变化、历史的风云。

非常遗憾的是，在本书中笔者对 70 后、80 后作家的乡村小说论述较少，也许是源于这一代的作家从事乡村小说题材创作的相对较少，而重心描写乡村土地制度变迁的就更少了。但是，70 后作家以其整体的成熟而引起文坛注意，这种成熟不再是传媒的包装，而是以丰硕的成果引起文坛的注意。主要从事乡村小说创作的作家作品有：魏薇的《流年·楔子·流年》、《乡村、穷亲戚和爱情》、《异乡》、《大老郑的女人》；刘玉栋的《我们分到了土地》、《给马兰姑姑押车》；徐则臣的"京漂"、"花街"系列，《弃婴》、《奔马》；李师江的长篇小说《福寿春》；张学东的《妙音山》；畀愚的《田园诗》；鲁敏的"东坝系列"；李浩的《如归旅店》、《乡村诗人札记》；李骏虎的《前面就是麦季》、《母系氏家》；叶炜的《富矿》、《后土》、《福地》等。80 后作家主要有甫跃辉、郑小驴、宋小词等。这些作家成为乡村小说的"新势力"，新世纪的乡村小说将在这些作家身上得到新的发展和更大的繁荣。

---

① 高行健：《文学的理由》，《论创作》，台北：联经出版事业股份有限公司 2008 年版，第 3—4 页。

附录 从《四书》看阎连科的创伤书写*

新时期以来,许多作家为创伤书写做出了不懈努力,如王蒙、莫言、贾平凹、余华等。随着时间流逝和艺术更新,创伤书写已经扬弃了伤痕文学那种简单、急切的政治性言说,深入至文化心理的反思、渗透到人性存在这些层面进行探析。阎连科的长篇小说《四书》就是这样的作品。这部小说的封面有"献给那被忘却的历史和成千上万死去与活着的读书人"等字样,寓示着作者继《风雅颂》之后,再次关注知识分子题材,探索人类历史、生死和人性等重大命题,小说保持了惯有的寓言性和疼痛的绝望感。

一 创伤与饥饿

创伤主要指生理、心理等遭受的突然的、未曾预料的伤害,"一种经验如果在一个很短暂的时期内,使心灵受一种最高度的刺激,以致不能用正常的方法谋求适应,从而使心灵的有效能力的分配受到永久的扰乱,我们便称这种经验为创伤"[①]。显然,创伤与身体、心理和记忆关系密切。值得注意的是,即便是同一段历史记忆,如"文革"创伤书写,不同立场的作家表现出迥异的创作诉求和书写个性。作为党员知识分子的王蒙总是站在党和国家的高度,以新体制代言人的身份重构历史,将历史的劫难归结为领导决策失误或权力纷争;而作为党的"同路人"的张贤亮,虽然身在党外,却能积极回应国家号召,以传统的

---

* 本文内容已公开发表于《名作欣赏》2014年第3期。
① [奥]弗洛伊德:《精神分析引论》,高觉敷译,商务印书馆1984年版,第216页。

进取、济世精神振奋个体、安抚创伤、超度苦难；自由主义知识分子王小波则毫不掩饰历史对个体生命残酷而又荒唐的愚弄，秉笔直入人性本能在特定历史时期的种种活动。① 尽管创作诉求不同，但这些作家在书写历史时向我们展示了深受伤害的个体与创伤制造者之间艰难激烈的搏斗过程。不过当代文学中直面三年困难时期历史的作品不多。不同于以往伤痕、反思小说，如《犯人李铜钟的故事》注重于"大跃进"政策表层的控诉，也不同于《墓碑——中国六十年代大饥荒纪实》（杨继绳）、《夹边沟记事》（杨显惠）等纪实作品流于饥饿的现实显影，阎连科创造了一种可以承载丰富意象与奇情幻想的语言，呼应着国际文坛浪潮，不断琢磨、实验自己的"发现小说"理论，在历史暴力赋予身体难以忘怀的疤痕处，在心灵不能释怀的纠结处，探索人性的幽微以及历史的不确定性。之所以我们在这里讨论阎连科、谈论《四书》就是因为作者以知识分子的良知直面了1950年代末1960年代初中国那段被遮蔽的血淋淋的历史，见证了饥荒对人类造成的各种创伤。

阎连科开始涉足文坛时就进行了创伤书写，着眼于生理饥饿状态的描述，并以此窥探历史观照现实。短篇小说《在冬日》刻画了农民宽林在饥荒时节的艰窘处境。小说没有直接明确故事发生的时间。但是我们从一些富有时代感的词汇如队长、水利工地、"抓革命、促生产"、批斗、梯田等可以看出故事发生在"文革"时期。冬天村里要抽个批斗对象，全村人都趋之若鹜争取这一机会。因为批斗对象"在别人修梯田时，到各处挂着牌子游行游行，检查检查，仍然是到饭时和众人一样，要去工地食堂打菜吃馍的。仍然是每顿都可吃饱肚子的"。生死时刻底层农民强烈的求生欲望比尊严的丧失重要得多、实在得多。宽林根本不愿意或者来不及思考不堪的遭遇将给他的生活带来多大麻烦。可惜这篇小说的价值至今仍未被批评界所重视。

《年月日》中饥饿的村民与鼠争食、与狼搏斗场面的极致书写将人在特殊环境下的生命激情渲染得叹为观止，同时也让人唏嘘不已。在

---

① 蔡丽：《"文革"叙述中的暴力、情爱与历史认知》，王德威主编：《想象的本邦——现代文学十五论》，台北：麦田出版公司、城邦文化事业股份有限公司2005年版，第231—232页。

附录　从《四书》看阎连科的创伤书写

《日光流年》"奶与蜜"一章阎连科将处于饥馑时三姓村人的生理和心理状态描写得入木三分。那种惨绝人寰的书写方式让人毛骨悚然。人鸦大战，彼此相食，最后演变为人人相食的场面让人不忍卒读。阎连科采取以暴制暴的祛魅书写策略，再现特定历史时期的生理饥馑、文化饥荒和精神创伤。"他所描写的土地，其实是以万物为刍狗的'无物之阵'，他所铺陈的嘉年华气氛，就是'死亡之舞'（dans macabre）的门面。"①

而《四书》②则是阎连科"不为出版而肆无忌惮的尝试"，是"真正地、彻底地获得词语和叙述的自由和解放"，而"建立一种新的叙述秩序"。③这部长篇小说在内容上由作者虚构的四部著作摘抄而成，而四部著作因内容的不同而采取不同的文体：《天的孩子》采取的是圣经体，《故道》以独白体展开，《罪人录》使用的是政治报告体，而《新西绪弗神话》则是神话叙事体。《四书》的开篇《天的孩子》以简单、舒缓的语言，安详地叙述世界的产生，从历史的开端来讲述故事。作者是否借鉴了日本作家芥川龙之介的《竹林中》我们不得而知，但显然，《四书》有更大的历史包容性和现实穿透力。小说中的人物都没有名字，只是按他们之前的工作获得称呼：作家、学者、音乐、宗教和实验等。五湖四海的知识分子云集于黄河南岸育新区，接受劳动改造和灵魂育新，重新锻造精神和肉体。而管理这些"罪人"的是"天的孩子"。上帝被赋予绝对的权力创世，小孩同样被赋予了绝对权力管理育新区，训诫、改造这些知识分子。福柯认为人类从古代社会进入现代社会，"惩罚的仪式因素逐渐式微，只是作为新的法律实践或行政实践而残存下来"。④因此，孩子开始的立戒就具有了不容置疑的主宰地位并钳制着人们的思想和行动，如《坚硬如水》一样，人们的日常生活已成为政治活动的主要内容，被各种政治程序所规范。同时，《四书》中孩子

---

① 王德威：《革命时代的爱与死——论阎连科的小说》，《当代作家评论》2007年第5期。
② 阎连科：《四书》，台北：麦田出版公司2011年版。
③ 阎连科：《发现小说》，《当代作家评论》2011年第2期。
④ ［法］米歇尔·福柯：《规训与惩罚》，刘北成、杨远婴译，生活·读书·新知三联书店1999年版，第8页。

要求作家贬低自己的劳动，自我否定："我的著作是狗屁"；孩子威胁向圣母像撒尿时，宗教吓得脸色苍白连声说："我是流氓，我是流氓……"不久宗教因饥饿难忍意欲获得一捧面时，将以前珍视的圣母像"铺在脚下边，用脚去踩圣母的头。去踩圣母脸。还特地，用脚尖，去圣母的眼上踩着拧一下，把那眼珠拧碎了。眼给拧瞎了。拧成黑洞了"。后来，宗教对孩子表忠心说："你给我一把黄豆吃，我不仅可以把圣母的像放在脚下踩，可以把圣母的眼珠抠出来，把圣母的鼻子和嘴撕烂嚼嚼吞进我的肚子里，让圣母在我的肚里变成粪，我还可以听你的，对着圣母的脸上撒泡尿。"阿Q式的自轻自贱跃然纸上。为完成"大跃进"目标不得不虚报亩产600斤小麦时，这些知识分子彻底地自暴自弃："科学就是一泡尿。是尿踩着都嫌脏，最好把它埋在田地里。"在饥饿威胁的生死面前作家、宗教以及其他知识分子都蔑视、践踏自己的信仰和尊严。这种抽空自己灵魂的过程从一开始的被迫到后来的自愿，甚至通过作践自己来获得他人的信任。在饥饿和死亡面前，人性和尊严显得如此地卑微和不屑。他们因知识而获罪，因饥饿而异化。创伤个体的精神病态和饥饿的病体，双重地寓言了国体已经病入膏肓。

二 创伤与救赎

小说的核心部分是《罪人录》和《故道》。前者为作家以罪人身份记录、监督育新区"罪人"的言行。后者是作家以知识分子的良知见证历史。《故道》被作家称为一部"真正善良的书"，"不为孩子，不为国家，也不为这个民族和读者，仅仅为了我自己"，是为了安顿自己不安的灵魂。"故道"出自黄河故道之意。历史上黄河水灾泛滥，河床多次改道。这里故道隐喻了历史的变化无常。世事多变，只有黄河默默无言，见证历史。同时，"故道"也含有人的灵魂内人性与兽性不断博弈之意。富有讽刺意味的是，作家写《故道》使用的纸笔、墨水需要他创作告密性质的《罪人录》来换取。良心的发现依赖于伦理的背叛。这种悖论的依附关系本身就表明了历史的荒诞。但是这种深层的追问被作家悬置了。"我不知道哪个对我更重要，就像不知道一个作家的生命和他的作品生命哪个更为重要一样。横竖可以写作了。"艺术创作的诱惑冲淡了对灵魂的拷问，而这种追问的放弃或回避自然导致了作家与现实的共谋。事实上，作家既是历史的罪人，是历史的承担者，同时也是历史的书写者。这种身份的混乱隐喻着历史的荒谬。

群众监督群众、群众揭发群众是历次政治运动屡试不爽的有效方法之一。这种工作方法也许有某种合理性，但是毋庸忽视的是这种工作方式也造成了撕裂人伦关系，离间群众情感的不良后果，某种意义上说是对人性的摧残与伤害。"育新的规定是一个罪人举报另一个罪人有逃逸之嫌奖励他探亲休假一个月，抓住一个正在逃跑的奖励你探亲休假三个月，抓住三个逃跑者，你就可以获释回到你原来的城市和你的工作单位自由去。在这育新区，每个人都在等待着检举另外一个人。等待着抓到一个逃跑者立功去。"作家为了早日成为新人与家人团聚，不断地揭发、检举他人。因作家告密导致学者、音乐俩人也不能回家，为此作家一直接受心灵的谴责。为了自我救赎治疗创伤，"给自己一丝轻松和舒适"，作家在自己的身上割下来肉，煮好，一块祭奠音乐，一块哄骗学者吃掉。"借着日光和火光，再看这屋里时，我不再觉得这屋和坟墓一样了。我已经把梗在我脑里的那根尖刺快要拔将出来了，犹如把那带血的骨刺放在盆里煮着般。""到这时，我知道我脑里的那根刺彻底拔下了，明白我这样并不是为了学者和音乐，而是为了借着他们拔掉那根梗在我脑里的刺。我对他们开始有了一种感激和温暖，觉得是他们救了我一样。""那种复仇后的轻快和精疲力竭让我无力地重又把盖子盖上去，擦了一把脸上的汗，瘫着把头仰在墙壁上，我觉得我终于可以面对这个世界了。"作家试图通过肉身的创伤来救赎行将崩溃的知识分子的灵魂，试图以身体的创伤来拯救精神和文化的创伤。

但是，这种救赎的意义有多大呢？作家的自我觉醒不能拯救历史和现实。他甚至只是为"吃人"的现实创造更为便利的条件。作家割肉供奉学者和音乐，使得最具有知识分子操守的学者也步入了吃人的行列。就像作家为提高亩产不惜以自己的血浇灌麦苗的激情壮举一样，只会让更多的人加入以身献祭的行列，从而加重吃人历史的罪孽。在荒诞的历史时期连救赎都是一种奢望。良好的愿望往往与残酷的现实、惨烈的结果相背离。而阎连科之所以书写创伤救赎无望，逃遁无门，源于对历史和现实的绝望。当学者得知自己吃了人肉时，先是一愣，他"沉默了许久后，对着天空和狂野，大声地哭着唤着说：'读书人呀……读书人……'"这种"神实"现实与阎连科以往的小说就保持了一致性。《年月日》、《日光流年》、《受活》、《风雅颂》概莫能外。

鲁迅也表达过救赎与抗争的无望，但是给人"无所希望中得救"的希望，在生死轮回的悲剧宿命中感受到"微笑"的温暖（《野草·墓碣文》）。余华在《活着》、《许三观卖血记》的平淡克制叙述中，让人看到机智与豁达。同样莫言在《生死疲劳》的灰暗惨烈的表层故事下让人看见缕缕火光。但是阎连科总是以绝望的眼光打量这个世界，显现世界的荒凉和历史的虚无，到处充盈着鬼火闪烁的光影。即便是像《我与父辈》这样书写亲情的文字，阎连科的创作基调也是沉重的，让人透不过气来。阎连科的创作总是被一种蚀骨的绝望氛围所笼罩。育新区"人已经开始偷吃人肉了。落日带着东（冬）寒在旷野微暖一会后，红亮被阴云遮盖着，风从北边灰鸣吱吱地吹过来"。同类相食，人性彻底堕落为兽性。"日色已将净尽去，最后的一抹红光像浸在地上的血。""统共五十二具尸，已经没有一具完整的了。"饥荒而引发的尸骨遍野、人人相食的惨烈荒芜景象喻指历史的废墟，同时也是一则国家寓言。"红亮"的人性被荒诞的历史"阴云"所遮蔽，人们只能像吹过的北风一样哭泣，看不到太阳的光辉。阎连科大胆而叛逆的书写达到了中国当代文学新的高度。正如小说的封底所说："鲁迅的狂人发现中国自古以来仁义道德就是人吃人的盛宴，阎连科呼应了鲁迅，二人都对彼时彼地中国的病理做出一番审视。"作为文学史中的《四书》显然与《狂人日记》这一现代文学高峰进行了直接对话，而这种创作诉求本身就显示出作者伟大的雄心和勇敢的担当。

三　创伤与历史

小说最后孩子拒绝被"上边"收编，查禁的书也被他分发给大家，私放"罪人"逃亡，自己却被钉在十字架上，永远留在了荒无人烟的育新区。天真与残酷彻底割裂，英雄梦碎与人性回归粘连纠结，孩子以自己的殉道擦拭历史的荒诞。而学者拒绝逃亡，表层原因是因为通行证"红角星"数量不够，深层原因或许源于对创伤苦难的自觉担当。学者

附录 从《四书》看阎连科的创伤书写

唯一的奢望就是自己那部思考数年、没有写完的哲学随笔《新西绪弗神话》能见天日。他在育新区做孩子的信徒、默默守候着音乐的坟冢，在佛禅的典籍中寻找出路。可"人类社会生存与精神的颠覆与混乱"会给人出路吗？荒诞现实中人们能找到自我救赎之路吗？作家试图带领大家逃离人间地狱冲破历史的坟阵，终结非人的育新故事。这次赎罪的回家之旅能否给大家带来救赎？困境如逃不出的牢笼，新的创痛和绝望在等待这些奔向新生的知识分子。早先回家了的实验不是又带领家人重新来到育新区避难吗？历史的荒诞由此而生，创伤的命运得以继续。

中国知识分子由于历史的重负和自身的软弱总是习惯于历史的荒诞、苦难和惩罚，并且将这种习惯的承受视为人类破解现实与迎向现实的钥匙，在被惩处的往复中，发现新的存在意义。与鲁迅的"救救孩子"不同，阎连科似乎从"单纯、透明、天真、对世界和荣誉充满了好奇"的孩子身上看到希望，在"山下的禅院和俗世炊烟图"中找到生存智慧和应对创伤的力量。"人一旦对惩处结出的苦难、变化、无聊、荒诞、死亡等等有了协调与从适，惩处就失去意义了。惩处就不再是一种鞭刑和力量，而从适会从无奈和不得已中转化出美和意义来。这是人类一方面在进化过程中发展的无奈与惰性。另一面，惰性的无奈也在这时成了有意义的抵抗和力量。惰性产生从适，从适蕴含力量。"面对生存的困境，重要的不是逃遁或弃绝，更重要的是生活其中，并从其中寻找希望和力量。在从适的表象中改变罪与罚中的力量、冷酷、荒诞乃至死亡和油尽灯枯的沉寂与绝望。这是否就是阎连科所追求的神实主义呢？所谓神实主义，即"在创作中摒弃固有真实生活的表面逻辑关系，去探求一种'不存在'的真实，看不见的真实，被真实掩盖的真实"。[1] 但是，阎连科在小说的开篇就否定了这种幻想，天的孩子淳朴的童贞、英雄的梦想被"上边"利用，成为政治的帮凶。孩子通过自我学习和顿悟试图依靠宗教救赎自我、拯救大地。可是罪人宗教在荒诞现实面前早已低下了高傲的头颅并客死在黄河古道，尸体成为他人的充饥之物。显然，阎连科虽对"孩子救我"（刘剑梅语）心存幻想，但难能可贵的是他对未来有着清醒的认识，对结果不存妄念。这种彻底的绝

---

[1] 阎连科：《发现小说》，《当代作家评论》2011年第2期。

望源于历史不断给人的教训,是一代人的集体记忆。

阎连科一再强调饥饿的深切体验,吃饱肚子的卑微渴求,以及对阶层不同生活的强烈对比导致的心理创伤。杨继绳经过调研和综合他人研究成就得出如下统计数据:"在大饥荒期间,全国非正式死亡人数大约3600万人,应出生而没有出生的人数大约4000万人。大饥荒使中国人口损失大约7600万。"[1]

"童年,其实是作家最珍贵的文学记忆库藏。可对我这一代人来说,最深刻的记忆就是童年的饥饿,从有记忆开始,我就一直拉着母亲的手,拉着母亲的衣襟叫饿啊!饿啊!总是向母亲要吃的东西。贫困与饥饿,占据了我童年记忆库藏的重要位置。""那时,虽是'文革',可对我、对农民说来,重要的不是革命,而是生存。""从小我就渴望吃饱肚子,离开土地。我家住的那个村庄当年是人民公社所在地,每天放学我都能看到公社的干部特别舒服,他们中午饭、早上饭和晚饭都是拿个搪瓷缸,拿个调羹,唱着社会主义的歌曲,到食堂用饭票买饭。用饭票买饭是我那时人生的理想,是个难以实现的梦想。"[2] 可以说这种创伤记忆一直伴随着阎连科后来的小说创作,并且成为那一代作家特殊的文化伤痕。

现代作家鲁迅、沈从文、萧红等人也写过饥饿和创伤。但是某种意义上说那种创伤书写是个人化的。对于阎连科这一代作家来说:"饥饿是我们整整一代人的记忆,到了80年代这种记忆才慢慢被除掉,才慢慢被淡忘。"因此,阎连科的创伤书写具有更强的普遍意义和家国寓言意味。"到了我们这一代人笔下,你会发现,这个记忆是和国家和民族紧紧连起来的。到了现在,饥饿已经从很多人的记忆中消失掉了。"拒绝遗忘、还原历史真相就成为阎连科这一富有良知的知识分子义不容辞的责任。"我想更年轻的一代人去关注这些问题的时候,会觉得这是一个遥远的,非常个人的东西。整个的饥饿是和我们整个民族的命运、民族的记忆、民族的历史联系起来的,完全不是个人的。它让我们这一代

---

[1] 杨继绳:《墓碑——中国六十年代大饥荒纪实》(下),香港:天地图书有限公司2008年版,第904页。
[2] 阎连科、学昕:《写作,是对土地与民间的信仰》,《阎连科文集·感谢祈祷》,人民日报出版社2007年版,第364页。

人的文学和思考会和下一代人，甚至和更上一代人完全不同。"[①] 当然，阎连科也写过在饥饿面前人性美好的一面，《我与父辈》就表现了在饥饿状态中亲情的美好。但是，"仓廪实而知礼节"，人只有在温饱解决了之后，我们才能想到人性、良知、责任等形而上的问题。而一旦饥饿超出了生理的忍受极限那就是你死我活的战争。在绝对的饥饿面前，人性是低贱的，甚至是泯灭的。生理创伤、精神创伤和文化创伤一直伴随着民族的成长和国家的发展，成为我们历史上的一个个疤痕。

伤痕文学等虽然对"土改"、"反右"、三年困难时期、"文革"等题材都有所涉及，但是诸多作品在审美品质上往往流于粗糙和肤浅。显然这种文学现象的产生源于这些作品对意识形态的依附，或者说意识形态对文学的规训。部分作品常常不能从人性的角度反思历史，缺乏思考我们个人作为一个民族的一分子，作为历史存在的一分子对这种非人的历史应该承担的勇气和责任。人们往往将这种反思背后的罪恶感悬置。即使像巴金的《随想录》那样能诚恳反省自身、思考历史的作品也不多。阎连科总是能够直面惨烈的苦难现实，介入当下，使得小说具有强烈的现实感。他往往将小说丰富的内容置入逼仄的历史时空，让人物在独立自足的时空里激情上演各种人生悲喜剧，让深重的小说意义依附在这些看似极不相称的生命上，通过人物荒诞不经的命运折射复杂的历史。环境的独立、人物的变形、情节的荒诞、语言的奇崛，使得他的小说始终具有一种寓言色彩。而《四书》穿越了时空，在历史的沉默与激荡处极端地书写历史暴力，见证历史的喧嚣与创伤，在拒绝遗忘中寻找新的可能。

[①] 阎连科：《饥饿是我们一代人的记忆》，见 http://www.bjnews.com.cn/book/2012/12/01/236749。

参考文献

一 作品

白烨主编：《中国当代乡土小说大系》，农村读物出版社2012年版。
郑电波主编：《中国乡土小说名作大系》，中原出版传媒集团、中原农民出版社2013年版。
陈学昭：《土地》，人民文学出版社1953年版。
李凖：《李凖小说选》，人民文学出版社2009年版。
丁玲：《太阳照在桑干河上》，人民文学出版社1956年版。
周立波：《暴风骤雨》，人民文学出版社2005年版。
柳青：《创业史》，人民文学出版社2005年版。
孙犁：《铁木前传》，花城出版社2010年版。
周立波：《山乡巨变》，人民文学出版社2005年版。
赵树理：《三里湾》，人民文学出版社2005年版。
王汶石：《王汶石小说选》，百花洲文艺出版社1996年版。
于逢：《金沙洲》，作家出版社1959年版。
于逢：《金沙洲》，花城出版社1992年版。
贾平凹：《贾平凹文集》，陕西人民出版社2008年版。
古华：《芙蓉镇》，人民文学出版社2005年版。
张炜：《古船》，人民文学出版社2000年版。
张炜：《你在高原》，作家出版社2013年版。
余华：《活着》，南海出版社公司1998年版。
路遥：《平凡的世界》，北京十月文艺出版社2009年版。
阎连科：《受活》，春风文艺出版社2004年版。

阎连科:《日光流年》,时代文艺出版社2001年版。

阎连科:《四书》:台北:麦田出版公司2011年版。

莫言:《生死疲劳》,上海文艺出版社2012年版。

张爱玲:《张爱玲文集》,台北:皇冠文化出版有限公司1983、1991、
  1992年版。

严歌苓:《第九个寡妇》,人民文学出版社2013年版。

关仁山:《麦河》,作家出版社2010年版。

付秀莹:《锦绣》,山东文艺出版社2014年版。

郑小驴:《少儿不宜》,安徽文艺出版社2015年版。

董伯超:《董林和小卡》,《湖北文艺》第2卷第6期。

何飞:《大家庭》,《人民文学》1961年第1、2期。

刘澍德:《拔旗》,《人民文学》1961年第1、2期。

端木蕻良:《钟》,《人民文学》1954年第9期。

何士光:《乡场上》,《人民文学》1980年第8期。

何士光:《黑娃照相》,《上海文学》1981年第7期。

张炜:《秋天的思索》,《青年文学》1984年第4期。

张炜:《秋天的愤怒》,《当代》1985年第4期。

陈忠实:《初夏》,《当代》1984年第4期。

二 论著

《中共中央关于农业生产互助合作的决议(草案)》,1951年9月。

丁帆:《中国乡土小说史》,北京大学出版社2007年版。

胡经之、张首映:《西方二十世纪文论史》,中国社会科学出版社1988
  年版。

陈思和:《中国当代文学关键词十讲》,复旦大学出版社2002年版。

张鸣:《乡村社会权力和文化结构的变迁(1903—1953)》,广西人民出
  版社2001年版。

王增如、李向东:《丁玲年谱长编》(上卷),天津人民出版社2006
  年版。

钱理群、温儒敏、吴福辉:《中国现代文学三十年》(修订本),北京大

学出版社 1998 年版。

贺雪峰:《新乡土中国》,广西师范大学出版社 2003 年版。

夏志清:《中国现代小说史》,复旦大学出版社 2005 年版。

于建嵘:《岳村政治——转型期中国乡村政治结构的变迁》,商务印书馆 2001 年版。

唐小兵:《再解读——大众文艺与意识形态》(修订版),北京大学出版社 2007 年版。

唐小兵:《英雄与凡人的时代——解读 20 世纪》,上海文艺出版社 2001 年版。

钱理群:《1948:天地玄黄》,山东教育出版社 1998 年版。

贺桂梅:《转折的时代——40—50 年代作家研究》,山东教育出版社 2003 年版。

胡光凡、李华盛:《周立波研究资料》,四川人民出版社 1983 年版。

王德威:《一九四九:伤痕书写与国家文学》,三联书店(香港)有限公司 2008 年版。

冯健男:《孙犁作品评论集》,百花文艺出版社 1982 年版。

毛泽东:《毛泽东选集》第五卷,人民出版社 1991 年版。

费孝通:《乡土中国 生育制度》,北京大学出版社 1998 年版。

邵荃麟:《邵荃麟评论选集》(上),人民文学出版社 1981 年版。

董健、丁帆、王彬彬:《中国当代文学史新稿》,人民文学出版社 2005 年版。

王铭铭:《社会人类学与中国研究》,生活·读书·新知三联书店 1997 年版。

高行健:《现代小说技巧结构》,花城出版社 1981 年版。

崔志远等:《中国当代小说流变史》,中国社会科学出版社 2009 年版。

洪子诚:《中国当代文学史》,北京大学出版社 1999 年版。

雷达主编:《贾平凹研究资料》,山东文艺出版社 2006 年版

陈思和:《中国当代文学史教程》,复旦大学出版社 1999 年版。

洪子诚:《中国当代文学史》,北京大学出版社 1998 年版。

刘再复、林岗:《传统与中国人》,三联书店(香港)有限公司 1998 年版。

周谷城：《中国通史》，上海人民出版社1981年版。

胡光凡：《周立波评传》，湖南文艺出版社1986年版。

刘再复：《刘再复对话集——感悟中国，感悟我的人间》，人民日报出版社2011年版。

衣俊卿：《历史与乌托邦——历史哲学：走出传统历史设计之误区》，黑龙江教育出版社1995年版。

薄一波：《若干重大决策与事件的回顾》（下），中共中央党校出版社1993年版。

阎连科：《一派胡言》，中信出版社2012年版。

阎连科：《丈量书写与笔的距离》，中国人民大学出版社2012年版。

阎连科：《机巧与魂灵——阎连科读书笔记》，花城出版社2008年版。

刘再复：《人论二十五讲》，香港：牛津大学出版社1992年版。

阎连科、梁鸿：《巫婆的红筷子》，春风文艺出版社2002年版。

余华：《温暖和百感交集的旅程》，上海文艺出版社2005年版。

余华：《没有一条道路是重复的》，上海文艺出版社2005年版。

高行健：《论创作》，台北：联经出版事业股份有限公司2008年版。

王光东：《20世纪中国文学与民间文化》，复旦大学出版社2007年版。

黄宗智：《中国革命中的农村阶级斗争》，商务印书馆2003年版。

莫言：《会唱歌的墙》，台北：麦田出版公司2000年版。

刘再复：《放逐诸神——文论提纲和文学史重评》，香港：天地图书有限公司1994年版。

陈芳明：《台湾新文学史》（上），台北：联经出版事业股份有限公司2011年版。

高全之：《张爱玲学》，台北：麦田出版公司2008年版。

杨泽主编：《阅读张爱玲——张爱玲国际研讨会论文集》，台北：麦田出版社1999年版。

刘剑梅：《革命与情爱》，上海三联书店2009年版。

王德威：《想象中国的方法：历史·小说·叙事》，生活·读书·新知三联书店1998年版。

戴锦华：《涉渡之舟——新时期中国女性作家写作与女性文化》，北京大学出版社2007年版。

乔以钢：《中国当代女性文学的文化探析》，北京大学出版社 2006 年版。

张京媛：《当代女性主义文学批评》，北京大学出版社 1992 年版。

刘俐俐：《隐秘的历史河流——当前文学创作于批评中的历史观问题考察》，天津人民出版社 2002 年版。

杨义：《中国叙事学》，人民出版社 2009 年版。

罗成琰：《百年文学与传统文化》，湖南教育出版社 2002 年版。

董跃忠：《武侠文化》，中国经济出版社 1995 年版。

陈平原：《千古文人侠客梦》，人民文学出版社 1992 年版。

中国李大钊研究会编：《李大钊文集》第 2 卷，人民文学出版社 1999 年版。

刘军宁主编：《北大传统与近代中国》，中国人事出版社 1998 年版。

李扬：《抗争宿命之路》，时代文艺出版社 1993 年版。

樊星：《当代文学与地域文化》，华中师范大学出版社 1997 年版。

中国社会科学院文学研究所《十年来的新中国文学》编写组：《十年来的新中国文学》（试印本），作家出版社 1963 年版。

金汉：《中国当代小说艺术演变史》，浙江大学出版社 2000 年版。

方锡德：《中国现代小说与文学传统》，北京大学出版社 1992 年版。

阎纲：《〈创业史〉与小说艺术》，上海文艺出版社 1981 年版。

三　译著

[美] 诺思：《经济史中的结构与变迁》，陈郁、罗华平译，上海人民出版社 1994 年版。

[美] 杜赞奇：《文化、权力与国家——1900—1942 年的华北农村》，王福明译，江苏人民出版社 2006 年版。

[美] 费正清等：《剑桥中华人民共和国史（1966—1982）》，海南出版社 1992 年版。

[法] 莫里斯·梅洛-庞蒂：《知觉现象学》，姜志辉译，商务印书馆 2001 年版。

[法] 亨利·勒菲弗：《空间与政治》，李春译，上海人民出版社 2008

年版。

［苏联］巴赫金：《小说理论》，白春仁、晓河译，河北教育出版社1998年版。

［美］保罗·蒂里希：《政治期望》，徐均尧译，四川人民出版社1989年版。

［德］卡尔·曼海姆：《意识形态和乌托邦》，艾彦译，华夏出版社2001年版。

［美］莫里斯·梅斯纳：《毛泽东的中国及其发展——中华人民共和国史》，社会科学文献出版社1992年版。

［法］莫里斯·哈布瓦赫：《论集体记忆》，毕然译，上海人民出版社2002年版。

［奥］弗洛伊德：《精神分析引论》，高觉敷译，商务印书馆1984年版。

［法］古斯塔夫·勒庞：《乌合之众——大众心理研究》，冯克利译，中央编译出版社2005年版。

［美］本尼迪克特：《文化模式》，王玮译，浙江人民出版社1988年版。

［美］摩尔根：《古代社会》，杨东莼等译，商务印书馆1983年版。

［美］韩丁：《翻身——中国一个村庄的革命纪实》，北京出版社1980年版。

［美］孙璐珍、王忠忱主编：《丁玲研究在国外》，湖南人民出版社1985年版。

［俄］别林斯基：《别林斯基选集》，满涛译，上海译文出版社1979年版。

［德］洪堡特：《论人类语言结构的差异及其对人类精神发展的影响》，姚小平译，商务印书馆1997年版。

［捷］米兰·昆德拉：《小说的艺术》，孟湄译，生活·读书·新知三联书店1992年版。

［加］马歇尔·麦克卢汉：《理解媒介——论人的延伸》，何道宽译，凤凰出版传媒集团2015年版。

四　学位论文

鲁太光：《当代小说中的土地问题——以"土改小说"和"合作化"为

中心》，博士学位论文，北京大学，2013年。

五　期刊论文

何启贤：《农村的发现和"湮没"——20世纪中国文学视野中的农村》，《文艺理论与批评》2004年第2期。

万直纯：《〈太阳照在桑干河上〉中的农村宗法社会》，《中国现代文学研究丛刊》2000年第3期。

惠雁冰、任宵：《从"负重"到"从轻"——论〈香飘四季〉对农业合作化题材长篇小说叙事模式的改写》，《延安大学学报》2009年第5期。

王又平：《从"乡土"到"农村"——关于中国当代文学主导题材的一个发生学考察》，《华中师范大学学报》2003年第4期。

康濯：《论近年间的短篇小说——在河北省短篇小说座谈会上的发言》，《文学评论》1962年第5期。

刘广栋、程久苗：《1949年以来中国农村土地制度变迁的理论和实践》，《中国农村观察》2007年第2期。

严家炎：《关于梁生宝形象》，《文学评论》1963年第3期。

柳青：《提出几个问题来讨论》，《延河》1963年第8期。

路文彬：《论"十七年"中国乡村文学中的空间政治问题》，《文学评论》2011年第6期。

董丽敏：《"劳动"：妇女解放及其限度——以赵树理小说为个案的考察》，《中国现代文学研究丛刊》2010年第3期。

秦弓：《端木蕻良小说的文体建树》，《河北学刊》2001年第1期。

杜国景：《农业合作化的"时间美学"及其退却——评端木蕻良十七年时期被遗忘的两篇小说》，《民族文学研究》2010年第3期。

汪晖：《韦伯与中国的现代性问题》，《学人》第6辑，江苏文艺出版社1994年版。

孟繁华：《觉醒与承诺——重读〈乡场上〉》，《小说评论》1995年第3期。

何士光：《努力像生活一样深厚——关于〈种包谷的老人〉的写作》，

《人民文学》1983年第7期。

张一弓:《听从时代的召唤——我在创作中的思考》,《文学评论》1983年第3期。

刘建军:《贾平凹论》,《文学评论》1985年第3期。

王西彦:《读〈山乡巨变〉》,《人民文学》1958年第7期。

黄秋耘:《〈山乡巨变〉琐谈》,《文艺报》1961年2月26日

贺仲明:《真实的尺度——重评50年代合作化题材小说》,《文学评论》2003年第4期。

倪伟:《农村社会变革的隐痛——论张炜早期小说》,《文学评论》2005年第3期。

冯立三:《历史和人的全面凸现——评张炜的〈古船〉》,《文学评论家》1987年第2期。

汪政、晓华:《〈古船〉的历史意识》,《读书》1987年第1期。

罗平汉:《从小说〈山乡巨变〉看合作化运动中的农民心态》,《理论视野》2008年第5期。

葛红兵:《骨子里的先锋与不必要的先锋包装》,《当代作家评论》2001年第3期。

李陀、阎连科:《〈受活〉:超现实写作的新尝试》,《读书》2004年第3期。

洪治纲:《乡村苦难的极致之旅——阎连科小说论》,《当代作家评论》2007年第5期。

陈思和:《读阎连科的小说札记之一》,《当代作家评论》2001年第3期。

莫言:《我写农村是一种命定》,《钟山》2004年第6期。

莫言:《文学创作的民间资源——在苏州大学"小说家讲坛"上的讲演》,《当代作家评论》2002年第1期。

张旭东:《作为历史遗忘之载体的生命和土地——解读莫言的〈生死疲劳〉》,《现代中文学刊》2012年第6期。

徐红妍:《对民间与历史的另一种把握——评莫言的〈生死疲劳〉》,《中国石油大学胜利学院学报》2008年第3期。

黄勇:《地主讲土改——莫言〈生死疲劳〉叙事视角的新变》,《扬子江

评论》2009 年第 6 期。

莫言、王尧：《从〈红高粱〉到〈檀香刑〉》，《当代作家评论》2002 年第 1 期。

莫言：《文学创作的民间资源》，《当代作家评论》2002 年第 1 期。

吴佳璇：《张爱玲满是跳蚤的晚年华服》，《联合文学》第 311 期（2010 年 9 月）。

郭强生：《张爱玲真有"创作"英文小说吗?》，《联合文学》第 311 期（2010 年 9 月）。

陈建忠：《"流亡"在香港——重读张爱玲〈秧歌〉与〈赤地之恋〉》，《台湾文学研究学报》第 13 期（2011 年 10 月）。

古远清：《国民党为什么不认为〈秧歌〉是"反共小说"》，《新文学史料》2011 年第 1 期。

柯灵：《遥寄张爱玲》，《读书》1985 年第 4 期。

艾晓明：《乱世悲歌》，《作家双月刊》第 1 期（1998 年 5 月）。

戴锦华：《见证与见证人》，《读书》1999 年第 3 期。

赵艳、池莉：《敬畏个体生命的存在状态——池莉访谈录》，《小说评论》2003 年第 1 期。

吴雪丽：《严歌苓：历史重述与性别乌托邦》，《南开学报》2012 年第 4 期。

王干、思和：《更正与推荐：吴川是个黄女孩》，《上海文学》2005 年第 7 期。

严歌苓：《王葡萄：女人是第二性吗?》，《上海文学》2006 年第 5 期。

吴义勤：《新乡土史诗的建构——评关仁山长篇新作〈麦河〉》，《当代作家评论》2011 年第 1 期。

宋剑华：《变体与整合：论民间英雄传奇的现代文学演绎形式》，《文学评论》2002 年第 6 期。

张侠生：《〈水浒传〉、〈西游记〉和武侠神怪小说有什么区别》，《文艺学习》1955 年第 6 期。

贺绍俊：《被压抑的浪漫主义——重读周立波〈山乡巨变〉》，《中国现代文学研究丛刊》2014 年第 2 期。

萨支山：《试论五十至七十年代"农村题材"长篇小说——以〈三里

湾〉、〈山乡巨变〉、〈创业史〉为中心》,《文学评论》2001 年第 3 期。

贺仲明:《文学本土化的深层探索者——论周立波的文学成就及文学史意义》,《文学评论》2008 年第 3 期。

董之林:《关于"十七年"文学研究的历史反思——以赵树理小说为例》,《中国社会科学》2006 年第 4 期。

何文轩:《论〈创业史〉的艺术方法——史诗效果的探求》,《延河》1962 年第 2 期。

陈忠实:《文学的信念与理想》,《文艺争鸣》2003 年第 1 期。

王汶石、陈忠实:《关于中篇小说〈初夏〉的通信》,《小说评论》1985 年第 1 期。

罗执廷:《〈论山乡巨变〉中儒家话语及其召唤结构》,《中国文学》2013 年第 2 期。

后　　记

　　历时四载的"乡村小说视域下的当代农村土地制度变迁书写"研究就告一段落了。新时期以来的乡村取得了巨大的发展，但同时也蕴含着许多新质，如何深入乡村生活肌理，把握乡村生活脉搏成为每一位人文学者都不得不思考的问题。而乡村小说呢？笔者认为1990年代以来的乡村小说代表了新文学最高的艺术成就。但是，我们如何有效阐释这一阶段的文学，分析乡村小说内在细微的变化则还有许多工作需要深入。所幸的是很多学者为此做出了艰苦卓绝的探索，取得了丰硕的成果，为本研究提供了厚实的研究基础。本以为到了写后记的时候，人会如释重负，可是我还是不能释然，内心忐忑，不知道成果是否真的达到了"拓展了乡村小说研究的空间，有利于提高土地配置效率"的初衷。

　　这个选题得益于同门一次看似随意的讨论。感谢陈思和老师在课题研究过程中提供的指导。感谢王泽龙老师勉励我在乡村小说和文化研究上不断深入。感谢王又平老师多年来的关心和帮助。感谢樊星老师在我学术、生活上遇到困难时总是给我鼓励。想到这些先生对我多年如一日的关心，我总是心存不安，不敢懈怠。同时也要感谢美国圣路易斯华盛顿大学东亚系给我访学的机会，书稿大部分内容是在那里完成的，感谢陈绫琪（Letty）教授。

　　拙作经过了出版社非常严格的审查程序和各种检测环节，历时一年多。感谢中国社会科学出版社。感谢教育部人文社科基金项目提供立项资助。

2016年6月10日于书苑小区